洪范评论 經綸

主编 吴敬琏 江平　　执行主编 梁治平

洪范评论

JOURNAL OF LEGAL AND ECONOMIC STUDIES

第 13 辑

本辑主题

垄断与国有经济进退

生活·讀書·新知 三联书店

图书在版编目（CIP）数据

洪范评论. 第13辑 / 吴敬琏，江平主编. —— 北京：
生活·读书·新知三联书店，2011.8
ISBN 978-7-108-03715-2

Ⅰ．①洪… Ⅱ．①吴… ②江… Ⅲ．①法学－文集②
经济学－文集 Ⅳ．①D90-53②F0-53

中国版本图书馆CIP数据核字（2011）第060591号

责任编辑 贾宝兰
封扉设计 罗 洪 崔建华
责任印制 郝德华
出版发行 生活·讀書·新知 三联书店
　　　　　（北京市东城区美术馆东街22号）
邮　编 100010
经　销 新华书店
印　刷 北京隆昌伟业印刷有限公司
版　次 2011年8月北京第1版
　　　　　2011年8月北京第1次印刷
开　本 635毫米×965毫米 1/16　印张18.25
字　数 250千字
印　数 0,001-3,000册
定　价 29.50元

编者弁言

近几年来,有关国有企业进退的话题逐渐升温,成为学术界、传媒界乃至社会公众关注的问题,在国际金融危机背景下,这些问题更因为政府采取的一系列经济政策和措施而变得愈加重要和敏感。也是在这样的背景下,洪范法律与经济研究所于2009年末,联合中国社会科学院法学研究所和东方公益法律援助律师事务所,召开了题为"国企垄断、公共利益与法治建设"的学术研讨会。本辑主题研讨收录的16篇文章,就是由此次会议发言选编而成。本刊主编吴敬琏先生没有参加当日的会议,但之后针对这次讨论撰写了评论意见,是为本辑总评。

吴敬琏先生由当今国内外大形势入手,从三个方面讨论了国有经济进退问题,即国有经济在国民经济中的定位,国有企业与公共利益的关系,以及国有企业的效率问题。本刊另一位主编江平先生则从法律角度讨论了国有企业垄断问题,重点是不久前实施的《反垄断法》,以及政府产业政策同法律的关系。

在后续的讨论中,这些问题被进一步地思考和展开。如,韩朝华利用大量统计数据,比较了国有工业、三资工业和私营工业的资源利用率,发现国有工业的利润主要来自于低竞争性行业(与非国有工业方面的情形恰成对照),而且其总资产利润率远不及私营工业,他因此将反垄断列为当务之急。戚聿东的文章由垄断企业在国民经济中的地位入手,就垄断行业改革的必要性与可行性作了说明。王晓晔指出,权力寻租是实施《反垄断法》的大敌。盛杰民则以一个立法参与者的身份,谈了对《反垄断法》中涉及国有企业垄断的第7条的理解。他认为,该条内容中的"保护"一词,正确的读法应当是"监管"。张昕竹认为,国有企业在经济学上是一个复杂的问题。他主要从监管角度探讨了打破国有企业垄断的途径。刘俊海从国有企业产权结构和社会责任的角度,讨论了国有企业与公共利益的关系;李曙光则从国有企业资本经营预算入手,把这个问题进一步具体化了。盛洪的文章,提供了一个对国有企业垄断的政治经济学和宪政经济学分析框架。秋风的文章则把所谓国进民退现象置于现代国家建构的视野之下加以考察。不过,"国进民退"的说法也并非无人质疑。韩朝华认为,至少在工业领域,没有普遍的国进民退迹象,近一年多出现的某些国有企业的强势扩展,仍属局部现象。更可注意的是卢周来的看法。他认为,问题的核心不在于"国"还是"民",而在于什么样的领域适合于"国",什么样的领域适合于"民",以及适合于"国"的领域,宜采取什么样的"管控"(Regulation)方式。他尝试以经济学理论,结合若干中外案例,对这些问题予以说明,并对"国营"与"公营"加以区分。最后,他还以近年来推行的"供暖市场化"为例,说明在"非市场领域"强行"市场化"的恶果。本期主题研讨还包含另外几个案例分析,如毛晓飞和陈国卫对盐业垄断的分析,张曙光对政府主导下的山西煤矿重组事件的分析,以及朱晓飞对反垄断公益法律行动的介绍和分析。这些个案分析加深了我们对这些领域中存在问题的了解,也有助于我们对本期主题作进一步的思考。

因为篇幅的缘故,我们无法收录这次会议的全部发言,尤其是报告人及其他参会者之间的各种批评、回应和讨论。有意了解这部分内容的读者,可以登录洪范法律与经济研究所的网站查阅。

一般人会认为,国有企业及其垄断地位等,均为经济问题,主要对效率以及社会福利造成影响。然而,正如本期讨论中的一些文章所指出的那样,国有企业垄断现象不只是经济问题,同时也是政治问题、法律问题和宪政领域的问题。因此,后面这些问题也应当纳入我们的视野,并在更为广阔的时空范围内加以思考。

20 世纪的中国政治思想和实践,似乎是各色激进主义竞胜的舞台,而在今天正统的历史叙述当中,不够激进的思想传统,要么被贴上保守甚至反动的标签,打入另册,要么被刻意遗忘,而至淡出历史。姚中秋的文章,以现代国家构建为着眼点,梳理出一个他所谓的保守—宪政主义思想传统。他力图证明,这样一个注重制度建设的思想与政治谱系,根源于传统儒学,发展于清末民初,而成就于 20 世纪三四十年代在思想、政治和社会领域均甚活跃的一个知识群体,并以或明或暗、或强或弱的形式延续至今,可以被视为现代中国历史演进的基轴。这种对历史的发掘与重构,在揭示新的历史意义的同时,也为人们观照、介入和改变现实提供了新的思想资源。

同样采取历史文化的视角,梁治平提出的却是一个当下的问题:在中国,法律是什么? 在作者看来,人们名之为法律的事物一经诞生,便有了自己的生命和表现形式。它们从历史、文化、社会以及当下的实践中汲取养分,在由特定制度、实践和行为策略构成的现实生态中生长。它们被塑造和利用,同时也塑造着行动者。作者以 2008 年开始实施的《劳动合同法》为例,透过一系列法律与社会分析,试图揭示当下中国法律内在的矛盾、紧张和多义的现实性格。作者认为,只有不但意识到并且不断追问法律是什么的问题,我们才能既摆脱对法律的迷信,又不至堕入法律虚无主义的迷津,从而保有对法律与社会的现实感和[未来的]想象力。

迷信法律的一个原因,是脱离具体语境去构想法律的功效,以为弊端丛生,是因为法律不备,法立则弊除。殊不知,法律绝非万能,运用不当,还可能是弊害之源。这样的事例,在中国当代法律发展过程中比比皆是。朱桐辉针对刑事诉讼改革中一味增加权利以保障嫌疑人和被告人权益的现象,提出他所谓条件论的思想方法和改革路径,据此,制度上的配合、政策的调整和激励机制的改变,被置于更重要和优先的位置。这种视角转换的方法论意义,应当不限于刑事诉讼制度领域。

最近有消息说,美国出现多例沙门氏菌感染病例,相关企业已经召回数亿只鸡蛋。而就在不久之前,美国刚刚通过针对鸡蛋生产企业的法例,希望通过加强政府监管,减少消费者的潜在风险。有趣的是,鸡蛋安全问题正是希尔博教授在他关于美国的消费者保护的论文里援用的一个重要事例。这篇文章追述了美国百年来消费者保护的历史,对此问题产生的历史和社会根源以及嗣后的发展,尤其是政府以监管手段介入、消费者保护法的功效等,作了明晰的讨论。作者认为,尽管互联网时代的到来改变了传统的消费方式,但在买方与卖方之间的不平衡关系继续存在的情况下,干涉主义的消费者保护就仍然是必要的。

本辑研究报告把我们重新带回到《劳动合同法》。这篇报告重事实,有分析,简明扼要,不但有助于我们了解《劳动合同法》的实施对珠三角地区纺织企业的影响,对于人们思考当下中国立法的一般问题也很有帮助。自然,将本文与前面梁治平的论文参照阅读,可能会增加读者的心得。

目 录

国有经济进退

吴敬琏[*]

进入 21 世纪以后,人们原以为在上世纪末已经解决的关于国有经济进退问题的争论再起。一些论者认为,政府不但不应该退出市场,反而应当强化它对国民经济的控制。政府和国有经济的这种强势控制,使有别于自由市场经济的所谓"中国模式"具有很大的优越性,特别是 2008 年国际金融危机发生以后,美国经济陷入萧条,于是美国也出现了以政府资金拯救某些足以引起系统性危机的金融机构。某些论者据此认为国家和国有经济的全面控制乃是历史大势所趋,而这正是所谓"中国模式"的核心内容。于是,他们认为"中国模式"将为世界各国所仿效。这样一来,国有企业问题成为争论的中心。

一、关于国有企业在国民经济中的定位

1949 年中华人民共和国建立以后,通过 50 年代中期的社会

---

[*] 吴敬琏,国务院发展研究中心研究员。

主义改造,建立了苏联式的社会主义经济体制。这种体制的主要特征,是在国家的强力控制下实行国民经济的计划化。原来以为一旦建立起这样一个政府全面控制资源的"举国一致"体制,经济社会就会获得一日千里的进步,中华腾飞于世界也就指日可待。殊不知,中国的苏式经济体制和其他社会主义国家一样,表现极为不佳。继而发生的文化大革命使整个社会濒临崩溃的边缘。

巨大的灾难使官民同心谋求改弦更张,确定了市场经济取向的改革目标。所谓市场经济,是指这样一种经济,由自由竞争形成的市场价格,在资源配置中起着基础性的作用。市场机制是由独立的经济主体之间的互动造就的,所以,市场经济必然主要由私有企业作为主要的经济成分。在市场经济中也会存在一些国有企业,但这类企业主要存在于公共产品的领域中。为了建立市场经济,就必须对原来国有企业占统治地位的所有制结构进行调整,使国有经济从一般的竞争性领域退出,同时,大力发展多种类型的民营经济,形成多种所有制共同发展的格局。在中国改革中认识这种必然性经历过一个长期的过程。1997 年的中共十五大指出,国有经济需要控制的只是"关系国民经济命脉的重要行业和关键领域"。1999 年的中共十五届四中全会把十五大所说的"重要行业"和"关键领域",进一步明确为三个行业和一类企业,这就是:(1)涉及国家安全的行业;(2)自然垄断的行业;(3)提供公共产品和服务的行业;(4)支柱产业和高新技术产业中的重要骨干企业。在以上四项中,(1)和(3)两项没有太大的争论,而(2)和(4)两项不但有认识上的分歧,而且在往后的实践中已经突破。

虽然中国的经济改革一直遭遇来自传统意识形态和特殊利益的阻碍,直到世纪之交改革大体上还是沿着市场化的方向推进。但是,当进入彻底改变政府职能和对国有大型企业进行产权重组的深水区时,改革的步调就放慢了下来。不仅如此,2003 年以后,出现了"国有经济是共产党执政的经济基础"、"中央国企是共和国的长子"等说法,要求提高国有经济在国民经济中的比重,

提高国有经济对国民经济的控制力。在一些领域中甚至出现了
"国进民退",由国有企业强行兼并民营企业的开历史倒车的现
象。这些做法,都是有悖于中国社会经济发展的大方向和执政党
公开宣示的改革路线的。任其发展,必将对国家的发展造成严重
损害。

二、国有企业是否是公共利益的当然代表

主张强化国有经济控制的一个论据,是说国有经济是公共利
益的体现。只要若干个体组成为社会,就会发生以个体利益(私
益)为怀的私人意志和以公共利益为怀的公共意志的关系问题。
而不同的政治思想和政治派别,往往就是以怎样看待两者之间关
系区别开来的。许多学人指出过,如果以公意压制和排斥私益,
并且不对执行公意的公权力进行监督和约束,即使革命起义所建
立的政权,也难免走向暴民专政,或者出现马克思在总结 1871 年
巴黎公社经验时谆谆告诫的,必须注意防止政府"由人民的公仆
变为社会的主人"的极权统治。

在中国,这一区分具有更重要的意义,因为在中国专制主义
的传统语境下,"公"只是官家和皇家的代称。郑玄注《礼记》说,
"公犹官也"。"公车"就是"官车","公服"就是"官服","公庭"
就是国君的庙庭。加之在顾准所说的 1789—1871—1917 的思想
潮流下,斯大林主义的国家主义(statism)在执政党内影响深远。
崇尚全能国家,把政府和党政官员看做公共利益的当然代表,就
成为主导的意识形态。1949 年以后,好几代人都受到这种意识形
态的灌输,因而影响深远。

在这样的体制和文化背景下,20 世纪 80 年代中期初步建立
起计划经济为主、市场调节为辅,国有经济为主、民营经济为辅的
体制框架以后,利用权力寻租的活动就逐渐滋生。于是,两种截

然相反的前途摆在中国的面前:一条是逐步铲除寻租活动的政治经济体制基础,走向政治文明下法治的市场经济道路;一条是增强权力干预和国有垄断地位的道路,沿着这条道路,只能走向权贵资本主义,即毛泽东所说"封建的、买办的、国家垄断资本主义"。当改革得到推进,权力寻租的空间得到压缩,腐败受到抑制,人民满意的声音会占到主导的地位;而当党政官员不受约束的权力得到增强,腐败就会加剧,大众愤懑不平的情绪也会与日俱增。

如果不能把权力"关进笼子",缩小国有经济的规模并且把有必要存在的国有企业置于公众的严格监督之下,在普遍寻租的环境下,一些政府官员和国企领导人就会以"公共利益"为名义,运用垄断权力谋求小团体乃至个人的私利。在这方面,案发后获死刑、缓期两年执行的原中国石化集团董事长陈同海的言行最有代表性。"我们是共和国的长子,我们不垄断谁垄断?!"此公不但一个月花销公款120万元,每天平均4万元,还创造了一次受贿1.6亿元的纪录。如果不是受到其他案件的牵连,他还会长期坐在世界500强企业一把手的高位上。

让这样的人来"为民做主",充当人民利益的当然代表,无异于让狼看管羊群。

三、国有企业是否具有效率上的优势

主张"国进民退"的另一个论据,是国有企业具有效率上的优势。他们说,2009年中国国有经济的盈利增长9.8%(高于GDP增长1.2个百分点,更高于民营企业的盈利增长),达到1.3万亿元的高位,可见国有企业较之民营企业在效率上具有优势。其实,这只是知其一而不知其二的短期印象。

第一,国有经济得以存活和转为盈利,是耗费数万亿元纳税人的血汗救助的结果。在改革开始以前,国有企业一家独占,效率再低也全由国民承担,显现不出来。一旦面临其他经济成分的竞争,它们的效率劣势就会暴露出来,亏损逐年增加,全靠财政补贴。到 1994 年,国有经济陷入全面亏损的境地。这时财政已无力负担,就靠国有银行贷款支撑。这使国有银行的不良资产大量积累,资本充足率也下降到大大低于巴塞尔协议所要求的水平。在亚洲金融危机发生以后,中国政府认识到不良资产积累对中国金融体系造成的系统性风险,在 1998 年发行 2 700 亿元的特别国债,用以充实国有专业银行的资本金。1999 年又陆续成立 4 家资产管理公司,承接 1.4 万亿元的国有商业银行的不良债权。但是,到 2002 年年末,四大国有商业银行的不良资产率又达到 4 家银行贷款总额的 26.1%。从 2004 年开始,国家成立专门的投资机构:中央汇金公司动用国家外汇储备向国有商业银行注资,总注资量约为 1 000 亿美元。与此同时,剥离不良资产 2 万余亿元,使其达到上市的要求。1998 年以后的 10 年,仅政府用于救助国有商业银行的资金就高达 5 万多亿元。

第二,在近 20 年城市化过程中,政府从低价征收农民土地中获取了总额高达 20 万~30 万亿元的差价收入。其中相当一部分转移到了国有部门。国有企业从无偿占有公共资源中取得巨大收益。据这次会议上盛洪教授的估计,仅无偿占用国有土地资源,国有企业每年就从应交未交的地租中取得约 1.4 万亿元的收益。许多高盈利的国企属于采矿业等资源产业,它们无偿或低价使用国有自然资源,收益也十分可观。

第三,国有企业的盈利基本不上缴。2009 年中央国企盈利 6 900 亿元,上缴 547 亿元,不到盈利总额的 10%,其余的近 6 000 亿元留在企业里。除此,金融类国有企业,如五大国有商业银行、四大资产管理公司、中投、社保理事会以及宣传口的企业,包括中央电视台、党报、出版社等,都不上缴利润,这笔本应属于所有者即全体人民的巨额利润。

第四,许多国企拥有垄断特权,获得垄断收益。《中华人民共和国反垄断法》第 7 条规定："国有经济占控制地位的关系国民经济命脉和国家安全的行业以及依法实行专营专卖的行业,国家对其经营者的合法经营活动予以保护,并对经营者的经营行为及其商品和服务的价格依法实施监管和调控,维护消费者利益,促进技术进步。""前款规定行业的经营者应当依法经营,诚实守信,严格自律,接受社会公众的监督,不得利用其控制地位或者专营专卖地位损害消费者利益。"从表面上来看,这一法律规定靠国家公权力的支持获得了特殊权利的垄断企业负有一定的垄断责任,但是在这里,对设立专卖等行政垄断的条件未作任何限制性规定;而且对于垄断企业特权的保护是实的,他们的责任却是虚的。于是,就出现了本次讨论会中举出的国有垄断企业获得暴利的奇怪现象。

除此而外,2009 年 10 万亿元以上的银行贷款主要贷给了国有企业,以及地方政府为"引进央企"把地方国有企业划拨给央企等,都构成国有企业特别是中央国企垄断地位加强和垄断人利润暴增的重要因素。

从以上的分析可以看到,从账面利润的一时增加来论证国有制的"优越性"是完全没有说服力的。

国企垄断的法律思考

江平[*]

我们的《反垄断法》已经实施了,里面涉及到国企垄断的问题。第7条讲到了国有经济占控制地位、关系到国民经济命脉和国家安全的企业,以及实行专营和专卖的企业。这二者并不完全包括在《反垄断法》的范围内。但是这句话,就是保护它的合法经营地位,这是指两大部分一个是在国民经济的命脉和国家安全的部门允许一些国企的垄断,另外,就是实行专营和专卖的行业。我认为实行专营和专卖的行业,应该包括在国家垄断的范围,比如烟草、盐业行业的专营专卖。从表面看,《反垄断法》似乎把这些领域排除在调整范围之外了,但需要注意的是,《反垄断法》所讲的是保护"合法的经营地位"。如果专营企业有不正当的经营行为,仍然属于《反垄断法》的调整范围。

《反垄断法》在涉及行政垄断的行为方面,应该说也做了一些规定,当然是经过了激烈的争论以后写进去的。因为行政机关并不是反垄断的对象,行政机关也不可能作为反垄断行为的主体出现,但是,这个问题在中国实在太严重了,也就是说权力寻租现象比比皆是。几乎每个部门都可以利用它的行政权力出

---

[*] 江平,中国政法大学终身教授。

台实施一些垄断行为的措施。从我们国家最近发展的情况来看,权力寻租的现象的确是存在的,山西的煤矿改制就出现了这个问题。现在我们涉及十大行业里面的凡是产量、规模比较小、安全可能比较差的一律都在清理整顿之列,从这个角度来说,它有利用权力寻租的因素在内,所以,也应该受到《反垄断法》的规制。

从我们国家的实际情况来看,应该说只有宪法和法律有明确规定的,才应算做具体国家垄断行业的法律基础,比如,烟草专卖有法律的规定,盐业也有国务院的条例做支撑,但其他的一些所谓关系国民经济命脉的和国家安全的行业的垄断,实际上并没有法律的明确规定。我们以铁路为例,铁路并没有禁止民营进入,但从现实来看,整个民营经济在铁路里面只占了0.6%。全社会80多个行业里面,允许国有资本进入的有72种,允许外资进入的有62种,允许民营进入的只有41种。在国防领域,国家虽然已经允许民营进入,但是比重也很小。对于私营经济进入产业领域的法律规范,国外有一些新的发展。如,德国《反限制竞争法》里面有一条基本原则规定,适用于私营企业的法律规范,特别是《卡特尔法》和《反不正当竞争法》,同样要适用于国有企业,也就是平等的原则。日本在2000年《禁止垄断法》里面废除了铁路、电气、天然气等这些经营中排除适用垄断的规定,就是国营企业的垄断应当是和民营企业放在平等的地位来看。

从《反垄断法》的原则来看,我们现在贯彻的是不反对结构主义,反对行为主义。就是不反对这个状态,只反对垄断的行为。应该说,美国已经开始从20世纪20年代《谢尔曼法》以反结构主义为主的取向,转向了现在的反行为主义。美国最高法院2000年判决涉及美国钢铁公司的一个案件,美国政府是被告方,最后政府败诉了。虽然美国钢铁公司占据了整个钢铁生产的80%左右,但是它没有构成不正当竞争的行为。从这一点来说,上个世纪末微软公司的情况也反映了这个问题,现在的《反垄断法》应该说是和国际通行的做法是一样的。所以,我的结论在这点上是两个。第一，国企的垄断应该适用于《反垄断法》，因为现在实行了更多的兼并、更多的结构调整。第二，我们也要注意不反对结构主义，反对不正当竞争的行为。

我还想谈一谈国企垄断的产业政策和法律的关系。2009 年出台了两个非常重要的产业政策，其中一个是十大重点产业的调整振兴规划。这十大产业包括钢铁行业。钢铁行业振兴规划明确规定，年产能在 100 万吨以下的钢铁生产企业都要关闭，当然实际的操作中到底是通过入股的方式对小企业进行改制，还是完全关闭，要看它的具体实施。其他像船舶行业等，都有行业内的一些规则。第二个重要的产业政策是国务院在 2009 年深化经济体制改革工作意见中提出，要在改革过程中拓宽民营企业的经营领域和渠道，加快研究鼓励民营资本进入石油、铁路、电力、电信、市政、公共设施等重要领域的相关政策，带动社会投资，鼓励民间资本进入垄断行业。这是建立和谐社会、鼓励公平竞争的多赢之举。因此，2009 年发布的产业政策有两个精神，一个是产业结构调整，一个是继续发展民营企业，而且要进入到垄断领域。这两个产业政策应该同时考虑。如果说现在我们把国有企业内部做某些调整，比如河北省的钢铁行业调整，把全省的钢企重组为一个企业，那这个是结构调整，完全不涉及《反垄断法》的问题。但是，如果现在需要把民营企业合并进入国有企业，或者说把这些民营企业合并到国营企业里面，这可能就会涉及《反不正当竞争法》的有关问题。

中国的现实情况是什么呢？中国的现实情况是民营企业发展比较晚，在许多重工业和能源领域，尚未形成规模，如果在钢铁行业中，仅以产量作为唯一的准入标准，实际上是要扼杀几乎全部的民营钢铁企业。因此，在这种情况下，应该考虑多种准入的因素，产量是一个因素，技术是一个因素，盈利也应该是一个因素，民营企业哪怕规模比较小，但只要其盈利情况比较好，有发展前途，那就完全可以继续存在发展下去。我觉得在市场产业政策方面，我们必须反对这种"掠夺式的产业政策"。所谓掠夺式的产业政策,就是不以协商为前提、不进行公平的补偿,而是通过强行规定进行强行吞并,或者强行让你退出这个领域,这个所造成的危害就很大了。保护私人财产是我们宪法里的重要原则。产业政策如果违反了宪法的这一精神,应该说属于违宪之举。

日本的产业政策曾经有一段时间是通过法律的形式来规定的。而我们现在有一个问题,国务院常务会议上通过的产业政策,应该在法律法规上、立法法里面按照哪一个规格来确定呢?它是行政法规吗?如果说是,它又显然不是以国务院条例的形式颁布的。那么,它到底算什么性质呢?国务院常务会议通过的,按理说应该具有行政法规的作用,但是,从它的立法地位来说,还有它的不确定性。因此,我建议,如果要把行业政策变为行政法规,并通过一定的法律程序来完善,更合适。

国企垄断的政治经济学和宪政经济学

盛洪[*]

首先,对国企做一个整体判断。

垄断国企是一个负数。从统计学意义看,国企对整个国家财政而言究竟是正的还是负的。一是国企无偿占用并实际享用国有土地资源,地租约 1.4 万亿元每年,如果国家将这些土地收回再出租的话,会多得到 1.4 万亿元。二是无偿或低价控制和使用其他国有自然资源,比如石油,按国际上通行的交纳矿区使用费的方式,我大概估计一下,我们国家应该是 10%,大概是 300 元到400 元一吨。而现在只交 30 元一吨。三是垄断国企 14 年没交利润,但是却让国家承担 3680 亿元的亏损。还有一点,他们的工资奖金由自己决定,前些年有一个劳动部的副部长说,垄断国企的平均工资是全国平均水平的数倍,也有很多人说可能是 5 倍。当然,这还没包括很多非物质利益。与此同时,还存在大量冗员,有研究报告指出,中石化企业员工人数是国外同等规模企业的 15倍。另外,对国有资产的不当使用,如陈同海一月花销达 120 万元。还有挥霍、贪污等现象很严重,陈同海个人贪污就近两亿元。

钢铁行业对比。在计划经济时期以钢为纲,全国大炼钢铁,1977 年为 2 374 万吨。2009 年 6 亿吨,一半是民营企业生产的。

---

[*] 盛洪,北京天则经济研究所执行理事、山东大学经济研究中心教授。

民企获得的贷款仅为国有企业的1/3,但实现的利润总额却是国有企业的11.6倍。民企纳税约为国企利润的3倍。

从行为角度讲,国进民退会对公正和有效的市场经济制度造成破坏。在竞争性领域设立、维护、扩张垄断权,破坏产权制度,如山西小煤矿事件。直接吞并民营企业,如山钢吞并日钢案。通过不当合并,重新形成垄断势力,如电信巨头的合并,这个合并没有排除形成了一种更高的垄断程度,这个垄断是不能被接受的。

其次,我想从政治经济学角度分析一下。

有一个前提,我们不要假设垄断国企的管理层的道德水平比我们都低,他们的行为完全是我们现在的制度造成的。第一,国有企业是一个企业,那么,企业天经地义的目标就是追求利润最大化,我觉得这个没有错。第二,追求利益可以有多种形式、多种手段,对于国有企业来讲,一般有两种手段,一种叫做市场竞争,一种叫做利用公权力获得利益。我们知道,在市场竞争中,国有企业不占优势,是弱于市场经营的,但是,它可以利用公权力。而利用公权力这件事情在中国的法律框架下严格来讲,并没有哪个法律规定是非法的,而且反过来讲,为企业争利益、为集团争利益、为部门争利益,实际上在中国现实中在一些地方反倒是一种美德,受到推崇。还有一个活动是"院内活动",是相对于美国"院外活动"而言的,要想获得利益,必须到国会去游说,但中国不需要,是在"院内活动",可以到直接具有某种权力的行政部门游说。为什么这个游说有效? 是因为国企高管与政府部门官员是同一群人,他们是在同一个系列中晋升的。我举个很简单的例子,我大致看了一下,某部的部级官员有一半都有在国企工作过的经历。

"部门立法"。中国现在这种宪政框架有一个缺陷,就是行政部门独大,个别部门甚至凌驾于整个政府之上,而且部门间争权似乎是非常合理合法的,互相争权,与民争利。导致的结果呢? 刚才江平老师讲宪法的问题,但中国现实中什么是最大的法,不是由字面上的层级来决定的,而是由这个所谓的法和政策可否实施来决定。所以,从某种意义上说,存在着这样的现象:下位法管上位法,一般法律大于宪法,行政部门条例大于法律,政策大于条例,行政部门的非常规性的决定大于政策。真正有权力的是个别行政部门。为什么呢?因为他们是可以实施这些所谓决定的部门。因此,可以看到,真正在中国起作用的是所谓的条例,是最权威的。比如北京汽车尾号限行,也可以实施,你如果不这样做就可以罚款,它有实施能力。即使是立法或修法,草案一般由行政部门提出,例如土地管理法。反过来,宪法在字面上是最高的,但存在着实施程度不高的问题。

第三,宪政经济学分析。

这涉及政府的性质和边界。正确的边界应是"国不以利为利,以义为利"。什么意思?就是政府提供公共物品,主要是它的基本规则安全、秩序和公正,并征收税作为补偿,而不是通过一般性的商业经营来筹集公共资金。我认为政府唯一一个合法的、恰当的筹集公共资源的手段只有税收。为什么?因为税收对所有人都是公平的。一旦经营一般性商业,就会由公共物品的提供者变成一般商业的竞争者,不可能在竞争者之间保持公正,就否定了自己的公共性质,从而不具经济合理性,就动摇了政治合法性的基础。因此,国进民退是一个宪政错误。

现在的危险是,垄断国企管理层利益集团正从自在走向自觉。这次的国进民退表明事情在恶化。前期国企的情况有它的历史原因,是我们的体制改革从计划经济走向市场经济,逐渐在国退民进,退到了一些比较重要的领域中。这些领域恰恰有垄断权。在一二十年内,他们手握的这些稀缺资源在不断稀缺,稀缺资源价格不断上涨,可以支配和占有这份利益,已经视为既得利益,14年都在拿这个利益,所以,他们认为是自己的利益,形成了一个靠吃国有资源和国有资产的食租食利集团。

国进民退表明,他们在主动地系统性地利用公权力为自己谋取私利,从而成为一个与国家利益不一致的、有着自己特殊利益的集团。只要宪政框架不变,这个集团就会继续沿着这条路走下去,继续膨胀,损害、改变和否定政府的公共性质。

第四，我想讲一下怎么去改革。

一句话，用宪政改革制约国进民退。首先，政府只征税，不直接进入市场。其次，宪法可诉。再次，国企的设立要特殊说明，并获得人大的同意。国企不能随便设立。

在宪政改革的同时，我们也要进行体制改革。首先，打破垄断。打破垄断，现有的垄断国企的利益就会减少，我们要允许更多的企业进入到这些领域，比如石油领域，这是很明显的，盐业也是。其次，要强调国有企业有义务交租交利，这是不容讨价还价的，因为这都是属于全国人民的，不是他们的，他们把租和利都看成是自己的，这是有问题的。再次，反制内部人，控制工资奖金发放。垄断国企管理层成了一个内部人的联合，不是一个个别企业在操控利益，而是作为一个集团在操控整个国企。国企是全国人民的，所以，我们说反制内部人，就是要直接控制工资、奖金的发放制度。最后，继续推进国退民进。总而言之，我们要继续我们的改革开放大业。

第五，这个事情迫在眉睫。

借用《左传》的一句话："禹汤罪己，其兴也勃焉；桀纣罪人，其亡也忽焉。"汉武帝晚年在《轮台罪己诏》中写道"自今事有伤害百姓，糜费天下者，悉罢之"。他改变了他的基本政策以后，盐铁专卖问题就凸显了出来。这一问题是在汉昭帝始元六年（公元前81年）2月份讨论的。《资治通鉴》说，"秋，七月，罢榷酤官，从贤良、文学之议也，武帝之末，海内虚耗，户口减半。霍光知时务之要，轻徭薄赋，与民休息。至是匈奴和亲，百姓充实，稍复文、景之业焉"。汉昭帝取消了对酒业的垄断，并部分取消了盐铁专卖，拯救了汉王朝。这是值得我们借鉴的。

现代国家构建视野下的国进民退

秋风[*]

我是试图给大家讨论国进民退或者"官进民退"的现象提供一个历史视野,因为我最近一段时间一直在研究所谓现代国家建构的历史,这个历史既有西方的,也有中国的。

我所谓现代国家的构建,当然就是一个国家构建一套现代的体制。这个过程首先发生于英格兰,最后于17世纪末建立一个我们通常所讲的宪法国家。当然,这个历史持续的时间是比较长的。通过这个历史我梳理出,一个现代国家究竟包括哪些构成性的要素。我总结出了大概有四五个构成性要素,比如我们熟悉的宪政、法治,还包括一些精神秩序,这是我们通常会忽视的。当然,与我们现在讨论的话题相关的是现代的商业秩序。

关于现代商业秩序,亚当·斯密的讨论可以给人们带来很多启发。他的《国富论》讨论的正是我们如何构建一个现代国家——当然,斯密其实是在进行"第二次思考"。那么,现代国家需要什么样的商业秩序,需要哪些制度的安排,才能使得这个国家或者国民最有效率地生产财富,并且能够相对公平地在国民中间配置这个财富,使得这个财富不至于瓦解这个共同体,而是成为构建这个共同体的基础? 我想,这是斯密讨论的核心问题,也

---

* 秋风,独立学者。

是我们现在讨论中国问题时需要特别关注的。

讨论现代商业秩序，必然涉及很多要素。首先是宗教变革对现代商业秩序出现的影响。对此大家都比较熟悉，韦伯讨论过新教伦理与资本主义精神问题。在他看来，基督教的一些理念或者价值经过一个现代的转换，变成了自由的资本家或者企业家的精神。当然，经济学还讨论了很多现代商业秩序的基本要素：私人产权制度、私人企业制度以及自由竞争制度。关于自由竞争制度，有一个非常有趣的现象，我们通常以为只有经济学家才讲。但其实，在17世纪初英格兰普通法院的判决中，我们就可以看到一些典型的反垄断判例，这些判例有助于确立英格兰的自由竞争秩序，这一点，道格拉斯·诺斯等人已经注意到了。通过一二百年的努力，大概在18世纪，英格兰、美国确立了现代国家的秩序，其中的商业秩序就是以私人企业的自由竞争为基本要素的。

当然，到19世纪之后，尤其到20世纪，欧美各国的政府监管越来越多，各国政府也设立了很多国有企业。不过我们需要注意，在这些国家，商业秩序的基础始终是由私人产权、私人企业以及自由竞争构成的。国有企业只是处于辅助性的地位，这跟我们现在中国宪法的规定正好是相反的。所以，这些国家依然维持了一个有效的财富生产与分配机制。我们都知道，哈耶克等人论证过，在一个苏联式集中计划体制下，财富不可能被生产出来，因为所有企业不可能有效率。国有企业只有寄生于市场体制中，才能利用私人企业家所发现的价格信号，而有最基本的效率。如果一个经济体的经济活动主体主要是由国有企业构成的，那么，这个经济体根本没有办法发现价格信号，资源配置无法有效进行，所以，所谓的以国有企业为基础的计划体制，从某种程度上说，是充满了混乱和无效率的，计划经济不过是有计划的混乱而已。

我把刚才讲的这几个要素，企业家精神、私人产权制度、自由竞争等的有机组合，称为经典的现代国家经济增长规划或者经济增长的基本模型。这个模型有助于我们回头来讨论中国过去60年所发生的故事。

中国过去100多年来就在做一件事情:建立现代国家,这个事业应该是从19世纪末开始的。不幸的是,我们从一开始就遇上了杨小凯教授所讲的"后发劣势"——中国人在每一个领域都面临着非常严重的后发劣势。以经济秩序的构建为例,中国人开始构建现代国家的时候,西方兴起了对自由市场的反动。首先是欧洲的民主社会主义,强调政府的监管,强调财富的再分配。随后又有苏联的试验。

1949年后,中国人开始模仿建立苏联式集中计划体制。它只建立了两三年就没有效率了。所以,我们看到,从50年代这个体制刚建立,中国就在不断改革,不断有所谓的"国退民进",比如恢复自留地等。

换言之,"国退民进"和"国进民退"在中国,从社会主义经济体系一建立起来,这样的反复就不断发生。所以,中国的改革其实已经进行了五六十年了,这是历史上非常漫长的改革。当然,这个历史中间确实经历过一个比较大的变化,1978年以后,发生了一个比较大规模的经济体制改革。但我要强调的是,前30年和后30年,从结构上是连续的,并没有断裂。即便经过了31年的改革开放,大家回过头来一看,最初所构建的基本的经济增长架构并没有任何改变。

具体的方案确实有过变化。最初的经济增长模型是,政府全面地控制所有资源,建立国有企业来作为经济活动的主体。过去30年中,有过一定变化,但这个基本架构并没有改变。土地、资本还有劳动力等领域都没有进行市场化改革。我们在这些领域所看到的变化,很难说是市场化,比如在土地领域看到的,我更愿意用"商业化"来形容它、描述它。意思是说,政府现在知道用土地来换取金钱了,以前还不知道这个,以前都是无偿划拨,现在知道直接用这个东西来换票子。但是,你不能说,中国存在一个严格意义上的土地市场。因为,政府垄断着全部可用于商业目的的土地。政府利用权力进行交易。在很多领域都是这样,比如劳动力这个市场领域。农民工确实可以进入城市了,但是,从某种意义上讲,进入城市的只是劳动力而不是人,农民作为一个完整的人是不可以进入城市的,只有他的劳动力可以进入城市。

正是在这样的基本经济增长架构下,过去 30 年所成长起来的私人企业处于非常尴尬的地位。从总量上看,私人企业可能贡献了大部分的效率以及 GDP,但它在宪法上从来都没有取得主体性地位。现行宪法第 6 条、第 7 条、第 11 条,已经非常清晰地界定了国有企业的法律地位和政治地位,最为重要的是,规定了它的道德地位。还有很多受了官方宣传影响的普通民众都自然地认为,私人企业在道德上是劣于国有企业的。

由此,我们看到,中国经济呈现出一幅反现代的奇怪图景:国有企业是一个结构性因素,私人企业只不过是一个补充性因素。私人企业的发展乃是权力恩赐的结果。官方权宜地允许私人企业有一定的发展,但是,从根本上说,在它之上有一个天花板。这个天花板在哪儿,谁也不知道,完全是由官方随心所欲地决定。

可以说,直到今天,私人企业的道德、法律与政治地位是卑微的。回过头去理解中国过去 30 年所发生的事情,我们会明白,其实,政府从来没有想过要取消国有企业,它所做的全部事情似乎都是让这些国有企业活得更好。我自己的看法是,中国过去 30 年确实出现了一些私人企业,但是,市场制度在中国并没有完全建立起来。可以说,在中国,不要说其他领域的改革,哪怕是经济体制改革,至少可以说,连一半也没有完成。

上面的讨论也许比较尖锐,也让人沮丧。我想跟大家一起来讨论一个也许有点过于宏大的问题:现代中国建立现代国家的正确道路究竟是什么。先贤们曾经设想过启蒙之路,后来走过苏联之路,后来又有人提供了一个经济自由主义的曲径。这些路似乎都走不通。

反盐业垄断与公益法律行动

毛晓飞[*]

改革开放已经走过 30 多年,我国许多行业都已经取消了国有企业的垄断,但是在局部领域还依然存在,盐业就是其中之一。随着《中华人民共和国反垄断法》的出台,国有垄断企业是否能在这部"经济宪法"的框架下,依照旧的模式延续下去,备受各界关注。

盐业中的国企垄断是一件既小又大的事。说它小,是因为与那些被推上风尖浪头的诸如电信、能源之类的垄断行业相比,它微小得似乎不值得一提,因为根据估算,盐业垄断每年对每位消费者造成的损失大约在 10 元。然而,盐是人生命的必需品,中国 13 亿消费者被迫支付的垄断租金总和可达 130 亿元左右,十分可观。这就是"集腋成裘"的道理,"腋"相对于"裘"的价值来说微乎其微,但聚拢在一起就会产生巨大的价值。垄断就是如此,尤其是当它发生在与民众生活密切相关的行业时,个体看似微不足道的损失,却会凝聚为惊人的国民福利减损。从这个意义上说,盐业垄断是件大事!

本文主要分为三个部分。第一部分首先介绍盐业垄断的基本状况;第二部分介绍北京东方公益法律援助律师事务所为改变

---

* 毛晓飞,中国社科院国际法研究所助理研究员。

盐业垄断状况所采取的一系列公益性法律活动;第三部分是对国企垄断、公共利益和法治建设的探讨。

一、盐业垄断的基本情况

我国盐业总体情况是产大于销。以 2009 年为例,盐的总生产能力达到 7 111 万吨,实际产量是 6 600 万吨,销量达到 5 800 万吨。盐产品可分为三类:第一类是"食盐",销量大约为 800 万吨;第二类是"小工业盐",约为 1 000 万吨;第三类是"大工业盐",约为 4 000 万吨。这个产品分类实际上并不科学,而是垄断的结果。

垄断主要发生在食盐和小工业盐的专营批发环节,实施垄断经营的是中国盐业总公司和各地的国有盐业公司。盐的生产基本已经放开,全国大大小小约有 3 000 家制盐企业,其在食盐和小工业盐的生产中依然受到盐业公司的控制。

首先,可能还得先说说什么是"食盐",这个看似简单的问题,但是在垄断体制下却略显复杂。很多人都认为,食盐和工业盐的区别就是食盐能吃,工业盐不能吃。这是一个理解上的误区,名称本身是造成误解的原因之一。实际上,从食盐和工业盐的物理性质和加工过程来看,两者没有本质区别。唯一的差别就在于,我国的食盐必须加碘,而工业盐则不含碘。根据中国的国家标准,食盐和工业盐的氯化钠含量都要达到一定的标准,食盐最低的氯化钠含量为91%,工业盐则要达到92%。仅从标准上就可以看出,两者的成分是相同的,事实上,在生产过程中,食盐和工业盐也是以相同方式生产的,仅仅在加碘工序上有所差异。那么,加碘是怎样的一个"神秘"的过程呢? 实际上,这个生产过程十分简单。制盐企业与盐业公司加碘又略有差别。

制盐企业是在原盐(食盐与工业盐的统称)加工的过程中加

碘。碘溶液与潮湿状态下的原盐混合，然后，经过烘干、包装，就成为市场上供应的加碘食盐。盐业公司加碘步骤一般是，从制盐企业购入 50 公斤装的原盐，拆开包装后放入普通分装设备中，然后，将碘溶液与干燥状态下的原盐进行搅拌，最后，经过手工包装制成加碘食盐。

这两个不同加碘过程的区别在于：第一，制盐企业加碘是在一个相对封闭的生产环境中进行，从食品加工的角度来说，更加卫生，较少空气粉末的污染；第二，制盐企业在原盐潮湿状态下加碘，有利于碘的均匀附着，而盐业公司是在干燥的情况下，容易产生分布不均的情形；第三，制盐企业加碘是一体化的过程，没有浪费的包装成本，但盐业公司加碘，首先必须拆开大包装，加碘完毕后再重新包装成小包装，这样就造成二次包装的浪费成本。在实际情况中，盐业公司为了保证加碘的质量，基本都委托制盐企业完成食盐加碘过程，盐业公司只保留了很少一部分。因此，虽然名义上盐业公司负责食盐加碘，但实际"干活的"还是制盐企业。

大工业盐和小工业盐的区别在于客户用盐量的差异。大工业盐主要由生产纯碱和烧碱的化工企业使用，用量较大，每年要达到几十万吨甚至上百万吨，因此，人们将生产纯碱和烧碱的工业盐俗称为"大工业盐"。小工业盐的用户采购数量相对较小，有几十吨的，也有几十公斤的，故称为"小工业盐"。这样一种仅凭客户采购数量而划分的垄断范围，显然与经济学意义上的垄断相关市场毫无关系。大工业盐的销售已经在 1995 年经朱镕基总理批示后取消了垄断，实现了制盐企业与客户的直接交易，完全采取了市场竞争方式。大工业盐的市场价格也保持在竞争水平，约为每吨 200～300 元，而小工业盐的批发则由盐业公司垄断，垄断售价高达每吨 800～900 元。

目前，全国大大小小有 2 000 多家国有垄断盐业公司，这些盐业公司基本都是按照行政区划设立。各省（直辖市、自治区）、市、县（区）分别设立本地的盐业公司，成为地域性的垄断者。这些盐业公司把整个中国市场人为地分成很小的"豆腐块"，每一个盐业公司都在自己的领域中独享垄断收益,相互之间不可以进入对方市场,而来自外部的竞争则更加不可能,因为未经许可买卖食盐和小工业盐都属于我国《刑法》第 225 条所禁止的非法经营。尽管如此,由于受到垄断利润的巨大诱惑,每年各地还会出现许多贩卖"私盐"的案例。

国有盐业公司的垄断带来了诸多问题,如生产效率低下、毫无创新、商业贿赂和腐败等。其中,垄断带来的最严重问题就是消费者利益损害,资源配置无效。这一点已经明显无误地反映在商品价格上,大工业盐的批发价格在 1995 年市场化后保持在平均每吨 200~300 元的水平,小工业盐则高达每吨 800~900元,而垄断控制最严密的食盐批发价格则更是奇高无比,达到每吨 1 500~2 000 元,而加碘成本只有每吨 25 元左右。如果以大工业盐的价格为市场参考价,那么,国有盐业公司通过垄断价格从消费者手中攫取的利益是十分惊人的。

盐业垄断与公共利益之间有什么关系呢?在小工业盐的批发专营中,人们找不到任何专营与公共利益之间的关联。在食盐批发专营中,垄断与消除碘缺乏病之间的关系也是令人质疑的。不可否认,在专营普及碘盐之初确实有较为明显的效果。与 1995年相比,碘盐的覆盖率从 80.2% 上升到了 2002 年的 95.2%,但问题是,国有垄断企业从中获得的垄断收益与其为维护公共利益付出的加碘成本之间不成比例。因此,垄断造成的消费者利益(也同样是一种公共利益)的损失比消除碘缺乏病要大得多。更令人震惊的是,2006 年 8 月,卫生部在新疆南疆部分地区又查证有新发地方性克汀病,并提示在碘缺乏高危地区存在有新发地方性克汀病的隐患。这是一个令人警醒的事件,因为地方性克汀病恰恰是一个地区人群长期缺碘的最严重表现,也就是说真正的碘缺乏病危害并没有通过食盐专营制度被消除,这与政府行政机关公布的漂亮数据形成了鲜明的对比。在卫生部此后的追查之下,在新疆、宁夏等 5 个省(区)确诊新发克汀病人 326 例。2008 年时,卫生部坦言,"发生新发克汀病,表明当地已有相当数量的儿童出现了智力低下,是严重的公共卫生问题"。具有讽刺意味的是,导致这些地方克汀病出现的原因也恰恰在于专营制度,因为获得垄断特权的盐业公司根本不愿意采取"以近补远"、"以肥补缺"的原则,将其在人口密集地区获得的垄断利润用于补贴对人口稀少偏远地区的额外销售成本,反而将运输成本费用计入食盐价格,结果导致越是人口稀少偏远地区的碘盐价格越高。由于当地消费者可以从"私盐"渠道获得价格相当于官价1/3的未加碘的食盐(因为生产碘盐的碘元素也是受到国家限制的,只能由获得生产指标的企业获得),结果导致当地食用者不能长期保持碘的摄入,尤其是孕妇,最终的悲剧就是出生婴儿因天生缺碘而成为智力不健全者,终身无法治愈。

二、公益性法律活动

尽管如此,盐业公司的垄断依旧未变,因为该制度得到了政府出台的一系列法律规定的保障。其中最为重要的是1990年国务院颁布的《盐业管理条例》、1994年国务院的《食盐加碘消除碘缺乏危害管理条例》、1996年国务院的《食盐专营办法》以及1995年国家计划委员会和国家经济贸易委员会联合颁发的《国家计委、国家经贸委关于改进工业盐供销和价格管理办法的通知》。为了让国有企业的垄断以及相关的垄断性规定得到国家立法机关和司法机关的重新审视,消除垄断对全体消费者利益造成的损害,东方公益法律援助律师事务所采取了一系列公益性法律活动,主要包括三个方面:公益上书、申请政府信息公开、公益诉讼。

首先,依据《立法法》和《反垄断法》,东方所向有合法性审查职权的国家机构提交建议书,建议审查有关食盐专营制度的行政法规、部委规章和地方性法规的合法性。这些机构包括全国人大常委会、国务院、江西省人大常委会。公益上书的目的在于,通过行使法律赋予公民和社会组织提出合法性审查建议的权利,提请有关机关及时撤销、修改或废止违法的规范性法律文件。

其次,东方所依据《政府信息公开条例》,向国家发展改革委、多个省、自治区和直辖市的价格主管部门和中国盐业总公司等提出了食盐价格构成的信息公开申请。被申请对象对这类信息公开申请的回应不一,少数有答复,多数则不答复。盐业公司要么不予答复,要么以"商业秘密"为由拒绝公开。

再次,依据《反垄断法》和《消费者权益保护法》,东方所代理了原告龚义(化名)起诉北京市盐业公司的公益性民事诉讼。本案为实验性案件。原告要求北京市盐业公司返还其在购买500克袋装食盐时因支付不合理价格(垄断高价)时所遭受的损失0.85元。北京市宣武区人民法院以该案属于垄断纠纷,基层法院无权受理为由,没有接受起诉材料。后原告于2009年7月3日向北京市第一中级人民法院递交起诉状,法官未经立案审查,当场以证据不充分为由,拒绝接受起诉材料。同时,东方所还代理被告人李伏明进行刑事申诉。李伏明于2001年被认为"未经许可经营行政法规规定的限制买卖的工业盐,扰乱市场秩序,情节特别严重,已构成非法经营罪",被判处有期徒刑7年,并处罚金32万元。根据东方所掌握的证据材料,李伏明非法经营罪不应成立。为撤销这一错案,东方所代理李伏明,向最高人民法院提交了刑事申诉书。

三、国企垄断、公共利益和法治建设

在盐业垄断的案例中,我们看到,在目前我国的法律体制下,国企垄断被置于非法和合法之间的模糊地带。当我们提出盐业垄断不合法的时候,遭到盐业公司强烈反对,他们认为其垄断经营地位是法律规定赋予的。然而,2008年开始实施的《反垄断法》明确提出"预防和制止垄断行为"（第1条和第3条），不论经营者是私营企业还是国有企业。况且，以身份自然推定行为善恶的非理性时代早已过去，现如今的国有企业与其他主体一样都成为市场中的"经济理性人"，而不再是政府行政机关进行经营活动的"工具"。因此，国有垄断企业的行为与政府行为不能够被直接画上"等号"，但是，它们之间时隐时现的"约等号"却又将法律的适用置于一种模棱两可的境地。合法与非法是法律科学中二元对立的范畴，是一个法治社会所必须澄清的。然而，到目前为止，从一系列公益性法律行动的结果来看，不论是负责解释法律的立法机关还是适用法律的司法机关，都对国有垄断企业的合法限度问题不置可否。这无疑会损伤法律的确定性这一法治国家的基本准则。

在国企垄断中，国有企业呈现了多重面孔。他们有时认为自己是营利性的企业，有时候又视自己为特殊公共利益的守护者，有时甚至是慈善家。当我们试图获得盐业公司到底从垄断行为中获得了多少收益、又为公共利益付出多少时，这样一种正当性的信息公开要求遭到了拒绝。他们认为这是"商业秘密"。殊不知，在一个政府法令不允许竞争的行业中，他们所殚精竭虑保护的商业秘密到底是为了防范假想的竞争者，还是受到垄断剥削的消费者？无论如何，他们此时是以企业的身份在说话。当我们说盐业垄断应当取消时，盐业公司又强调他们是为了保护公民的身体健康，此时，他们俨然成了国民的"守护神"，尽管人们是不可能听到任何一丝对克汀病重新出现后的失职检讨，而是归咎于向偏远地区运送食盐的"成本太高"。

由此可见，国有垄断企业可以在两套不同的话语体系中任意转换，在法律模糊的地带自由穿梭，真正实现"以国家的名义垄断、以市场的名义盈利"。

盐业体制改革回顾

陈国卫[*]

大家好,我现在在国资委监事会。我原来是国家经贸委经济运行局的副局长,当时分管轻工和盐业。今天受会议委托方的要求,我把我们过去曾经一度推动过的盐业机制改革的情况向大家做一个介绍。

我讲三个方面的内容:一是食盐体制改革的方向;二是食盐体制形成的利益集团是如何对抗改革的;三是对盐业管理体制改革的反思。

2001 年国务院机构改革把原来工业、商业的部分都撤销了,这些职能划归到当时的国家经贸委,自然盐业也划过来了。2001年 3 月份《化工报》有一篇文章,就是说这个问题。根据国务院领导的批示,我们开始对食盐管理体制进行调查研究,事很小,但是,在行业内以及行业外引起了关注。

第一个问题是食盐管理体制改革的方向。经过调查研究,食盐专营体制起过积极的作用,但随着形势环境的变化,它的弊端也显现出来。这个体制以及这个体制的一些受益者走向了自己的反面,主要表现在三个方面:一是政企不分,二是食盐专营扩大化殃及到小工业盐,三是把食盐生产企业排除在市场经济之外,

---

* 陈国卫,国务院国资委企业监事会监事。

严重的计划管理方式和市场垄断使食盐行业死水一潭，企业缺乏活力。这个行业成了被我们国家改革开放遗忘的角落，而且计划、审批产生的腐败，使生产企业民怨沸腾，但在计划大棒的高压下，生产企业噤若寒蝉，不敢也没有渠道反映自己的诉求，专营成了"专政"。尤其值得一提的是，这些年，这个体制为了垄断利益，极力打击所谓"私盐"，这个"私盐"中的大部分，实际上是正规企业所生产的合格的盐。食盐、非工业盐没有区别，而且这个结论是他们内部人员也承认的。有一次，我到广州调查，问盐业企业工作人员，我问广东这么多私盐是从哪儿来的，他说都是从生产企业来的。我本来想说，如果全是坑里边、沟里边弄出来的，那打击私盐任务非常重，因为质量太差了。

在盐行业内部，改革的呼声也十分强烈，而且我们接到很多企业发来的要求改革的报告和信件。

针对食盐管理体制的问题，我们提出了相应的改革措施。就是政企分开、生产企业进入市场和放开小工业盐。食盐恢复其普通商品身份，生产企业获得其市场经济地位。目标是在食盐行业引入市场竞争机制，使产销双方建立平等互利、和谐发展的良性分工关系。通过市场作用，淘汰落后生产能力，实现结构调整，促进行业健康发展，为消费者提供健康的产品。也使盐业公司真正找准市场定位，将其由"地主"变成"富农"，自食其力，依法经营，开拓市场，合理合法地发展。这样一来，消灭了暴利，也消灭了一方剥削的状况。当时我们也准备把这个分析以及形成的改革意见报告国务院，在这个过程当中，我们曾经和中国盐业总公司以及一部分省公司交换意见。当时，我们跟他们讲，这叫"挥泪斩马谡"，没有办法。

以专营为目的追求垄断利益是食盐这个体制的要害问题，它的垄断利益的产生很简单。对于由计划指标分配产生的黑色利益以及去向，我们今天不讨论，因为不是今天的话题，但这个问题也很严重。食盐、工业盐工艺上完全一样，区别就在于加碘。每吨食盐加碘的成本大概20块钱，平均到每斤盐上，也就是大概几分钱左右,可以忽略不计。但是,它的售价就高出了许多,工业盐成本大概是一二百块钱,最后的销售价是 2000 块钱,据说现在达到每吨 2500 到 3000 块钱,最后的利益都落到销售部门手里。有的同志看到分配不公,就认为盐行业的生产和销售是两个对立的利益主体,其实销售系统也有很多同志抨击现行体制,呼吁改革。我们接触了很多市、县一级的盐业公司,他们也表示希望改革,这完全出乎我的意料。我一直以为他们是铁板一块,原来不是,为什么?因为垄断的利益他们拿不到了,他们是地区分割的受害者。他们非常希望以较低的成本从省界边上进货,但实现不了,因为在现有体制下,他们只能从指定的渠道进货,销售成本大大提高。实际上,这个行业当中的一些有识之士早就看到了改革的必然趋势,曾经有一个局长跟我讲,知道我们来调查,前途还不敢设想,一个维护原有体制,一个是小改小革,一个是大改大革,他说我三个对策都有,说明这是一个明白人。

我们曾经收到一份举报信,是盐业公司一些干部寄来的,有名有姓有电话。他们认同改革,反对由现行体制引发的腐败。但是,为什么食盐体制改革这么难推进呢?这也就是我要讲的第二个问题,关键就是形成的利益集团顽固地对抗改革。凡是了解盐业体制以及对它的改革稍微做点研究的人都明白,盐业改革并不复杂,技术含量很低,而且风险最小,但却遇到了极大的阻力。

一是出于既得利益的考虑,国家和省级盐业公司步调一致地强烈反对改革,其中,中国盐业公司是一个总代表,他们顽固地对抗。二是他们得到了一些部门的支持,这跟他们在改革初期以碘缺乏病为由给领导写信有关。另外,有关的计划部门也在帮助他们说话,这是当时由于两个政府部门打架,《财经杂志》把这个文件公开出来,《化工报》也曾报道部分企业影响盐业体制改革。三是还有一个办法软硬兼施。在我们刚开始接手这个事情的时候,他们的头面人物直接跟我们说,你们不要管,什么事情让我们来做,你们自己的事我们全管了,你们出国、你们个人问题我们全管,我相信我不是唯一享受这种待遇的人。当后来扛不住的时候,又写信告状,各种手段都用上了,告到当时的经贸委领导那里,有的告状信我有幸看到,有的告到了国务院,经贸委撤销以后,我们这部分人整体分流到国家发展改革委,告状信又送到了发展改革委。四是利用媒体来欺骗领导和舆论,不断地制造工业盐冲击市场、危害人们健康的真真假假的新闻。1994 年朱镕基总理拍板放开工业盐的那一次,他们通过一个内参往国务院送,说会造成盐业混乱,工业盐放开弊大于利。总理不信邪,就放开了,什么事情都没出。

他们游说能量很大,2009 年国家发展改革委体改研究所提交了一份盐业体制改革的报告。我也有幸参与了这个报告的起草过程,一开始关于时间进度上,本来没有多长,就是一两年的样子,最后报告拿出来的时候,变成了 10 年。我相信这就是游说的力量。另外,他们还采用了移花接木的办法。前几天,工信部、发展改革委在酝酿本年度盐业体制改革时,中国盐业总公司提出说希望能够再给几年过渡期,并且找了一些企业,希望借企业的嘴提出来。他们让企业联名写了封信,但是,企业没有照他们的意图写,而是要求马上放开,他们最后用了企业的签名部分,把前面的内容换了,也就是要求给上几年过渡期。结果,我们崔处长把两个签名一对照,露馅了。

到了 2003 年初的时候,国家经贸委撤销,这项职能归到了发展改革委,体制改革悬搁,随后产生的问题腐败内容突出。网民揭露盐业管理部门是中国最腐败、最暴利的部分。

第三个问题,对食盐体制改革的反思。

有这么几个观点:

一是领导正视是关键,就是必须得正眼看这个问题。因为关于食盐体制改革,国务院一系列文件都有,而且很多文件就是批准国家发展改革委的什么什么东西,但是这个东西居然就能扛着不动,就能顶着不干,因为领导没正眼看这个事。

二是政府公务人员行使职责要出于公心,比如职责丢了可以下岗。当初他们拿这个话好好劝过我们,说将来盐业改革了,你们这里就撤销了,这些人就没事干了。另外,食盐专营的初衷是保护人民健康、消除碘缺乏症,他们就拿这个吓唬人,所以,使领导担心他们所虚构的后果会发生,这也是一些在岗位的同志不敢负责,怕担责任的心理障碍。

三是必须重视宣传舆论的作用。他们很重视舆论宣传,他们花很多钱在重要媒体做宣传,来对抗我们的改革,在行业当中造成了一种不会改革的表象。所以,应当在宣传上下工夫。

四是改革必须与转变政府职能相结合,互相推动。因为垄断利益和政府腐败几乎是天然就连在一起的,这会加大改革的难度。

五是发扬民主,广开言路。不能只让决策的小部分人和利益相关方的这部分人去谈改革,别的人不谈,最后结果是什么呢?这部分人当中很可能是明白人装糊涂,糊涂人装明白,这种情况一定要改变。

山西煤炭重组的法律与经济分析

张曙光[*]

今年山西省政府发布了关于煤炭重组的 10 号文件,文件要求 9 月 30 日以前完成重组,要把 2840 多座煤矿重组为 1000 座左右的煤矿。这个事情发生以后,社会上争议很大。有的认为是国进民退,有反对的说不是国进民退,认为是大进小退、优进劣退,各种各样的说法都有。因为这个事情牵扯到浙江和福建的投资最多,浙江有 450 家煤矿,大概投资 500 多亿元,产量 5000 多万吨,所以,浙江的民营投资协会对山西的文件提起了司法审查申请和行政复议。

我想讲这么几个问题,一个问题,从山西提出重组,从它的目的、动机来看,我觉得可以理解。我们不应该怀疑人家的目的和动机。它也是想搞好山西的经济,使山西的经济能够可持续发展。它也有它的依据,这个依据对不对、充不充分后面再说。一个依据是,在危机的形势之下,现在整个世界的趋向是在向政府干预一方转。另外一个,就是所谓的产业政策,也可以作为一般的依据。但是,我总觉得,我们现在拿山西这个事情和其他很多事情比,大家都可以看到,我们的很多事情目标很好,动机很好,但具体办法都很糟,甚至和既定的目标完全相悖,所以,这些具体

* 张曙光,北京天则经济研究所学术委员会主席、研究员。

办法不可能实现目标,其他政策也是这样的。

山西煤炭重组提出了一个我们需要考虑的问题,既然是一个产业的重组,那么,产业重组到底是市场行为还是政府行为。我看前天报纸上有人搬出中国特色来,说中国的情况特殊,所以,我们的产业重组是要政府行为和市场行为结合起来,我觉得这个事情本身就是荒唐的。因为重组的事情既然是产业方面的问题,政府就没有必要参与。但是,山西的问题恰好把它变成了一个政府行为。为什么说变成政府行为呢? 咱们看,政府首先规定要在9月30日以前完成重组,如果是市场行为,就不会这样。我们并购澳大利亚的铁矿,最后失败了,从山西的情况来看,只能成功,不能失败。我觉得首先就得明确表明,它是一个政府行为。

这里提出来一个法律问题,政府产业政策到底是什么性质? 国外的产业政策就变成一种法律,我们现在不是,是国务院的规定、省政府的规定,这里边就有一个问题,这些规定符合不符合行政许可法,给没给你授权,你能不能规定这个事情。现在国务院规定了,而且国务院规定的和山西省政府规定的还不一样,国务院规定煤炭企业最小规模是30万吨,从原来的15万吨提高到30万吨。但是山西这一次的规定,是90万吨。现在的民营煤矿几乎没有90万吨的,大概都在20、30万吨,所以,结果就是全部都要关闭。政府到底有没有这个权力,这些规定到底符合不符合行政许可的有关规定,是需要思考的问题。

另外,在作出这些规定以后,如果是行政决定的东西,就可以进行行政复议,如果是法律问题,就需要进行司法审查。刚才讲到,在盐业方面大概提了四个关于法律合法性审查的意见书,结果如何,我不知道。反正这一次山西煤炭重组事件,浙江提出行政复议和司法审查是没有结果的。所以,中国现在司法的状况,这些东西都没有结果。可以看到,我们的原则规定非常好,但是,缺乏一个落实的办法。其实有两种情况,一种情况就是完全落不实,因为它违背利益一致的原则,比如小产权房。为什么法律明令禁止,政府也三令五申,小产权房是禁而不止,照样发展,因为在这个问题上，中央的利益和地方的利益不一致，地方的利益和农民的利益不一致，那么大的利益都被地方政府和开发商拿走，农民能不争吗？争的一个有效办法就是盖小产权房。这是一种。还有一种像山西那种，有强力，可以推进，尽管它是不合法的、有问题的，但是它可以实施。就这么两个结果。所以，我觉得这个问题首先要讨论。

第二个是这里边还涉及合同法的问题，山西在前几年引资的时候，规定了一系列东西，签订了一系列合同，给人家发了全部的证照，6个证照。现在时间还没到，就要改变，那合同法的严肃性就大打折扣了。这次签订新合同，我接触了几个民营企业老板，讲述了合同的签订过程。民营矿主先要把6证交出来，把产权让出来，至于说你卖这个产权的价格是多少、金额是多少，合同上都没有写，但你得先签字，而且签字以后就把合同拿走，同时告诉你，等我们定了以后再给你一份。你要是不签字，一是封矿，二是炸矿。所以，今年山西的经济状况在全国各省里边是靠后的，而且煤炭产量也下降，这样的结果是意料之中的事情。这样的合同就荒唐到这么个地步，还要说它现在搞得很好。大家想想这样的合同也算合同，也能够实施下去，这也是很大的问题。

再就是价格，既然是市场交易，就应该市场议价，现在是政府定价。前天报纸上讲了，关于矿权补偿，有这么个说法，被兼并煤矿剩余资源量采矿权的价款，要给予补偿，2006年2月28日之后交纳采矿权价款的要按照50%给予补偿，2006年2月28日之前的要按照100%补偿。我觉得，不管是哪一个补偿，第一，政府自己定是不对的；第二，其实这里有一个过程，就是有的民营企业拿到矿权以后，再转手卖给他人，而且有的转手好多次，转手过程中价格涨得很快，当地政府也给予确认。现在按原来的价格作价，采矿权只能按我原来出让给你时的价钱补偿，有的还要打一个折扣，这合理吗？首先，这是一个议价的过程，其次，回到当初也是不行的。即使政府认为，煤矿原本是国有财产，当初采矿权作价有问题，那也不应该回到当初，而应该按照当初的定价和现在的议价,取一个合理的中值,既照顾到煤矿矿主的利益,也照顾到政府的利益。卖的已经升值了好多,没有卖的就要拿原来的东西,这个恐怕也不符合市场的规则。

比如一座房子,前些年出卖时价格很低,最近几年房价涨得很快,现在要收回来,你不管价格的涨落,要按照当初出卖时的价格付账,你说这合理吗?我认为是不合理的。所以,从这点来说,山西煤炭重组的合同是明显违反合同法的。归根到底,这是一个财产权利的问题。宪法上明确规定了要保护私人财产权,这是一个非常大的进步,但问题是你怎么落实这个东西。我们的改革搞了30年,到现在产权仍然是一个政策变量,政府可以随意变来变去,而不是一个制度变量。所以,中国现在的一个问题,在于财产权保障不力,这对于中国的经济是极其不利的。

最后讲一个问题,这次山西的做法,恐怕对山西的发展,或者对中国的发展会有很大的负面效果。引资的时候说得那么好,现在一句话就撕毁合同,谁还敢到山西投资。山西现在的发展是这样,如果将来大家没有信心,会是什么结果。

还有一个问题,简单讲两句。咱们总结一下历史,看看60年走过来的道路,你可以看到,凡是我们日子好过的时候,国就进,凡是我们困难的时候,就要人家来帮忙了,就让私人进入了:解放以后,50年代中,形势很好,咱们搞合作化,公私合营,把私营经济全部打垮了,国有国营几乎变成一统天下,由于国有体制僵化,效率低下,经过20年的积累,国营经济到了破产边缘,这时改革开放,发展民营经济,中国经济高速增长。经过30年的发展,在政府的大力扶植和呵护之下,国有经济又重新发展起来,现在政府的日子好了,又来收拾民营经济。中国不总结这个教训,我们吃亏的日子在后面,如果不解决私人产权保护的问题,使国有企业和民营企业真正平等竞争,共同发展,那么,这个局势发展下去,我觉得最后将是中国经济的另一次大波动。

深化垄断行业改革　促进社会全面发展

戚聿东[*]

一、垄断行业的重要性

(一)垄断行业在国民经济中占有很高的比重

垄断行业涉及采矿业,制造业,电力、燃气及水的生产和供应业,交通运输、仓储和邮政业,信息传输、计算机服务和软件业,居民服务和其他服务业等多个国民经济行业。以2004年第一次经济普查的数据进行计算,部分垄断行业主营业务收入高达35 997.25亿元,占当年GDP的26.3%。具体如下表所示。

2004年部分垄断行业经济数据

行 业	资产总计	就业人口	营业利润	主营业务收入
电力、热力的生产和供应业	37 983.19	278.72	729.84	15 461.90
燃气生产和供应业	1 179.91	17.64	-0.74	564.96

---

* 戚聿东,首都经济贸易大学工商管理学院教授。

续表

行　业	资产总计	就业人口	营业利润	主营业务收入
水的生产和供应业	3 070.17	58.50	-4.57	561.70
石油和天然气开采业	6 110.39	98.16	1 774.67	4 541.43
电信	18 789.80	90.55	1 194.71	5 455.44
广电传输	372.06	6.05	11.62	96.08
殡葬业	134.71	2.82	8.61	42.43
铁路运输业	9 972	173	130	2 126
道路运输业	9 181	204	271	2 481
城市公共交通业	1 864	124	11	647
水上运输业	4 736	69	335	2 049
航空运输业	3 771	21	78	1 406
邮政业	1 268	67	-9	564
合计	98 434	1 208.8281	4 529.403	35 997.25

资料来源:国家统计局,《中国第一次国民经济普查》,中国统计出版社,2005 年。

(二)垄断产业是国民经济的基础设施产业

例如,电力、燃气、自来水、石油、铁路、民航、公交、邮政、电信等行业的产出是国民经济其他行业的投入,在国民经济中处于不可替代的基础位置。因此,这些垄断行业经营效率的高低、产品或服务质量的好坏直接决定了一国经济的发展态势。

(三)垄断行业是关系国计民生的民生工程

例如,电力、供热、燃气、自来水、石油、铁路、民航、公交、邮政、电信、广电、采盐、烟草、殡葬等行业直接与居民的生活息息相关。这些行业的发展直接影响居民福利水平的高低。可以说垄断行业的发展是关系民生幸福、关系和谐社会建设的基础工作,是公众评价地方政府执政能力和管理水平的重要内容,直接影响着政府的形象。

二、垄断行业改革的必要性

(一)垄断行业改革是完善社会主义市场经济体制的必然要求

建立并完善社会主义市场经济体制的要求并不仅仅局限于竞争性领域。垄断行业是国民经济的有机组成部分,垄断行业的改革与发展不能也不可以游离于竞争性行业之外。推进垄断行业改革,使市场在更大范围内发挥资源配置的基础作用是完善社会主义市场经济体制的题中之义与必然要求。

(二)垄断行业改革已经严重滞后于整个改革进程

改革开放30多年来,我国在经济领域取得了巨大成就。1979 ~ 2008 年,GDP 总量增长 15.43 倍,GDP 年增长率高达 9.8%。不仅明显高于 1953 ~ 1978 年年均 6.1% 的速度,而且也大大高于同期世界经济年均 3% 的速度。在这 30 多年的波澜壮阔的改革中,我们的改革主要集中在竞争性领域,垄断行业的改革却严重滞后于整个改革进程。在这 30 多年的改革历程中,垄断行业很少涉及甚至一度被忽略。目前,我国垄断产业仍然是传统计划经济体制的延续,政企合一、政监合一、政事合一现象仍很普遍。垄断行业已经成为制约我国经济持续、快速发展的一个障碍。中国(海南)改革发展研究院进行的"2008' 中国改革问卷调查报告"发现,"垄断部门与市场部门相互冲突"已经成为我国经济社会结构性弊端中最重要的表现形式。

(三)克服全球金融危机及持续的国际需求不足,需要推进垄断行业改革

目前以及今后相当一段时期内,国际金融危机仍将持续、国际市场需求不足的现状将维持一段很长的时间。同时,我国制造业面临饱和约束。在这些内忧外患的双重约束下,垄断行业进行

改革、民营资本进入垄断行业就成为必然的选择。

(四)构建社会主义和谐社会需要进行垄断行业改革

目前垄断行业的高收入问题已经成为社会关注的焦点,对垄断的声讨一浪高过一浪。广大人民群众热切盼望共享改革的成果,建立社会主义和谐社会。推进垄断行业改革能够缓解收入分配不均的压力,让人们共享改革的成果,是构建社会主义和谐社会的必然要求。

(五)垄断行业改革也是提高我国国际竞争力的必然要求

根据世界经济论坛《2007—2008 全球竞争力报告》的研究,我国目前正处在要素驱动向效率驱动转变的阶段,在全球排名中名列第 34 位。而制约我国全球竞争力排名的一个重要因素就是基础设施发展程度与发展质量。其中基础设施竞争力排名是第 52 位。因此,提高我国国际竞争力需要对垄断行业进行改革。

三、垄断行业改革的可行性

(一)垄断行业改革的条件与时机已经成熟

上至中央政府,下至普通老百姓,都期盼对垄断行业进行改革。党的十七大报告明确提出了"深化垄断行业改革"的要求,体现了党对深化垄断行业改革的决心。面对上自中央的信心和决心,下自老百姓对改革的呼唤和压力,有理由相信深化垄断行业改革一定能够得以进行下去。

(二)垄断行业改革必将成为推动我国下一个30年经济增长的重要力量

据测算,垄断行业改革每年能使GDP提高2%。如果今后我国GDP每年能够持续增长8%的速度,那么,垄断行业改革的贡献率高达25%,将成为拉动经济增长的四驾马车之一(其他三驾马车是投资、消费、出口)。另据测算,仅仅"十二五"期间,垄断行业改革对GDP的拉动就可以高达10%。

四、推进并深化垄断行业改革的对策

(一)垄断行业改革的复杂性

推进并深化垄断行业改革是一个系统工程,涉及政府、行业、企业、公众等多个层面和主体,涉及产权、治理、运营、竞争、价格、规制等多种内容,涉及改革的模式和路径,涉及众多外部约束和条件。而且这些主体、内容、条件、措施之间又是彼此相互联系、相互制约,可谓"牵一发而动全身",改革异常复杂。

(二)垄断行业改革应当采取"六位一体三阶段"的"整体渐进式改革"

垄断行业改革的复杂性,要求我们审慎选择改革模式与路径。改革的复杂性要求政府系统设计改革政策,在竞争模式、运营模式、产权模式、治理模式、价格模式、监管模式等众多方面整体同步推进。总的来讲,垄断行业改革需要坚持整体渐进改革的大思路。这是我国改革开放30多年总结的最基本的改革经验和路径之一。在运营模式选择上,需要在企业业务的范围内与竞争效率之间进行权衡取舍,究竟要"大而全"的范围经济还是要单纯的"小而专"的竞争效率? 对此,我们主张综合运营商业模式,也就是混业经营模式。在竞争模式设计上,需要在企业业务规模经济与竞争效率之间进行权衡取舍,究竟要"少而大"的规模经济还是单纯的"多而小"的竞争效率? 对此,我们主张企业数量适度的寡头竞争模式。关于产权模式,究竟是要单纯的国有独资公司形式还是多种经济成分基础上的混合所有制企业? 对此,我们主张国有相对控股公司,因为实证分析表明,国有相对控股公司在国有制的各种形式企业中综合效率最高。关于治理模式,我们究竟是要政府单边主导型的治理模式还是政府参与的重要利益相关者共同治理模式? 我们主张后者。关于价格模式,我们究竟是要政府定价还是要市场定价? 我们认为价格的市场决定机制是改革的大势所趋。关于监管模式,究竟是要加强监管还是放松监管? 我们主张总体上是放松监管的趋势,因为竞争和自由进退是市场经济的精髓。当然,监管的放松程度要依赖于垄断行业的竞争程度而定。另外,监管要由经济性监管(进入、价格等方面的监管)逐步过渡到社会性监管(质量、安全、健康、环保、秩序、公平等方面的监管),由专业性部门监管逐步过渡到综合性部门监管(大部制)。

(三)推进并深化垄断行业改革大概需要 30 年的时间

改革是一个制度创新的过程,任何制度创新都是缓慢的。在整体渐进改革思路下,我国垄断行业的改革从启动、试点、推广到全面实施,直到改革的成功,这一改革进程至少需要 30 年时间。考虑到 20 世纪 90 年代中期我们就已经在石油、电信、电力、民航等典型垄断行业领域启动了以引入竞争为主题的改革,预计到2025 年左右,我们将会看到传统垄断行业改革的最终成果。届时,垄断行业的"垄断性"将不复存在,垄断行业全部改造成为市场经济体制下运行的竞争性行业,加上运营模式、产权模式、治理模式、价格模式以及规制模式的配套跟进,一种"相竞而进、相争而奇"的"化腐朽为神奇"局面将会成为现实。

(四)垄断行业改革的注意事项

在改革过程中,我们一定要注意以下几点:一是要坚持由综合改革部门整体设计,渐进实施,避免由改革对象制定改革方案的情形,避免改革中"反复折腾"现象;二是要坚持配套,积极创造条件,处理好改革、发展和稳定的对立统一关系;三是妥善处理好方方面面的利益矛盾,特别是垄断行业高管者的人事安排工作,坚持"讲政治"和"顾大局",这也是相比于国外而言我国独有的改革优势。

国有工业的资源利用率和发展态势

韩朝华[*]

    国有企业改革问题始终是中国经济改革过程中的一个重要问题。近一年多来,社会上关于"国进民退"的热议再一次引发了社会各界对国企改革问题的关注。与 20 世纪 90 年代不同,此次围绕国企改革问题的讨论焦点落在了国企利润分配、国有企业的垄断地位和国有经济的发展趋势上。

    但是,对于这类问题的讨论,不能仅凭一些现象就下结论,需要做系统的实证分析。本文依据国家统计局逐年公布的 39 个工业行业的数据[①],分析近年来国有工业的产业份额和盈利情况,为上述问题的讨论提供一些事实依据。

一、国有工业的主要利润来源

    近年来,国企利润分配问题成为热点,是因为进入新世纪以来国有企业的盈利连年大增。然而,围绕国企盈利的大多数讨论都聚焦于

---

   * 韩朝华,中国社科院经济学部研究员。

   ① 本文所用的数据均出自 2006～2009 年《中国统计年鉴》中的工业分行业数据。这些数据也可以从国家统计局的网页上下载。

国企利润的分配上,即国企有了盈利是否应"分红",该如何分红,以及这样的"红利"该用于何处等。很少有人追问,国有企业的这些利润是怎么来的,有哪些因素在支撑着国企的高盈利。这种对国企盈利不问来路、只重分配的态度很可能忽略了真正重要的问题。因为如果这种高利润并非源于高效率,而是其他非效率性因素的产物,则这种利润本身的社会合理性就值得追问了。与国有企业利润的分配和使用问题相比,国有企业利润的来源问题,更根本,更容不得糊里糊涂。

我们先分别看一下三类不同工业的总利润额在 39 个工业行业中的分布差异度。这一分析的目的是要弄清楚,每一类工业的利润及其增长主要源于哪些行业领域,是主要源于少数几个行业呢,还是相对均衡地源于多数行业。我们考察的差异度指标有两个。第一个指标是行业利润比重的标准差,即对每一类工业,我们分别算出其在每个行业中所获得的利润额占其全部总利润额的比重,然后,求出这 39 个行业利润比重值的标准差。这个标准差的数值越大,说明这一类工业的利润在 39 个行业中的分布越不均匀。反之,则利润的行业分布越均匀。就我们这里所要了解的问题来讲,一类工业的利润在各行业间的分布越不均匀,意味着这类工业的利润来源越集中于少数行业,从而这类工业的盈利与这些行业的特点越具有相关性。第二个指标是行业年度利润增长贡献率的标准差。这个差异度指标考察每一类工业中各行业利润额的年增长率,对该类工业总利润额年增长率的贡献率是否相对接近。这是从利润增长速度的角度考察每一类工业的利润源分布状况。这个标准差的数值越大,说明这类工业的总利润增长越倚重于少数行业的利润增长。表 1 是关于这两个标准差的计算结果。行业年度利润增长贡献率的标准差因基于行业利润额的年增长率,因此,计算结果中少了 1 个年份,为 2006 年至 2008 年 3 个年份的数据。

从表 2 可以看出,在这两个标准差指标上,都是国有工业的数值最大,三资工业次之,私营工业最小。这说明,国有工业的行业利润比重和行业利润增长率都是最不均匀的,而私营工业的行业利润比重和行业利润增长率则要比国有工业均匀得多。

表 1　三类工业的行业利润比重和行业利润增长率差异度

行业差异度指标	经济类型	2005 年	2006 年	2007 年	2008 年
行业利润比重标准差	国有工业	7.234	7.473	5.880	8.723
	三资工业	3.383	3.324	3.219	3.283
	私营工业	2.425	2.360	2.404	2.440
行业年度利润增长贡献率标准差	国有工业		17.598	16.076	26.753
	三资工业		15.860	15.747	18.388
	私营工业		15.580	15.614	15.627

　　表 2 分别提供了各类工业中行业利润比重的最大值、最小值及其极差(最大值与最小值之差)。这也是比较三类工业的利润额行业分布差异度的一种方法。从表 2 可以看出,国有工业的行业利润比重最大值在各年度里都远远超过了其他两类工业,而私营工业的最大值始终是最小的。同时,国有工业的行业利润比重最小值则是三类工业中最低的,且 4 年均为负值。由此而来,国有工业中行业利润比重的极差始终居三类工业之首。

表 2　三类工业行业利润比重的最大值、最小值及其极差

经济类型	指标	2005 年	2006 年	2007 年	2008 年
国有工业	最大值(%)	42.083 9	42.923 2	32.247 4	49.558 0
	最小值(%)	− 3.024 2	− 4.924 8	− 0.488 3	− 14.805 0
	极差(百分点)	45.108 1	47.848 0	32.735 7	64.363 0
三资工业	最大值(%)	17.524 5	16.804 2	14.805 5	13.788 0
	最小值(%)	0.022 5	− 0.000 4	− 0.000 4	− 1.151 2
	极差(百分点)	17.502 1	16.804 6	14.805 9	14.939 2
私营工业	最大值(%)	8.446 4	7.840 7	8.650 4	8.897 4
	最小值(%)	0.001 9	0.000 3	0.000 4	0.004 8
	极差(百分点)	8.444 5	7.840 4	8.650 0	8.892 6

　　如果比较一下这三类工业中行业利润比重的最大值,可以发现,在这 4 年中,国有工业中获利最高的那个行业单独提供的利润额达到了国有工业年度总利润额的 30% 或 40% 以上,在 2008

年甚至接近了 5 成（49.56%）。与此相对，私营工业的行业利润
比重最大值没有一年超过 10%。同时，国有工业中每年都存在亏
损行业（负利润行业），但私营工业中没有一年出现亏损行业。三
资工业利润源的行业分布均匀度处于国有工业和私营工业之间。
其每年获利最多行业的利润比重在 10% ~ 20% 之间。同时，其行
业利润比重的最小值中，除 2008 年为 -1% 强外，其余 3 年的最小
值基本为 0。这就再一次证明，国有工业利润的行业分布极不均
衡，而非国有工业利润的行业分布则相对均衡。在国有工业中，
既存在着少数高盈利行业，也存在许多亏损行业，并且少数高盈
利行业为国有工业创造了巨额利润，并掩盖了国有工业在许多其
他行业中的大量亏损，使国有工业在整体上表现出连年盈利的表
象。而在私营工业中，利润来源则相对均衡，既没有明显的高盈
利行业，也不存在明显的亏损行业。

表3　三类工业中行业利润比重前 5 位行业及其比重合计

经济类型	2005 年	2006 年	2007 年	2008 年
国有工业	石油和天然气开采业	石油和天然气开采业	石油和天然气开采业	石油和天然气开采业
	电力、热力的生产和供应业	电力、热力的生产和供应业	电力、热力的生产和供应业	煤炭开采和洗选业
	黑色金属冶炼及压延加工业	黑色金属冶炼及压延加工业	黑色金属冶炼及压延加工业	交通运输设备制造业
	烟草制品业	交通运输设备制造业	交通运输设备制造业	烟草制品业
	煤炭开采和洗选业	烟草制品业	煤炭开采和洗选业	电力、热力的生产和供应业
	78.95%	80.11%	70.72%	87.68%
三资工业	通信设备、计算机及其他电子设备制造业	通信设备、计算机及其他电子设备制造业	通信设备、计算机及其他电子设备制造业	通信设备、计算机及其他电子设备制造业
	交通运输设备制造业	交通运输设备制造业	交通运输设备制造业	交通运输设备制造业
	化学原料及化学制品制造业	化学原料及化学制品制造业	化学原料及化学制品制造业	电气机械及器材制造业
	电力、热力的生产和供应业	电气机械及器材制造业	电气机械及器材制造业	化学原料及化学制品制造业
	电气机械及器材制造业	通用设备制造业	通用设备制造业	通用设备制造业
	48.27%	47.52%	47.75%	48.50%

续表

经济类型	2005 年	2006 年	2007 年	2008 年
私营工业	纺织业	非金属矿物制品业	非金属矿物制品业	非金属矿物制品业
	非金属矿物制品业	纺织业	化学原料及化学制品制造业	化学原料及化学制品制造业
	通用设备制造业	通用设备制造业	通用设备制造业	通用设备制造业
	化学原料及化学制品制造业	化学原料及化学制品制造业	农副食品加工业	农副食品加工业
	农副食品加工业	农副食品加工业	纺织业	纺织业
	37.28%	37.23%	37.01%	36.95%

那么,这三类工业的主要盈利行业都是哪些行业呢?表 3 提供了这方面的部分信息。从表 3 可以看出,2005～2008 年期间三类工业中年度行业利润额比重最大的前 5 位行业,以及这前 5 位行业利润额比重的合计值。其中,国有工业的前 5 位盈利行业首推石油和天然气开采业,然后是电力、热力的生产和供应业(电力行业)、黑色金属冶炼及压延加工业(钢铁行业)、运输设备制造业、烟草行业和煤炭行业,几乎是清一色的重工业行业和垄断性行业。三资工业的前 5 位盈利行业首推电子设备制造业,然后是化工行业、电气机械行业、通用设备制造业和电力行业,明显以技术含量较高的制造业为主。私营工业的前 5 位盈利行业中,首推非金属矿物制品行业,然后是化工行业、通用设备制造业、农副食品制造业和纺织业,绝大多数属于普通制造业。而且从表 3 中提供的利润额前 5 位行业的利润比重合计值(表 3 中的百分数)可以看出,国有工业中利润额前 5 位行业提供的总利润占国有工业总利润额的 70% 或 80% 以上,三资工业中盈利额前 5 位行业提供的总利润占三资工业总利润额的 47%～48%,而私营工业盈利额前 5 位行业提供的总利润占私营工业总利润额的比重不足 40%。这说明,国有工业的主要利润来源就是其盈利额前 5 位行业,而私营工业的主要利润来源并不非在其盈利额前 5 位行业之中。

众所周知,在我国的基础原材料工业和重工业领域中多行政保护性行业和垄断性行业,如石油和天然气开采业、电力行业,更别提政府专营的烟草行业。至于说钢铁行业、运输设备制造业、煤炭行业,虽不算完全的垄断性行业,但也是政府管制较多、民营企业很难在其中大发展的行业。而三资工业和私营工业的盈利额前5位行业中则基本上没有这样的行业。私营工业的盈利额前5位行业中甚至还包括了农副食品加工业和纺织业。这是两个典型的劳动密集型行业,属于高竞争性的传统轻工业领域。

上述分析清楚地证明,国有工业的利润主要来自低竞争性行业,而非国有工业的利润主要来自高竞争性行业。弄清了这一点之后,再来看近几年里关于国企利润分配的议论就会发现,这种讨论并没有抓住真问题。因为存在垄断,意味着存在市场扭曲和社会福利的损失,而且垄断造成的社会福利损失往往在数量上大大超过垄断厂商所获得的垄断利润。所以,只要有垄断,首要问题就是消除垄断。只有在无法消除垄断(如存在不可抗拒的自然垄断)时,才要考虑如何处置源于垄断的利润。一般来讲,对源于自然垄断的利润,需要通过法律的或行政的措施,由政府征收,并将其转用于其他社会公益性用途。这是不得已的办法。但目前,作为我国国有工业主要利润来源的那些行业都不具有自然垄断性。因此,面对这样的垄断性高利润,当务之急应是反垄断,而不是如何分配这些利润。在当前的国企利润问题上,不研究如何强化竞争,消除垄断,只关注如何分利润,无疑是在捡芝麻、丢西瓜。

二、国有工业的产业比重变化

再来看一下近年来我国国有工业、三资工业和私营工业的发展态势。我们着重考察这3类不同所有制工业在工业总资产、利润总额、工业总产值和就业人数这4个经济指标上的比重变化。从表4可以看出,在2005~2008年的4年中,在这几个工业经济指标上,国有工业所占的比重都很高,但从动态来看,国有工业的比重是趋于下降的。其中,总资产比重下降了5.31个百分点,利润总额比重下降了15.6个百分点,工业总产值比重下降了6.15个百分点,就业比重下降了9.5个百分点。与此相对,三资工业在各项指标上的比重基本保持稳定,而私营工业在这4个指标上的比重都有较大幅度的上升。如,私营工业的总资产比重上升了近5.9个百分点,其利润总额的比重上升了15.8个百分点,其工业总产值比重上升了9个百分点,其就业人数比重上升了8.7个百分点。

表4 2005~2008年期间我国工业中不同所有制工业的比重及其变化

经济指标	经济类型	2005年	2006年	2007年	2008年	增减(百分点)
总资产(%)	国有工业	55.42	53.47	51.38	50.10	-5.31
	三资工业	30.30	30.50	31.30	29.76	-0.54
	私营工业	14.29	16.03	17.31	20.14	5.85
利润总额(%)	国有工业	51.01	49.74	46.18	35.39	-15.62
	三资工业	32.40	31.56	32.20	32.19	-0.21
	私营工业	16.59	18.70	21.62	32.42	15.83
工业总产值(%)	国有工业	39.62	37.15	35.06	33.47	-6.15
	三资工业	37.78	37.59	37.39	34.83	-2.95
	私营工业	22.60	25.26	27.55	31.70	9.10
就业人数(%)	国有工业	34.30	30.61	27.45	24.76	-9.54
	三资工业	34.75	35.94	37.06	35.60	0.85
	私营工业	30.95	33.45	35.48	39.64	8.68

如果分行业来看,国有工业的比重下降态势仍然是三类工业中最突出的。表5显示,在39个工业行业中,国有工业在绝大多数行业里,4个指标的比重都是下降的。而私营工业则几乎在所有行业的所有指标上,都提高了比重。

表5　分指标看三类工业的比重下降行业数

	国有工业	三资工业	私营工业
工业总产值比重下降行业数(个)	34	24	0
工业总资产比重下降行业数(个)	36	19	0
利润总额比重下降行业数(个)	27	28	0
就业人数比重下降行业数(个)	37	18	1

值得注意的是,即使是在煤炭、钢铁、大型工业设备制造等被公认为出现了明显"国进民退"现象的行业中,国有工业的比重仍然是下降的。以工业总产值指标为例(表6),2005~2008年期间,煤炭行业中,国有工业的产值比重下降了近11个百分点,而私营工业的产值比重上升了9个百分点;钢铁行业中,国有工业的产值比重下降了近7个百分点,而私营工业的产值比重上升了4个百分点以上;交通运输设备制造业中,国有工业的产值比重下降了7个百分点,而私营工业的产值比重上升了近8个百分点;电气机械及器材制造业中,国有工业的产值比重下降了4个多百分点,而私营工业的产值比重上升了10个多百分点,等等。

表6　2005~2008年期间三类工业在部分行业中的
工业总产值比重增减(百分点)

工业行业	国有工业	三资工业	私营工业
煤炭开采和洗选业	-10.9	1.9	9.0
石油和天然气开采业	0.3	-0.6	0.2
石油加工、炼焦及核燃料加工业	-7.0	3.0	4.1
黑色金属冶炼及压延加工业	-6.6	2.3	4.3
有色金属冶炼及压延加工业	-7.8	0.4	7.5
通用设备制造业	-8.8	-3.1	12.0
专用设备制造业	-8.6	0.7	8.0
交通运输设备制造业	-7.1	1.3	5.7
电气机械及器材制造业	-4.4	-5.9	10.3
通信设备、计算机及其他电子设备制造业	-3.9	1.7	2.2
仪器仪表及文化、办公用机械制造业	-0.3	-10.1	10.4

若从工业总资产指标来看,情况也是如此。如在钢铁行业和石油天然气开采这两个行业中,国有工业的总资产比重都下降了1.2个百分点,而煤炭行业中的国有工业总资产比重更是下降了6.7个百分点。从就业人数指标的比重来看,国有工业在钢铁行业中的就业比重下降了8.8个百分点,在煤炭行业中的就业比重下降了10.4个百分点,在石油天然气开采行业中的就业比重下降了0.7个百分点①。

在国有工业和非国有工业之间所以会在行业比重上出现这样的相对消长,主要是因为在这一期间内,国有工业各项指标的增长速度都明显低于非国有工业。下图显示,在这4项指标的年均增长率上,都是私营工业最高,三资工业次之,国有工业最低。其中,在总资产、工业总产值和利润总额这3个指标上,私营工业的年均增长率分别是国有工业的2倍或5倍以上。而在就业人数的年均增长率上,国有工业还呈现为负增长。可见,在这一时期内,国有工业的发展活力远不如非国有工业。

2005～2008年期间不同所有制工业的年均增长率(%)

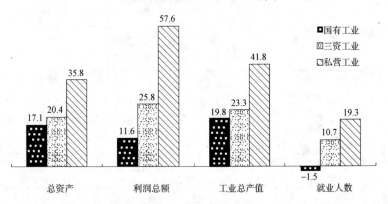

---

① 因篇幅有限,对这些方面的情况只简要提及,恕不全面列示具体数据了。

由此来看,尽管近一年多来,社会上关于"国进民退"的议论很多,但从整体上来看,至少在我国的工业领域中,并不存在普遍的"国进民退"迹象。相反,始于 90 年代的"国退民进"趋势仍在继续,未见拐点。考虑到工业经济在现阶段中国经济中占有举足轻重的地位,工业领域中的所有制结构及其基本演变趋势,应能代表当前中国经济整体上的所有制结构现状。因此,可以说,近一年多来出现的某些国企强势扩张只是些局部现象,目前尚不能断定,中国经济中的民营化趋势已发生了根本转变。

三、中国经济真会"国进民退"吗?

在弄清了当前国有工业利润的主要来源及其性质,以及国有工业的产业比重变化趋势之后,就可以来讨论一下,国有工业在今后的中国经济中将会如何发展,以及将面临怎样的挑战。

中国经济已经进入了市场经济的轨道,中国国内市场的竞争性在不断提高。这一点决定了任何企业要想在中国经济中持续发展和壮大,首先必须具有高的效率,从而能够适应激烈的市场竞争。经济分析中的效率评价不仅要看一种经济主体创造了多少利润额,更要看其为了获取这些利润占用了多少资源。在这样的效率评价上,有许多指标可用。但就本文所分析的问题而言,最适合的指标是总资产利润率。该指标是总利润额与总资产额之比,它考察一个经济主体为获得一定量利润额占用了多少资产(资源),从而反映着社会视角的资源使用效率。而国有工业在这一方面的实况将直接决定我们对普遍"国进民退"可能性的判断。

表7　不同所有制工业的总资产额（万亿元）

		2005 年	2006 年	2007 年	2008 年	4 年合计
总资产额(亿元)	国有工业	117 629.64	135 153.35	158 187.86	188 811.36	599 782.21
	三资工业	64 308.50	77 108.65	96 367.02	112 145.02	349 929.19
	私营工业	30 325.11	40 514.84	53 304.95	75 879.61	200 024.51
	国有/私营(倍)	3.9	3.3	3.0	2.5	3.0
总利润额(亿元)	国有工业	6 519.71	8 485.46	10 795.17	9 063.58	34 863.92
	三资工业	4 140.77	5 384.06	7 527.40	8 242.63	25 294.86
	私营工业	2 120.67	3 191.05	5 053.78	8 302.06	18 667.56
	国有/私营(倍)	3.1	2.7	2.1	1.1	1.9

　　表7 提供了 2005～2008 年期间三类工业的总资产额和总利润额。可以看出,在这 4 年当中,国有工业占用的总资产额和获得的总利润额都远远高于其他两类工业,居于首位。这反映出,获利总量与资源投入总量之间存在正相关性,国有工业占用的总资产最多,因而其创造的利润额也最多。但是,从表7 中的"国有/私营"倍率来看,总资产倍率明显高于总利润倍率。如这 4 年中,总资产的"国有/私营"倍率为 3,但与此相对,总利润的"国有/私营"倍率只有 1.9。也就是说,国有工业相对于私营工业的资产占用优势并没有完全体现为国有工业对私营工业的利润创造优势,国有工业与私营工业之间的总利润额差距明显小于这两类工业之间的总资产差距。这意味着,国有工业的总资产利润率显著低于私营工业。

　　表8 的数据证实了这一点。从表8 可以看出,2005～2008 年期间,三类工业在总资产利润率上由高到低的排序依次为私营工业、三资工业、国有工业。而三类工业在这 4 年内的平均总资产利润率分别为私营工业 9.33%,三资工业 7.23%,国有工业 5.81%。私营工业的总资产利润率相当于国有工业总资产利润率的 1～2 倍以上。而且国有工业的 4 年总资产利润率不仅低于其他两类非国有工业,而且还低于全部工业整体的平均水平(6.86%)。

表 8　不同所有制工业的总资产利润率（％）

	2005 年	2006 年	2007 年	2008 年	4 年总计
国有工业	5.54	6.28	6.82	4.80	5.81
三资工业	6.44	6.98	7.81	7.35	7.23
私营工业	6.99	7.88	9.48	10.94	9.33
全部工业	6.02	6.75	7.59	6.80	6.86
私营/国有（倍）	1.26	1.25	1.39	2.28	1.61

由此我们发现，2005～2008 年期间，国有工业占用了我国 50％以上的工业总资产，但国有工业实现的总资产利润率不及私营工业的 2/3。这意味着，我国半数以上的工业资源处于国内最低效率的运用状态之中。

熟悉中国经济现实的人都清楚，国有经济相对于民营经济的低效率，并不是这 4 年中的特殊现象，而是一个老问题了。

自改革开放以来，在对外开放不断扩大和国内市场日趋竞争化的大背景下，国有企业因其制度上的固有局限，越来越难以在投入产出效率方面与非国有企业相抗衡。这导致国有经济在竞争性较强的产业领域中不断收缩，并在 90 年代中导致大批国有企业的民营化重组。正是在这种背景下，民营经济才得以在中国多数经济领域中不断发展壮大。中国经济的民营化有其必然性。

由此来看目前的"国进民退"说，就会发现，这方面的议论没有把握住中国经济民营化的深层动因。

简单讲，导致中国经济不断民营化的深层次、基础性因素是中国社会对发展、致富和现代化的强烈追求。对于当代中国来讲，要想实现经济发展、民众致富和国家现代化，一个必要条件是要在发展中不断地提高经济效率，以适应经济全球化背景下的综合国力竞争。而国有企业制度恰恰是在这一关键方面无法适应当代中国的这一基本需要。因为建国以来的发展经验，尤其是近 30 多年来的改革开放经验已经证明，在资源利用效率上，国有经济部门在整体上无法匹敌非国有经济部门。而本文的分析结果则显示,这种状况至今依旧。

不能否认,中国社会的传统意识形态中有着维护国有经济的惯性,同时,当前社会中也确有一些强势利益群体希望并力推中国经济的"国进民退"转变。但是,这些都不足以阻挡中国经济的日趋民营化。因为在近 30 多年来的改革开放过程中,推动民营企业在中国不断成长壮大的深层动因不会因一些局部逆行因素的一时抬头而轻易消失。

更重要的是,当今中国正在谋求转变经济发展方式,贯彻和落实科学发展观。而贯彻和落实科学发展观的一个重要方面是要改变以往的粗放式经济增长模式,建立一种资源节约型和环境友好型的经济发展模式,使中国经济迈入一条更好、更快且可持续的增长轨道。这实际上是在资源利用效率方面对中国经济提出了更高的要求。为此,中国社会必须通过系统的体制改革和政策创新,鼓励和扶持高效率企业,抑制和淘汰低效率企业。因此,只要贯彻和落实科学发展观、转变经济发展方式的战略目标不变,中国经济不仅不会全面地转向"国进民退",而且还会进一步地民营化。因为,国有企业的大量存在实际上限制着中国经济在提高资源利用效率上的努力程度和范围,并使中国社会蒙受着巨额的潜在福利损失。

经过了 30 多年的改革开放,追求经济发展、改善经济质量、增加财政收入并提高民众生活水平的必要性已经深入人心。对于当代中国来讲,这已不再是一种单纯的经济政策目标,而成了一种具有重大政治意义的社会需求。甚至可以说,在当今中国,能否实现国民经济的又好又快发展,已成了能否保障社会稳定和体制合法性的基本决定因素。中国社会已不可能再容忍为了意识形态理由而牺牲经济增长、效率提高和民众致富这一基本要求。任何有可能导致经济增长失速、财政减收、人民生活水平下降的政策或体制都将在中国难以通行。因此,无论中国社会中有怎样的利益群体希望扩张国有部门的经济权势,也无论这样的利益群体有多么强的政治影响力,中国已很难再出现经济的全面

"国有化"。

四、主要结论

本文依据权威数据分析了近年来国有工业的利润来源及其性质,以及国有工业的发展态势。分析表明,近年来,我国国有工业的利润连年大增主要源于我国部分低竞争性基础产业领域的高增长和国有工业的巨额资源投入。与国有工业利润大增相伴随的,是国有工业的低效率。因为国有工业占用了最多的工业总资产,却只提供了最低的总资产利润率。国有工业的这种效率状态显然不符合贯彻科学发展观的要求。

在此基础上,本文讨论了近一年多来社会各界热议的"国进民退"现象。本文的论点是,中国经济的民营化进程不会逆转。因为保持中国经济的持续增长、不断提高经济效率和资源利用率、实现中国经济的长期持续增长是当代中国社会在经济发展上最基本的战略目标,而"国进民退"有悖于此战略目标。对于今后的国有企业发展来讲,重要的是深化体制改革,适应市场竞争,转变其粗放的发展和盈利模式。

超越"国有"与"民营",推进分类改革

卢周来[*]

一、问题的核心并不在于"国"还是"民"

稍有经济学常识的人都知道,从理论上讲,除了所谓"自然垄断"之外,所有的垄断都会造成社会福利损失。至于这种垄断是国有还是民营,并没有实质性区别:民企垄断照样损坏社会福利。甚至我们还可以说,从一般意义上看而非从现实看,如果"国有"真是"国有",百姓作为股东真正可以分享国企的垄断利润,比民营垄断还好,因为后者利润流向少数人!

但现在问题是"国有"也不是"国有",老百姓并没有真正享受到股东的权益,部分垄断性国企成了某部分人的"分利联盟",成了特殊利益集团。我认为这是当下问题关键之所在。

从讨论的情况看,我认为还有一个更实质性的问题:改革30多年,我们仍然没有从理论上澄清到底什么样的领域适合于"国",什么样的适合于"民"? 然后,即使适合于"国"的,又适合

* 卢周来,国防大学经济学教授。

于采取什么样的"管控"（Regulation）方式？

我的发言可能书生气一些，还是准备从理论讲起。

二、理论准备

（一）为什么"关系国计民生"产品需要"非市场"制度安排

为什么有"市场"与"非市场"两种不同的经济制度安排？德姆塞茨（Harold Demsetz，1996）认为，"解释制度安排的兴起与衰落必须求诸于非制度因素"。通过研究他提出，初始资源禀赋的不同是产生不同制度安排的原因，最初的制度产生后则遵循路径依赖的性质。

其中，在解释"非市场"制度的兴起时，德姆塞茨（2003）指出，当价格变化无法解决供给或需求时，市场机制将不能发挥其作用。因为道理很简单，市场之所以能够自发实现"瓦尔拉斯均衡"，就是价格的变化可以解决供给与需求。供给不足时，价格会提高，供给会因为利润的增加而增加，而需求会因为成本的上升而下降，从而达成供需新的平衡。而如果价格变化，但供给或需求一方却无法根据价格进行调整，市场当然就无法起作用。

那么，当价格变化无法解决供给或需求问题，市场可能会失败，如果一定坚持用市场解决，会有什么样的后果呢？这涉及价格弹性理论。因为供给或需求不能随价格进行调整，就相当于无价格弹性或价格弹性为0。而经济学又告诉我们，无论是供给无价格弹性还是需求无价格弹性，市场的后果必然是相当于"拍卖"，即漫天定价与市场排斥：价格会提高到最后一单位商品价格等于出价最高的需方能够接受的水平，而其他需求方将被迫退出市场。

我们进一步讨论，"价格提高到商品价格等于出价最高的需方能够接受的水平，而其他需求方将被迫退出市场"的后果是什么？如果此商品为必需品，将威胁一部分人的生存权。而恰恰不幸的是，作为生活必需品的商品尽管未必是供给价格弹性低，但往往正是需求价格弹性最低的商品。比如粮食与水，每人每天都应该有基本量，并不会因价格上升而基本消费量就会下降，否则危及人的生命。

也正因此，当价格无法解决供给或需求时，需要政府管制的介入。这就是所谓"关系国计民生的产品必须由国家控制"的理论根据。因为关系国计民生的产品，要么是供给有限的上游资源类产品（包括土地），要么是需求价格弹性有限的居民生活必需品。

（二）国家（政府）如何进行管控

那么，对于不适合市场制度解决的领域，国家或政府如何进行管控？我这里只讲两种情况。

第一种情况，提高价格也无法增加供给，而这种产品又是几乎无需求价格弹性的必需品。此时，政府往往实行"配给制"才能实现全社会福利最大化。第二种情况，提高价格可以增加供给，但这种产品又是几乎没有需求价格弹性的必需品。此时，政府往往实现"严格规制"尤其是防止垄断，才能实现全社会福利最大化。

我引用两个材料。

一个是著名产权学派经济学家巴泽尔（Yoram Barzel, 1989）提供的。巴泽尔认为，"如果资源供应十分紧张，政府计划或政府管制作为非市场安排就成为必要"。在《产权的经济分析》中，他引用了这样一个案例：

● 美国政府对水资源的使用有两条相反的规定。在东部，普遍实行源于英国普通法的所谓"沿岸所有"（riparian）的办法，允许土地所有者合理使用流经其土地的河水；而在美国西部，实行的是所谓"审批配水"的办法，西部各州都规定，要获得用水权，必须经过政府批准；获得用水权后，用水者必须严格按申请的用途用水，不得将水挪作他用，也不得单独出卖用水所有权。在对新水量的控制方面，新墨西哥州甚至根据净用水量来界定水权，即由政府人员不厌其烦地在抽取水时测量一次用水量，然后，在水使用完后再测量一次返流回河流的水量。

为什么美国东部与西部关于用水的制度安排完全不同呢？巴泽尔进行研究后认为，其中的原因就在于，美国东部水资源很丰富，而西部较为干旱，且西部河流水量各季度、各年度变化很大，水贵如油。其中，新墨西哥州又是西部最干旱的州，水更是极为紧缺的资源。一句话："价格无法解决水资源供给数量问题。"

另一个是美国 CNN 电视节目《加州电力危机》。

● 因为能源供应长期紧张，而电力需求又是基本需求，美国政府在 20 世纪 70 年代之前实施了一系列电力管控计划，"控制的程度甚至算得上很严厉"：一方面，用严格的"成本加成"合同控制电力价格，另一方面，用严格的阶梯定价（对超过基本需求之上的需求部分）控制电力需求。管控使能源整体消耗下降了 1/3，且电力供应一直正常。但加州的能源管制政策遭到了"芝加哥学派"的反复抨击。这些经济学家认为，政府管制完全没有必要，听任市场完全可以调节能源供需矛盾。他们的逻辑是，如果加州真的能源紧张，那么，反映在市场上，能源价格自然就会提升；而能源价格的提升，一方面，会因成本提高而使得人们减少使用能源，另一方面，因利润增加使得能源供应商增加供给。所以，能源供求关系自动得到了调节。政府干预不仅多余，而且干扰了市场运作。结果是里根政府取消电力管控政策。

● 管制放松后，能源使用量果然猛增，能源价格自然上涨，电力价格就翻了十几倍，仅 1999 年就翻了 3 倍。可加州的能源供求关系不仅没有因为市场调节而趋于缓和，反而愈发紧张。2000 年夏天，加州终于遭遇了前所未有的供电危机：为防止输电网络瘫痪，州政府与供电部门不得不对住宅与商业设施实行轮流停电管制,受影响的人口达 100 多万。对于习惯于现代生活的人们来说,没有了电意味着什么无需多说。加州人的词汇中增加了两个新名词:一个是:"Perfect Electric Storm"(完美电力风暴);另一个是"Rolling Blackouts"(轮流摸黑)。2001 年,电力危机继续发展,全州共停电 34 天,CNN 说,其影响如同一场经济灾难。

● 舆论把能源危机的矛头直指"放松管制政策"。CNN 电台主编说了这样一句话:And turned energy deregulation to a dirty word(放松能源管制成了一个肮脏的字眼)。而另外一个叫 David Freeman 的电力公司老板则说:"It was a leap of faith into free-market economics. It just doesn't work with electricity."翻译过来就是:自由市场经济的信念又向前跳了一大步,但它却不适用于电力行业。

加州电力危机到底因何而起? 尽管能源价格不断上涨,但能源的供给始终是有限度的,用经济学术语讲,即能源的供给缺乏弹性;而与此同时,能源作为一种必需品,人们对其需求并没有因为价格的上涨而减少多少,即需求也缺乏弹性。这样的结果是造成能源供应进一步紧张,推动价格继续上涨。最后以至于一些集团能源用户无法及时交纳费用,反过来使得弗里德曼等人预言的会有高额利润因而会增加供应的能源公司因不堪重负而濒临破产,最后甚至不得不求助于政府保护。在这里,完全自由市场经济的"帕累托境界"的确没有出现。

(三)如何看待"食盐专卖"制度?

单纯从理论上看,盐作为一种产品,供给可能是有价格弹性的,但需求却几乎没有价格弹性。如果任由市场发挥作用,盐商的最佳策略是不断提高价格,价格可以高到最高出价者的水平(假定社会不会因部分人缺盐而引发动乱的话),厂商可以剥夺全社会所有消费者的剩余。

也正因为盐具有缺乏需求价格弹性这样一种特性,历史上,盐自从具有商品特性时起,供与求就一直没有真正"市场化"过。

今天我们回顾那场著名的"盐铁之争",中国当下许多"自由市场派"学者却很少留意到,当年力主"盐铁专营"的管仲与桑弘羊尽管在政治上是"集权派",但在经济上恰是"市场派"。他们之所以提出专营思想,一方面,针对的恰恰是垄断。因为当时的私人盐商通过控制供给与提高价格剥夺百姓的现象十分普遍:"吴王擅障海泽,邓通得专西山,山东奸滑咸聚吴园";另一方面,也正因为他们认识到盐铁作为必需品,需求的价格弹性很低,因而经营盐铁利润颇丰。但与其让利归小人,不如通过专营使利归国家财政,"以均民用"。此外,他们主张,通过国家控制可以对盐供需进行"平准":哪里价格高可以往哪里调拨,平抑价格。

所以,"盐铁专营"理论上可能是没有错。孙中山当年曾有这样评价:"桑弘羊起而行均输、平准之法,尽笼天下之货,卖贵买贱,以均民用,而利国家,可谓知钱之为用者。"

但是,我们也看到,"盐业专卖"在理论上成立,"听上去也很美",而在历史上经常变成官府盘剥民众的工具,甚至不是为解决财政困难。所以,当下中国盐业发生的国有垄断损害消费者福利的事,并不是第一次。也正因此,我说,问题的核心不是"国"或"民",而是要找到一种"非市场"制度下更合适的治理方式。

三、"国有"还是"公营"?

我们下面就讨论到底应该是什么样的治理方式?是不是"非市场制度"安排就必定意味着只能是"国有企业"?并非如此。

我们再回到经济学。供给与需求都没有弹性,需要政府"配给制";而需求没有弹性,需要政府严格规制,但具体落实到治理机制层面,这种配给制或规制可以通过"公营"来实现,而不是"国有"来实现。

关于"公营机构"（public authorities）的由来。英联邦国家所谓"法定机构"（statutory bodies），美国所谓的"政府公司"（government corporation），加拿大所谓"皇家公司"（Crown corporation），北欧所谓"半官方机构"（Quangos），日本所谓的"特殊法人"（special corporation），其实都是"公营机构"。它们均为政府改革的产物，即把部分公共产品与服务从单纯的政府部门剥离出来，交给专门的特殊机构提供。

关于"公营机构"成立的目的，日本《总务厅设置法》中曾有这样的说法：

● 日本是市场经济国家，政府有必要介入社会资本的发展。

● 社会资本是指人的生活与经济发展所不可或缺的但由于其外部性、非排他性等性质，仅靠市场不能充分与有效供给的财物。

● "公营机构"区别于企业："不以盈利为目的，旨在维护国家与公众福祉；同时不得压迫民业，妨碍市场运作。"

可见，公营机构成立的目的，要言之是：一方面，试图弥补市场缺陷；另一方面，避免政府官僚机构运作的低效率。其中，我们看到，"食盐"非常符合其对于"社会资本"的定义：人的生活与经济发展所不可或缺，但由于其外部性、非排他性等性质，仅靠市场不能充分与有效供给。

鉴于社会各界对"公营"低效率的忧思，国外关于"公营机构"的监管有几乎相同的做法，即内部由董事会或管理委员会对管理层的监管，这点相同于现代企业制度；外部由立法机构、政府相关部门、公众与媒体等构成"监管网络"，这点又类似于现代政治中的民主制度。而这也恰恰表明，"公营机构"正好处于"市场"与"政府"之间。

我们以新加坡和美国为例，看看"公营机构"在部分国家现状。

● 新加坡 1965 年建国之时，政府部门高达 80 多家。后不断把一些政府部门改造成公营机构。目前政府部门仅剩 14 个，而公营机构高达 57 个。公务员 2 万人左右(不含老师与医生),而公营机构人员也达 2 万人左右。其中,建房局为全国 75% 的人口提供了住房。

- 美国一些领域尽管并非"公营",但因其"产权变更与经营细节变化都必须经过政府部门审批",因此,相当于"公营"。而这些领域竟然在不断扩张。1998 年美国《关键基础结构保护政策》(PDD63)规定,"基础结构是指具有下列关键功能的设施、设备与活动:联邦政府履行其重要的国家安全责任并确保公众健康和安全;州和地方政府维持有序运转,提供最起码的重要公共服务;私营部门确保经济有序运行以及重要电信、能源、金融和运输服务的正常提供"。2003 年《保护网络空间的国家战略》规定:"国家的基础结构包括农业、食品、供水、公共健康、应急服务、政府、国防工业基地、信息与通信、能源、运输、银行与金融、化学品和危险物品、邮政和船运部门的公共和私营部门。"2006 年《国家基础结构保护计划》(National Infrastructure Protection Plan, NIPP)再度确认了 17 类国家重要基础设施和关键资源:农业和食品;能源;公众健康和保健;电信;邮政和运输业;交通系统;化学;商业设施;政府设施;紧急事务处理部门;水坝;核反应堆;原料和垃圾;国防工业基地;国家纪念性和标志性建筑。其中特别规定,城市公共管网由国防部与国土安全部负责监管。

综上所述,我认为,解决目前"食盐专营"过程中垄断性国企剥削消费者福利的出路,并不是"民营化",更不是完全由市场发生作用的所谓"放开经营、自由竞争",而应该是交由非盈利的"公营机构"来进行。

四、"非市场领域"强行"市场化"的恶果:"供暖市场化"案例

按理说,我的观点已经陈述完了。但我仍然想提醒各位,如果

一定要把那些"价格无法解决供给与需求"的"非市场领域",也推向"市场化",后果会非常严重。这是因为,即使监管不到位,公营机构可能存在成本方面的低效率,但因为没有利润的压力,效率损失有限。而市场化企业行为完全不一样。因为企业遵循市场行为,是利润导向,这种利润导向的企业又占据垄断地位,所以,相对于公营机构,一方面,它完全没有降低成本的积极性;另一方面,它又同时具有无限抬高价格的激励;相当于"两次剥夺公众"。

我曾专门调研过"供暖市场化"改革,想以此作为案例说明我上面的观点。

(一)福利降低

供暖市场化改革后直接引发的问题主要有两点:

第一,在接受调查过程中,几乎所有居民认为,改革后立即出现了三个后果:一是有正式单位的职工工资单上多了一笔钱,是单位给的供暖补贴。二是冬天室内温度比改革前低多了。改革前室内温度平均在20度左右,有一件薄毛衣一床薄被子就可过冬。改革后几个城市室内温度都维持在国家规定的最低标准即16度左右,而且很多时候根本达不到16度,室内必须穿一件薄棉袄,在东北几个城市受访的130多户家庭中,87户添了厚棉被。即使如此,还经常发生停暖事件。三是家庭负担比改革前更重了。改革前有单位的,供暖费都是单位出;即使是效益不好的单位,因为分散供暖,也能保证冬天烧暖锅炉运转。改革后,按国家相关规定,单位负担80%,家庭负担20%。这意味着将工资单上补的那些钱交完肯定不够,家庭还得再向外交钱,所以,负担比改革前更重了。

老百姓认为供暖改革几乎反映了过去30年间所有公共领域市场化改革所造成的后果:表面上腰包鼓了些——因为有明补;但实际负担更重了——明补远不足以抵消支出;而福利下降更多——比改革前无论是服务水平还是质量都低了。

第二,供暖改革最大的受害者是无单位人员、困难企业职工。在东北各大城市,因为原来大量的下岗职工被要求脱离原单位,并入失业人员,这些没有单位管的人根本无法享受单位80%的供暖补贴;困难企业连工资都无法按时发放,更掏不起供暖补贴,而这些困难企业原来的供暖小锅炉都被拆除;政府有政策说享受低保的家庭由政府直接买单,但两种情况使得这项政策效果大打折扣:其一,应保未保家庭在东北与西北各城市非常普遍,这些收入极低的家庭本来就没有享受低保,现在又要新加一笔供暖负担;其二,收入刚刚越过享受低保最低线的家庭,因为不享受这项政策,在交纳供暖费后,立即成了特困户。《北京晚报》曾经报道过一个收入刚到300元左右的家庭,因为超过了享受低保260元的最低线,结果,必须全额交纳供暖费,搞得连基本生活都无法维持。

所以,供暖改革的结果是:那些有单位管着、收入稳定、享受国家各项福利政策的人群,尤其是党政机关公务员家庭的供暖费用其实仍然由国家全包了;而那些无固定职业、收入极低、享受不到任何单位与国家其他福利的人群,再次成为改革的最大受害者。

(二)不计成本与转嫁成本

当初主导供暖改革市场化的一个基本思路,是提高效率、节约能源。中央电视台《新闻联播》曾报道过住房和城乡建设部副部长仇保兴的说法,供暖改革后,"机关事业单位节约了70%热能,居民户节约了30%热能"。似乎改革真是达到了当初的目标。但实际情况是,改革除了降低大众福利、使弱势群体受害之外,还制造了大量的其他成本。而这笔成本账我们主导改革的官员却没有计算。

第一,管道改造与供热计量改造的成本。因为供暖改革最终要实现"集中供热"与"市场化",前者需要改造城市原有供热管道,后者需要进行供热计量方式改革,最终达到"一户一表,谁家用了多少热,就交多少钱"。

改造城市供热管道需要很高的费用。仅兰州市改造旧管道预算就超过 100 亿元,呼和浩特市需要 50 多亿元。建设部规定,"十一五"期间大城市要完成改造的 35%,中等城市完成 25%,小城市完成 15%,这笔钱谁出?

如果说这笔资金财政咬咬牙能掏出来,但实现真正的"分户计量"成本更高。实现分户计量,必须要把现有供暖设施的串联方式改为并联方式,做到每家有一个供暖的闸门,实现分户供暖,另外,再加上一个流量计,以便以后像交电费水费那样按流量缴费。我们假定能改造,这又需要 3 项成本:一是改造居民户家中的管道,这需要一笔很大的费用,而且很难实施。而建设部有关负责人介绍说,"实际上,过去几年的试点中,有的地区也推行了供热计量设备的改造,但最后却以老百姓的怨声载道终结"。新华社也有报道称:"要将旧小区内的串联改造成并联式的分户供暖,需要对楼房进行大手术,重新逐层安装完整的回路。一个单元有一户不同意,改造就很难进行。改造时不仅要毁坏房屋装修,还要支付数额不小的改造费。如果财政没有补贴,供热公司也无力承担。"二是热表本身的费用。一个热表费都在千元。分户计量改造时,普通家庭需要 3~5 个这样的热表,费用得好几千元。三是老住宅改造的成本。天津市在热计量试验当中,曾经尝试对老住宅进行建筑节能改造,不算供热系统的改造,仅仅是让墙体和门窗达到建筑节能标准,每平方米花费就高达 200 元,如果再计算上将串联管道改为并联管网、每户的散热器上加装温控阀,天津市 4 000 万到 5 000 万平方米的老住宅,将需要百亿元的改造费用。

即使退一万步,这些成本都由政府掏了,精确的分户计量实际仍然不可能。这是因为供热消费具有典型的公共产品性质,即消费的不排他性。说得更白一些,大家最终仍然是靠同一个相互接通的管道、靠热量的循环往复来实现供暖的。由于房屋的朝向、位置、距离冷墙的距离不同,热能消耗不同。收入相对较少的人口常常住在顶楼、底楼、边户与破旧房子,这些房子散热快;而因为位置关系,住在中间层与新房子里的相对收入高的用户,耗热量比较小,但大家实际上共用一条管道,要达到同样的室内温度,最终会造成"富的人家用热相对少交得少,贫穷的人家反而用得多交得多"的不公平现象。

第二,市场化后垄断供热造成的效益损失。福利供暖尽管可能存在低效率,但因为没有利润的压力,效率损失有限。而最可怕的是市场化后集中供热形成的垄断。为了获得更多利润,改革以来,供暖企业常用的手段有:一是向政府施压,不断要求提高热费标准,理由是供热成本不断上升,亏损不断加大;二是在分户计量无法实现之前——实际上在短期内根本无法实现——通过偷工减料降低服务标准。国家规定室内温度不得低于16度,它就将16度定为最高线。交供暖费一交就一个冬天,但热力企业一方面可以看天行事,气温稍高就停止供暖,甚至个别企业有意制造事故假象,中断供暖数天,降低费用足以百万千万计。这种市场化后垄断造成的效益损失,相关部门并没有计入改革成本。新华社报道称:"所有的热电厂都抱怨效益不好,可一旦新社区开工,热电厂总是用尽其所能加以争取。原因很简单,一旦拿到社区供暖权,取暖基金就等于到账了。个人和单位每平方米各缴纳50元,一套100平方米住房,热电厂可得1万元。一个社区建筑面积至少几十万平方米,这可是一笔巨额资金。一位业内人士说,'城市供暖企业亏损累累,叫苦不迭。但是全世界没见过热电公司修建高尔夫球场,中国却有。热电公司老总们大多乘坐高档豪华轿车,可还是整天喊效益不好'。"

实际上,供暖改革说到底仅仅是节约了政府的开支,而成本转嫁给了普通百姓。新华社关于"苦寒户"报道中称,"因为低收入群体的采暖权益无法保障。部分群众为过冬,不得不用小煤炉烧蜂窝煤自行采暖"。而我们在东北的调查显示,自行采暖的已经很普遍。供暖改革实验后这两年冬天,沈阳、吉林与延边等城市小煤球作坊非常红火,需要煤球的当然首先是交不起采暖费的居民家庭,还有改革后交了供暖费但室内温度根本不足以让人暖和过冬的居民也需要烧煤球做补充。除了煤球重新回到老百姓屋子里外,一些收入相对较好些的家庭则选择购买电暖气或者安装冷暖两用空调。一位被调查者说,"暖气反正是不冷不热,让它供着;气温一下降,我就不得不开电暖气与空调,以补充屋里的热量"。另一位被调查者更是声称:"集中供暖拆了单位的锅炉,但老百姓不得不烧起了自己的小煤炉,成了真正的分散供暖。"

我们在调查中了解到,如果有"分户供暖"的技术,自行采暖几乎会成为大部分居民户首选。供暖改革后,面对服务质量一再下降,而承担的供暖费用一再上涨,几乎所有的被调查者都认为,与其这样,只要有可能性,我宁愿选择自己供暖。在北京,有居民户因为温度太低干脆拧死家里供暖阀门并拒交供暖费而被告上法庭,最后仍被判交 1400 元。完全可以预期,如果不是目前供暖合同因为管道相连的原因而具有强制性特点,居民户是无论如何也不愿意以不断上涨的价格接受这种市场加垄断造成的服务质量一再下降的服务的。

有关官员在改革供暖体制时还有一个说辞:"集中供暖有利于环境保护"。当"集中供暖"变成了"家庭分散式自行供暖后",空气质量只会进一步下降,而且对居民户造成的危险很大。新华社报道所称,"因为不得不用小煤炉烧蜂窝煤自行采暖,导致一氧化碳中毒事件和火灾屡屡发生"。一年冬天,吉林延边与黑龙江省牡丹江市相继发生大范围一氧化碳中毒,造成数十人死亡,都是因自行采暖排烟不畅而发生的。在山西临汾,因为家家烧小煤球使得大气中一氧化碳浓度远超过国家标准。

所以,当我们的官员说供暖改革降低了能源消耗,实际上是指相对于福利供暖时代,政府为老百姓供暖买煤与气掏的钱少了。但如果算上老百姓自己靠烧小煤炉以及电暖气和空调造成的能源消耗,能源消耗真少了吗?这难道不正是以往公共领域改革共有的特点吗?这些改革起初都是以"效率"作为借口,最后都赤裸裸地演变成政府甩包袱、老百姓作为纳税人再次掏钱购买公共服务的运动。

我们预计,供暖市场化改革的最后,将可能是中国城市集中供暖系统的全面崩溃。因为这种改革实际上是循这样一个路径进行的:市场化垄断企业抬高供暖价格—分户供暖技术—低收入者被排斥在集中供暖之外—负外部性提高(因为无法"暖楼")—单户供暖成本进一步上升—中产阶层被排斥在集中供暖之外—负外部性进一步提高(极端的案例是整栋楼300多户仅十几户在利用集中供暖)—供暖成本再次上升……集中供暖系统全面崩溃。也正因此,包括北京在内北方各城市在今年冬天不得不出台这样"荒唐"的供暖规定:即使拧死集中供暖管道,自行供暖,也要交纳暖楼的"基础费用"。

五、简短的结论

最后简单地总结我的观点:

● 真正关系"国计民生"的领域,因为价格的确解决不了供给或需求,外部性又很大,应改由不以盈利为目的,旨在弥补市场缺陷、提高公共服务效率的"公营机构"来承担运营,并置于全国人大、政府相关部门以及公众与媒体有效监管范围之内。

● 部分垄断性国企,一旦改为"公营机构",就不以盈利为目的,没有利润追求,因而也不会剥夺消费者福利;而严格的内部与外部监管,又能防止漠视成本与官僚化倾向带来的低效率。

● 不是"国计民生"的领域,即价格可以解决供给与需求问题的领域,允许各类资本进入,彻底放开竞争。

● 如果有人一定要把问题简单归为"国"与"民",进而又简单地主张"市场化"或"民营化"解决目前国企垄断造成的问题,最终不仅无法解决垄断导致的福利损失,还会进一步助长各级政府在提供公共产品与服务上推卸应该负起的责任。

国有企业的产权结构与社会责任

刘俊海[*]

刚才我们谈到盐业、垄断等几个关键词。首要问题是关键词"专营"的界定。虽然专营有法律依据,但我们还应探讨它的正当性。在市场经济条件下,专营越少越好,而且专营的法律界定随着历史推移会发生变化。在市场经济条件下,我认为应当重新审视、重新界定专营,其中,引入一个民主决策程序至关重要。我认为,我们对所有专营政策都应来一次反思。专营究竟是计划经济时代供给匮乏的产物,还是即使在产品经济丰富的今天,我们依然需要保留的实现公共政策的工具和手段?我认为,凡是与社会公共利益没有关联而与部门利益有关联的专营政策都要取消。

第二是国有企业。国有企业是专营的主体。专营不会交给一个民营企业或者外资企业去做。国有企业的产权结构和所有制问题是至关重要的。国有企业就是全民企业。一些人认为,国有企业的主体就是国家,国家就是出资人,国家就是股东,我总觉得有点一叶障目之嫌。全国人民的地位安在?我个人觉得,全国人民应当是国有企业的实际出资人、实际股东,或者说受益股东。从这点来看,国有企业背后有 13 亿股东,国家只是一个名义股东或者显名股东。因为全国人民行使股东权不可能,于是国务院和

---

* 刘俊海,中国人民大学法学院教授。

地方政府作为国家的代理,国资委等一些授权机构执行。国资委后来又授权给那些集团公司行使出资人和股东的权利。但是,无论如何,我们不能淡忘作为公司产权结构里最重要的利益相关者——13 亿投资者。如果这么来看的话,国有企业的存在有它的正当性,因为它赚的钱归全国 13 亿人民所有。

但是,这个命题提出来后,大家觉得现实上并不是这样的。因为有好多企业利用国有品牌的正当性,寻求垄断利益;而垄断利益并没有造福 13 亿人民。所以这样说,因为:首先 13 亿人民作为股东的分红权,国有企业从 1994 年到 2007 年没有交过股息红利。现在虽然开始缴纳,但国有资本经营预算和公共预算又是分离的。我一直有个想法,把国有资本经营预算纳入公共预算,把国企交来的股息、红利直接用于改善民生,完善社会保障制度,完善我们的文化、教育、卫生事业,扶助弱势群体,使大家都能分享作为出资人所享有的利益,老有所养、少有所教、病有所医。问题是,国有企业的分红比例还比较低,有的 10％,有的 5％,有的科研院所 3 年免交红利。为什么? 这虽有公司自治的理由:公司赚得少就少分,不赚就不分。但是,国家股东代理人在进行谈判的时候一定要推行积极的分红政策,让老百姓都能享受到国有企业投资者应有的利益。这是关系到 13 亿人民的财产利益的合理诉求和心理感受的大问题。

另外,还有个定价政策问题。国有垄断企业既是国有的又是垄断的。这个定价政策究竟是更多接受政府管制,还是放手企业随意定价? 我认为,既然享受垄断利益,就意味着垄断企业放弃了一些定价自由。而政府代表公众定价的时候,一定要确保垄断价格满足广大普通低收入劳动者、消费者的最基本的消费需求及其价格负担能力。如果垄断企业价格高,就违背了垄断企业的含义。谈及石油价格,垄断企业遇到国际原油价格上涨的时候也要跟着涨,理由是跟国际接轨。国际原油价格下降,他们不降,理由是要强调中国特色、强调中国元素。这种相互矛盾的逻辑实际上说明,我们国有企业特别是垄断企业在内部人的控制方面、在代理人的道德风险方面,已经达到了公众难以容忍的程度了。

但是,说到定价问题,外国一些不太了解中国国情的人会提出一些不同看法。比如,我认为就同样质量和价值的消费品而言,国有企业的定价水准不应当比民营企业高,应当更便宜才是。但是,美国乔治·华盛顿大学的郭丹青教授就说应该贵,因为享受国有企业利润的是全国 13 亿人民,国有企业的消费品只有价格贵,才能造福人民。我听了这个逻辑大吃一惊。他的逻辑看来有道理,因为在美国法学院当教授的人绝大多数是聪明绝顶的人。但他忽视了一点,钱进入到国有企业的钱袋以后,没有纳入国库,更没有纳入到老百姓的钱袋里来。问题出在这里,代理人反客为主,客人要住主卧,主人反而要住客卧甚至客厅了。所以,我希望国有资产监管机构,特别是发展改革委,不要定位在"涨价委"的位置上,对垄断企业商品定价该适度下调的都要坚决下调。最近听说水价、电价都要上涨,导致很多低收入者怨气冲天,很不满。垄断企业为什么要垄断呢,因为它符合 13 亿投资者的巨大利益,所以,才让它垄断,但是如果它丧失了正当性的时候,我们也并非没有办法。

包括电信企业在定价问题上也是一样。像移动通讯,我认为最终的改革还是双改单。我和晓松教授通电话打手机,为什么同样一段话要两人分别付费呢?我从北京去重庆却要我买两张车票,这是荒唐的。还有什么漫游费、月租费,基本没有什么正当性依据。

基于石油的案例、移动通讯的案例,我有一个基本想法,就是如果垄断企业的价格规制措施不奏效、公众不满意的话,我个人认为政府要么可以考虑反垄断,干脆就把这个垄断地位给拿掉,让给更多的竞争伙伴;要么拆分,但是,拆分也不应该按照地域去区分,按照地域去区分还是垄断、割据,而且垄断更具体化了。

另外,就是公共利益的界定问题。我们假定国有企业的设立是代表国家利益的,因为股东是国家,所以,我们想当然地认为国有企业就代表社会公共利益。在国有企业和消费者、国有企业和劳动者、国有企业和中小企业发生冲突的时候,我们认为保护国有企业就是保护国家利益,就是保护公共利益。但是,在实践中,"公共利益"经常被某些国有企业所滥用。滥用的实质是某些国有企业利用"公共利益"这个道具、工具绑架了公众、绑架了决策者。因此,我认为,应当把国有企业还原为普通的商事主体,并充分尊重广大隐名股东的话语权、知情权与投资收益权。

国企垄断与国有资本经营预算

李曙光[*]

　　广义上说,国企垄断有很多方面,比如说可以分为几类。第一类有资源性的垄断,一些国有企业对于某些行业和资源,是唯一的控制者。政府通过管制来设置一定的门槛,把其他欲进入者给挡住。第二类国企垄断可以说是一种增量型的垄断,比如说我们4万亿元一揽子投资计划可能绝大多数是流向了国有企业,这一种垄断某种程度上是带有政策性的,宏观调控的政策使国企产生了一种垄断性的关系。第三类国企垄断还可能是中央国有企业和地方国有企业的相互竞争性的关系,是中央企业对于地方企业的一种垄断。

　　国企垄断发生的一个很重要的原因,或者说国企垄断的危害性和问题,很多是基于制度上的因素,其中一个很重要的制度就是国有资本经营预算的问题。这里,我有3个数据,第一个数据是,目前中央直属国有企业,即现在国务院国资委管理的央企,是131家,这是前天专门开中央企业负责人会议上透露出来的数字。目前央企经过今年这一年的整合,从150家降到了现在的131家。第二个数据是,80个左右的部委,包括国务院的组成部门如财政部、发展改革委、教育部、卫生部、科技部等部门,以及其他直属局

＊　李曙光,中国政法大学研究生院副院长、教授。

及准部级的人民团体、社会团体、群众组织(如工青妇侨党派组织)所拥有的国有企业,大约是 6 000 多家。第三个数据是,地方国资委管理的国有企业,大概接近 11 万家。总的来说国有企业总数大概是 11 万家。所以,我们讨论国有企业垄断的时候,实际上指的就是两类:央企和地方企业,而它们更多的是对资源的一种垄断关系。

韩教授刚才讲的那个问题(国企利润率问题)是我非常感兴趣的。前天专门召开的中央企业负责人会议上还透露了一个信息,今年(2009 年)所有央企的利润可能达到 7 500 亿元,今年头11 个月——就是目前为止已经拿到的利润是 7 100 亿元。去年(2008 年)这个数字是多少? 是 6 900 亿元,前年(2007 年)是9 000 亿元,由 9 000 亿元下降到去年的 6 900 亿元是因为金融危机的因素。今年头 11 个月是 7 100 亿元,预计到 12 月底应该是在 7 500 亿元,这就是央企负责人会议上透露出来的数据。今年央企的营业收入大概在 12 万亿元,央企的利润率大概占营业收入的7% ~8% 。

央企有这么高的利润,但是,这些利润的去处、红利的上缴,我觉得是我们法学家、经济学家应该共同研究的问题。由于我们没有建立一个基本的国有资本经营预算制度,往年那么高的利润,实际上都沉淀在国有企业。因此,我们看到国有企业垄断的现象应该非常明显,因为它垄断了资源,进而它可能就垄断了福利,很多时候就把垄断性资源转化的利润最后转化为福利,甚至转化为国有资产流失,转化为权钱交易,转化成寻租行为。因此,建立国有资本经营预算制度,是考验或者说验证国有企业垄断的一个很重要的标准。

2007 年,伴随着国有资产法的立法进程,国务院提出要加快建立国有资本经营预算制度,并出台了相关意见与办法,开始要求国有企业上缴红利。这个制度从 2008 年开始执行,开始由国务院来征收国有资本经营预算。我们国家的预算制度还有待规范和完善,1994 年的预算法把预算分成三种预算——公共财政、社会保障和国有资本经营。但是,在这三大预算制度中,公共财政预算不透明;社会保障预算基本没有,因为我们的保障基金是养老的战略储备基金,并不是真正的社保基金;国有资本金预算一直没有建立过,一直到去年。去年我国第一次在推进国有资产管理体系改革中定下来有这么一个经营预算。今年 1 月份我们收取的中央直属国有企业红利一共是 547 亿元,而去年总的国有企业利润是 6 900 亿元,这也就意味着 6 400 亿元左右的红利资金是沉淀在原来的国有企业。这些沉淀在国有企业的利润,一方面,转化成企业员工的福利,另一方面,加剧了国有企业垄断即形成一种壁垒,更多地去进行所谓的重组、壮大规模和进行房地产炒作。北京现在有这么多国企房地产商成为"地王",为什么北京和全国的"地王"都是像中化集团这样大的国有企业?因为国有资本经营预算当中很大一部分利润被它们沉淀下来,这部分利润是要找到出路的。这是目前我们第一年的国有资本经营预算的情况。

下一步要讨论一个非常重要的问题,我们为什么要办国有企业?如果全体国民是国有企业的股东的话,那股东追求的回报当然应该是越高越好。但是,从第一年央企上缴红利及国有资本经营预算的情况来看,股东的回报占整个央企利润的 10% 都不到,即我们全体股东办国有企业,而回报率 10% 都不到,90% 的利润是沉淀在国有企业了。我们要问一下,为什么办国有企业?更何况办的是垄断性的国有企业?我想,要打破国有企业垄断和改变国进民退现象的话,很重要的一点是要推进国有资本经营预算制度改革。

我认为下一步应该从三方面改革:第一步,扩大国有企业上缴红利的范围。目前我们上缴红利的企业仅仅限于工业交通类的企业,金融企业——工、农、中、建、交五大银行,四大资产管理公司,中投,社保理事会等,这些大型的国有金融企业,基本一分钱利润都不上缴,没有纳入国有资本经营预算。扩大国有企业利润的收缴范围是我们下一步要做的,特别是要扩大到金融类的企业,这么多金融企业不上缴利润,赚的钱全都沉淀在它们那儿,这是导致国企丧失竞争力、加强垄断地位的一个很重要的因素。

第二步,要提高上缴红利的比例。这些国有企业分为三档,第一档只上缴10%,如资源类的企业,主要是石油、石化、煤炭、电力、电信等。第二档只上缴5%,指的是一般竞争性企业,主要是钢铁、贸易、出口、加工等类。第三档是军工和科研企业,其中很多都是事业—企业单位,包括航天科工所等,它们是国有企业,又享受事业单位好处,是零国有利润收益,它的利润一分钱都不上缴。

马上转年,新一年的7 500亿元怎么来收这个利润?我想应该有一个新的红利提取比例,现在最赚钱的企业如资源性的国有企业仅仅只上缴10%的红利,这太少了,还有一般性的企业上缴红利5%,甚至不上缴红利,零提交比例。国有企业连一分钱利润都不交,如果它又不承担国家政治经济安全的任务,我们纳税人为什么要养这样的国有企业,纳税人有什么理由用大量的公共财政预算的钱去培育抚养自己企业的竞争对手——国有企业呢?我觉得完全不应该这样做。所以,应该提高国有企业上缴红利的比例,以还利于股东,还利于民。我建议下一步国有企业上缴红利的比例应该是60%,或至少要达到50%以上,最后要达到90%。如果国有企业和民营企业是平等的主体,那么,就应该按照公司法规定,该提的就提,该给股东分红的就分红。而不应该使那么多利润沉淀到不承担社会责任,或者胡乱承担社会责任的企业中去。总之,要改变国有企业红利上缴的比例,而且要大大提高。

第三步,要改变国有资本预算的支出结构。我们2008年的547亿元的支出使用是三个结构,其一是200亿元用于国有企业资本金的增减,也就是说有46%用于国有资本金的补充和增减。其二是190亿元大概占36%是用于支付特大自然灾害造成的损失,比如说去年的冰雪冻灾,我们支付了160多亿元给五大电力企业。其三是大概15%支付给国有企业战略布局和改革调整,我们有破产的支出,以及并购重组的支出,这大概占到15%。

目前国有资本预算支出分配这个结构是非常不合理的,用于资本增减这只是一个暂时的任务,2008年自然灾害比较多,年初的冰雪冻灾和汶川大地震,这个也不是长期的。应该更多地把资金用于进行结构调整,特别是减员增效、再就业工程与国有企业破产职工的安置和呆坏账的冲减,这个比例应该达到40%以上。而前两类应该占60%左右。增减国有资本金这一块应该少一点。国有企业做大做强,加剧垄断的资本投资,我认为应该减少,甚至减少到零,应该让它到市场自由竞争当中去做大做强,而不应该靠给它增减资本金,从国有企业利润和公共财政里面出资给它做大做强。当然,这有一个逐步改革的过程。

通过这三种方式,即扩大国有企业上缴红利范围,提高上缴比例,改变国有资本预算的支出结构来推进我们国有资本经营预算制度的改革。当然这些改革还有赖于《预算法》和《企业国资法》的进一步修改和完善。唯此,才能使国有资本经营预算形成硬约束。总的来说,我认为,下一步解决国有企业垄断、国进民退问题的方向,并推进国有资本经营预算制度改革以及加强相应的法治建设。

中国国有企业法人的概念与资本社会化

刘海波[*]

我同意刚才卢周来先生所讲的,目前首要的问题是要反对国企还是反对垄断、反对寻租。国有企业与对于地租和资源租的掠取是两回事。为什么这么讲? 因为国企里面也有处在市场竞争当中的国企,这些国企我去调查过;而在私企当中,也有专门掠夺级差地租、掠夺资源租的企业,如房地产企业、私人煤矿。自由派经济学家只说反对国企,而不反对房地产企业对于全民共有的级差地租的掠夺,我觉得是很奇怪的。我主张,应该征收自 1998 年住房改革以来所有的房地产企业利润的 70% 作为暴利税。

我认为我们反对国企,实际上反对的不应该是国企还是民企的问题,真正反对的应该是对各种租的掠夺。一个企业名义上是国有,但官僚经营,靠垄断经营,少数人享受这个企业的收益,基本上大家反对的就是目前的国资委模式企业。但是,也可以是名义是国有,靠市场竞争运行,收益实现社会成员的共享,就像卢周来先生所说的,公营事业可以做到这一点。国外的私立大学实际上就是独立运营社会共享,牛津大学、哈佛大学和伯克利加州大学有什么区别? 它们在独立运营上没有区别,在社会共享上也没有区别。作为私有企业,既可以私有私享,但也可以实现社会共

* 刘海波,中国社科院法学研究所副研究员。

享,或者实现至少相当范围内的社会成员的共享。比如日本式的那种会社和德国式的一些企业。所以,我用一句话说,是不求所有,但求所享。因为财产的目的是为了利用它,而不是说为了名义上要拥有它。

我的主张分这么几个问题介绍。一是思维方式的转变,我们在经济改革当中出现问题的一个原因是硬性的思维方式,从经济学理论出发得出一些实践主张。比如说,对于小岗模型的无限推广和发展。小岗村是完全没有任何社会资本的地方,但在我们老家当年贫穷没有搞好的原因是上面官员瞎指挥,还有政府榨取太多(据说每个人上交的公粮小麦都有 300 斤),而不是在一个集体里面出现了激励问题。小岗出现的问题,我们都闻所未闻,安徽劳动日 5 分钱时我们那里是 1 块或 8 毛。农民觉得安徽那里人偷懒,鄙视。后来,经济学家反复把激励问题当成一个经济改革的核心,是没有道理的。因为激励问题是一个非常个别的问题,[红军长征]草地都走过来了,靠什么激励的? 市场经济的要义是什么? 是必须分散决策,而不是让每一个人的努力和他的直接物质报酬完全挂起钩来。市场经济解决的是信息问题,说到激励,是靠宗教、伦理多种机制才能解决的问题。

我调查的昆明钢铁公司、青岛港务局和中石油、中石化并不一样,它们是由老的国企脱胎而来的,老的传统还存在,资产形式很复杂,来自各个方面,有解放前的一部分,后来有政府的财政投入的一部分,还有常年的员工低工资形成的。它们是中国特色的企业治理结构,党组织、工会、职代会,尤其是职代会在昆明钢铁公司还起决策性的作用,和德国企业内部的结构类似,有一个实质性的否决作用。这是社区型企业,为 10 万计的普通人提供了安居乐业的条件,而且它的成就不是靠行政力量。相对来说,钢铁行业尽管是国企,但是,行业有民营企业,而且相互也是竞争性的。当然了,还有属于国资委企业改制后的那两桶油,第一是行政垄断,第二是掠夺资源租。因为社会经济的发展,对于石油这样一种矿产品的评价高了,坐地收钱。还有个问题,内部人和以前的老国企是不一样的,企业内部人是高薪、高福利。这些企业形式上是建立了所谓现代企业制度,现代企业制度就是行使一种财产权利,国家是出资者。这个概念是荒谬的,国有指的是对外国人的排斥,对中国人,国有并没有财产权利上的意义,它只表现为政府的公共权力,不能等同于法人和自然人的财产权利。"有"是一种排斥,首先是你要排斥谁,中国人民的共同财产,意思是排斥了非中国人——这块财产是中国人民的,那么日本人进来,对不起,你要交一点钱才能进来,就是这么个意思。政府和它的关系并不是私权利的关系,而是一种公权力或政府特权关系。

对于一个法人而言,并不是绝对所有权的逻辑延伸,一个企业法人只需要一些财产权利、一组运转程序就可以了,比如哈佛大学,并不一定说要有一个股东。所以,国有不能被政府在类似于民事财产权利意义上一样的所有,我觉得逻辑上一开始就是错误的。

这样一个概念是什么含义呢? 法人对政府承担更多的义务,是对公共财政的义务,但不是对出资人和股东的义务,因为对政府还要交税,和所有企业一样,但还要向政府纳贡,不是交利,企业与政府的关系,借鉴欧洲中世纪的概念,类似于农奴和领主的关系。农奴对领主有特殊义务,但是,农奴和自由人之间、农奴和农奴之间的关系却是自由人的关系。这种企业部分类似于教会、医院、大学等法人,不像典型的股份有限公司,没有股东,但是,政府对它是有特权的。

为什么提倡大力发展国有企业呢? 我想它蕴含了社会主义这个词的含义中最有价值的部分,在市场机制中运行,同其他类型的企业没有任何区别。哈耶克说,一个经济体系实现对分散知识的利用才合理。像我说的这样一种国有企业,有利于克服生产过剩和内需不足的问题,因为它使得劳动在生产过程中取得了更大的分量。为所有国民创造平等竞争的机会。我觉得这样的国有企业不是一个进不进入竞争性行业的问题,而是所有行业都可以进入的。

有一个问题,企业的资本金从哪儿来,可以由央行印钞来进行解决,因为从货币的性质而言,中国这样的国家认为自己资本短缺那是错误的认识。什么叫资本短缺? 资本的意义是如何能够形成经济组织,如何能让别人信任你。央行可以来印钞,如果给私人只能是贷款,私人企业只能是商业信贷。公共企业才可以资本金不收回去,既产生了财富更平等分配的结果,又能够在市场当中运转。

我觉得对于原来的国企改造和新国企建设,现在还是有这个必要的,现在不是时过境迁,国企改完了就完了,不是的。我们有一个资本外逃的问题,另外,我们迫切需要破除外汇储备的困局,尽量减少外汇占款。根本不用怕,资本跑了,只是外国通货膨胀而已,并不是中国的财富真的流失了。我们可以自行印钞来挤压外资,外资走了,外汇占款就少了,这是一个对冲性的事情。

如何打破国企垄断

张昕竹[*]

国企垄断既是一个非常复杂的现实问题,又是一个非常困难的学术问题,特别是从经济学角度。我记得哈特在他那本非常著名的有关企业理论的小册子当中预言,谁把国企问题搞清楚了,谁就能得诺贝尔奖。他说的搞清楚是从经济学理论上讲的,由此可以看出这是一个非常难的学术问题。

我最近也一直在思考国企垄断问题,今天就此谈两点看法,但我想从一个比较窄的视角看这个问题。实际上,国企垄断问题有两个关键词,一个是国企,一个是垄断,但我认为,国企垄断最后还是要落脚到垄断或市场势力问题。因此,不管是存在国有企业的社会主义市场经济,还是以私人企业为主的资本主义市场经济,都存在一个共性的问题,就是对市场势力的治理。

根据我的研究经历,我觉得经过前 20 年的讨论,关于国企垄断的改革,关于国企和私企的争议似乎已经不多了,或者说答案已经非常清楚了。但是,最近我发现,相关的争论又多了起来,特别是中国的经验又引发了很多新的讨论,比如说关于国企对中国经济发展的推动作用。最近跟国外的一些同行交流的时候,我发现他们从过去怀疑国有企业对中国经济的作用,到现在有些甚至

---

* 张昕竹,中国社会科学院数量经济与技术经济研究所研究员。

是比较赞许国有企业的作用,这一点特别值得关注。之所以有这样的变化,非常重要的原因就是我们国家最近这些年确实经济表现很强势。但是,这里面到底和国有企业有怎样的联系,坦率地讲,我们现在研究得还不是很透。

我觉得对多数国有企业已经有比较一致的结论,那就是,大部分国有企业所占有的行业都是具有战略意义的资源性行业,或者是自然垄断或寡头行业。由于这些行业的经济特征,不管是在资本主义还是社会主义国家,这些行业都会存在所谓的市场势力问题,由此引发市场势力的公共治理问题。对此,西方很多国家从 20 世纪 70 年代末以来进行了很多改革,特别是在经济垄断领域。但现在看来,不管怎么打破垄断、引入竞争,不管怎么降低准入门槛,这些行业确实还是存在市场势力。这是这场改革试验已经证明了的。由此带来的现实问题是,对于市场势力问题,应该用什么样的治理结构来治理。当然,这个问题涉及很多层面的问题。从经济学角度,这似乎是一个无法找到明确答案的问题。我们知道,对于纯粹的自然垄断,或者对于纯粹的完全竞争的市场,经济学有比较明确的回答。但是,对于比较中间的地带,我认为这是一个灰色地带,经济学还没有一个特别好的答案。这就带来一个非常深刻的问题,对于国企垄断来讲,既然垄断或者市场势力都存在,那么,争议的本质实际上就变成是私企垄断还是国企垄断谁好谁坏的问题,或者说是不是现在的国企垄断由私企垄断代替以后,就会带来更多竞争,带来更多的福利改进,我想这是这个问题的本质所在。

对于这个问题,经济学家的实证研究还远远不够。我最近注意到,对于这个问题就是国际机构也在打架,比如世界银行对中国做了很多研究,很多研究承认国企的正面作用,但最近的 OECD 报告对国有企业的作用却是否定的,就和盛老师算的账一样。大家做过实证研究都知道,从实证角度看,国企对经济的影响确实很复杂,比如从技术角度讲,需要解决复杂的识别问题。从经济学理论上来讲,我们经济学家研究也是非常不够的,国企垄断应该姓资还是姓社,是国企还是私有企业垄断好,本质上是一个不完全合同问题,因为在完全合同的框架下,实际上根本没必要讨论所有权问题。在不完全合同下研究这样一个问题,到目前为止我觉得还没有经济学家给出很明确的回答。

我觉得对于这场争议有几个层面的问题需要解决,第一,学术研究还需要进一步深入,特别是从不完全合同角度研究这个问题,或者说要引入制度层面分析,需要分析在什么制度层面下所有制是起作用的,需要沿此方向深入分析。这是我对这个问题的第一点认识,就是我们现在这场争议的本质是什么东西。

第二,关于打破国企垄断的路径。很显然,打破国企垄断涉及很多层面的问题,有宪政层面的问题,也有国企改制的问题,又有政府改革层面的问题。从打破国企垄断的角度讲,这些层面的改革需要共同推进。我本人是研究管制和竞争问题的,所以,我想从治理市场势力的角度谈点看法。我国现在正通过不断的改革,改进市场势力的公共治理,构建或者重构社会主义市场经济下市场势力的公共治理结构。随着《反垄断法》的出台,大家都觉得跟成熟的市场经济相比,我们的治理结构看起来和他们的都非常相似,我们的管制机构改了很多年后,已经像模像样了,从制度角度看好像都具备了。但是,从实际运作效果讲,大家又都觉得问题很多,我们现在的治理结构存在很大问题,虽然架子在那儿,但现在的监管制度没有实现有效的治理。

比如我们现在对垄断行业市场势力的监管有两种治理结构,一种是监管,我们国家对此进行了很多方面的改革,这点大家有目共睹。但是,我们这些年的监管改革,有一个非常重要的问题仍然难以突破,这就是独立性问题,特别是针对国企,这个问题现在提到了一个非常关键的位置上来。实际上,政府并不是没有注意到这个问题,讲到这儿可能大家一下就会意识到推进这方面改革有很多制度上的约束,但如果大家注意到我们国家这些年的监管体制改革,就会看到实际上政府也试图在这方面有所突破。大家仔细观察会发现,我们国家的政府监管已经形成不同的体制,比如有国务院组成部门性质(公务员)的监管机构,有事业单位性质的监管机构。我的理解是,在现有的框架下,政府也想通过不同的改革试验来看政府的独立性,到底对监管的效果有什么影响。如果仔细分析的话,可能确实有一些影响,尽管需要非常仔细的分析。比如说信息产业部作为一个政府部门,对电信产业监管的效果,或者在监管的时候所考虑的问题,和作为事业单位的电力监管委员会所考虑的问题是不一样的,甚至有很大的差别,这样的话,不同的制度安排在一定程度上对监管效果是有影响的。

但目前看,这方面改革迈的步子还不够大,在一些本质问题上还没有突破,有效的监管治理结构仍然没有建立起来。最近我参与了有关下届政府改革方面的讨论,其中很重要的一个问题就是监管机构改革。可以说,监管机构改革是政府目前在考虑的一个重要问题,思考的重点之一就是在治理结构上,更具体来说就是在独立性上。但非常遗憾的是,在这个问题上,我感觉我们学者现在提供的指导性的东西非常少,对于我们所提供的东西,政府产生了很多困惑。比如这种监管独立性,与无政府主义的区别是什么,或者独立性的含义或本质到底是什么,等等,很多重要问题,我们学界的研究还很不够。

第三个就是反垄断机构的改革。反垄断机构刚刚开始运行,由于大家都知道的原因,从治理结构讲,现有的反垄断机构存在一些缺陷,就是缺乏独立性。在未来改革当中,要想发挥反垄断机构的作用,需要做的一个非常重要的事情,就是增加反垄断机构的独立性。现在大家都知道,反垄断机构费了很多劲,试图证明自己的决策是独立的,但是,外界老是对此表示怀疑。我们说公共治理结构的一个非常重要的作用就是解决承诺问题,你现在缺少这种承诺机制,就让人很难相信你的决策的独立性。具体怎么改,我现在也在思考。

权力寻租是对《反垄断法》实施的最大挑战

王晓晔[*]

《反垄断法》被称为经济宪法,说明这个法很重要。但是,现在社会上很多人也包括我自己,对这个法的有效实施信心不足。信心不足的原因是什么呢? 我们虽然看到商务部依据《反垄断法》审理了一些企业并购的案子,但是,老百姓关心的国企垄断的问题基本没有得到处理。这种情况下,人们可能会想,《反垄断法》在中国是不是一个花瓶? 是不是一个没有牙齿的老虎? 我的观点是,《反垄断法》固然很重要,对企业很有威慑力,但能否在中国成为打破垄断和保护公平自由竞争的法律武器,还要取决于很多因素:国家的经济体制改革、政治体制改革、相关配套制度、竞争文化,当然更取决于决策者推动市场经济体制和竞争政策的决心。

网上有消息说,尽管由于国际金融危机的冲击,我国 2008 年的宏观形势严峻,但中国移动公司的盈利能力依然十分强劲,全年股东应占利润达到人民币 1 127.93 亿元,同比增长 29.6%,相当于中国移动每天净利润高达 3.09 亿元。对此,消息网友的评论是:垄断、掠夺、耻辱! 其理由是,中国移动所炫耀的业绩不能说明消费者的福利,因为今天的中国电信市场仍然存在着手机双向收费、手机漫游费,即中国移动的收入至少有部分是对消费者不公平的掠夺!

---

[*] 王晓晔,中国社科院法学研究所研究员。

中国移动之所以有能力、有机会掠夺消费者,这当然是凭借其在中国电信移动市场上一家独大和近乎垄断的地位。

其实,"权力寻租"是我国垄断性行业的普遍现象。据2008年调查数据,我国石油民营批发企业663家倒闭了2/3,民营加油站45 064座倒闭了1/3,亏损企业达1万多家。有些民营石油企业在中石油、中石化两大巨头断油的困境中与俄罗斯的石油公司签订了购油合同,但由于我国进口原油的垄断权属于中石油和中石化,民营企业在原油进口交易中困难重重。中石油、中石化垄断我国石油产品市场的后果有目共睹。有学者指出,我国垄断性原油进口和国家对垄断企业的巨额补贴,一方面,导致垄断企业可不计成本地从国际市场采购原油或者产品油,进而直接对政府形成调价的压力;另一方面,国家的财政补贴也加强了石油行业的垄断性,抬高了我国石油产品的价格。

有人指出,我国权力寻租的"租金"约占GDP总额的20%～30%,总金额高达4万～5万亿元。"权力寻租"的受益者是社会上的强势群体,主要是国有大垄断企业,如,有报道说,电力企业的抄表工一天抄4次电表就可以领取10万元年薪。收入严重不公的现象也反映在金融、证券、保险、石油等其他国有垄断行业以及电信、铁路等被视为"自然垄断"的行业。理论上来说,社会主义市场经济是以公有制为基础,国有经济应当负有帮助政府调控经济的责任,是保证社会正义和公平的经济基础。然而,现实的情况是,国有垄断企业凭借垄断地位所获取的垄断利润似乎在无止境地扩大,国有企业很大程度上失去了其在传统上为人民服务的良好形象,成为在社会上享受特殊利益的特殊群体。有人甚至不无担心地指出,一些以国有经济为基本形态的垄断大企业已成为我国社会两极分化的经济基础。

其实,早在中国共产党第十四次代表大会的报告中,市场竞争就已经被强调为是优化配置资源的根本机制。报告指出:"我们要建立的社会主义市场经济体制,就是要使市场在社会主义国家宏观调控下对资源配置起基础性作用,使经济活动遵循价值规律的要求,适应供求关系的变化;通过价格杠杆和竞争机制的功能,把资源配置到效益较好的环节上去,并给企业以压力和动力,实现优胜劣汰;运用市场对各种经济信号反应比较灵敏的优点,促进生产和需求的及时协调。"这就充分肯定了市场机制、价格机制和竞争机制这些市场经济制度下的基本范畴也是社会主义市场经济的基本范畴,肯定了竞争对我国经济体制改革和建立社会主义市场经济体制的重要意义。为了在垄断性行业引入竞争机制,进一步改革国有企业,国务院 2005 年 2 月发布了《关于鼓励支持和引导个体私营等非公有制经济发展的若干意见》,提出要贯彻平等准入、公平待遇的原则,允许非公有资本进入电力、电信、铁路、民航、石油以及金融服务等行业,并提出要加大对非公有制经济的财税金融支持,完善对它们的社会服务等措施。然而,遗憾的是,我国 2/3 以上的民营企业认为,我国垄断行业的改革尚未见效,1/3 以上的民营企业认为没有享受到国民待遇。这说明,行业垄断是制约我国民营经济发展和制约我国经济体制改革的重要因素。

我认为,允许民营经济进入垄断行业对我国经济发展至少有以下两方面的好处:第一,这有利于提高企业包括国有企业的竞争力,因为经济学的基本原理是,只有在市场竞争压力之下,企业才会努力降低价格,改善质量,不断开发新技术和新产品。第二,有利于改善国家的财政,因为打破垄断不仅可以减少国家对国有企业的财政补贴,而且随着私人投资进入垄断行业,这将大大减少国家对这些部门的投资,从而可以使国家有更多的资金投入教育、社会保障等领域。总之,我们没有理由维护个别企业在某些行业的垄断地位,更没有理由加强它们的垄断地位。

我国近年来愈演愈烈的"国进民退"与我国宪法规定的国家要建立"社会主义市场经济体制"的目标是背道而驰的。为了推动国家的经济发展,为了提高企业包括国有企业的经济效率,当然最终更是为了中国老百姓的社会福利,我们必须大张旗鼓地反对"权力经商",理直气壮地推动公平和自由竞争。

《反垄断法》第7条不是国企实施垄断行为的保护伞

盛杰民[*]

我作为审查修订专家组的成员参与了《反垄断法》的立法工作。今天我想着重谈一下对该法第7条的看法,我认为第7条不应该成为国有企业垄断行为的保护伞。

在《反垄断法》的立法过程中,在修订审查过程中,该法的草稿就征求过各界的意见,包括国有企业和行业主管部门。国有企业和一些政府部门对这部法的反应是特别强烈的。他们特别质疑关于反对行政垄断的内容并要求加上国有企业豁免、政府主管部门监管本部门的垄断行为等内容。第7条的内容当时立法组拿出草稿的时候没有,国务院提交人大讨论的稿子中也没有,人大常委会审议中一读、二读都没有这个内容。可是该法公布时增加了一个第7条,社会上一片哗然。一般民众很不理解,认为横行中国的垄断行为,一是跨国公司所为,二是大国有企业所为,民众不理解,为什么对大国有企业要特殊保护?外界尤其是国际社会、跨国公司不理解这个"保护"是什么意思,难道中国的《反垄断法》就反外国企业而不反国有企业?学界也提出质疑,觉得[第7条]在立法的逻辑上是不合适的,因为这部法是《反垄断法》,是一

---

* 盛杰民,北京大学法学院教授。

部反对垄断行为的法,却在中间谈对某些企业的保护,不符合法律逻辑。如果谈合法权益的保护,除了国有企业要保护,难道民营企业的合法权益不予以保护吗?跨国公司的合法权益不应该保护吗?肯定也是要保护的。为什么独独规定保护大国有企业?对"保护"二字应怎样理解?我个人认为,"保护"一词用在这里是不恰当的,其实经济学界在论及反垄断时早就有一个词汇,那就是"管制"。

由于第7条没有细则规定,在目前的实际案例中也没有适用这一条,对第7条的讨论质疑的多,正面解读的少,至今没有共识和权威性的解释。在今天的会上我谈一下自己的理解。

我对管制做以下的理解:

第一,管制是有必要的,符合中国的国情。由于这些企业与行业都是以网络作为输送基础设施的原因,其规模效应导致生产规模递增的收益,重复建设进行充分竞争的成本比独家垄断的成本更高,又由于这些企业与行业关系国计民生,予以管制更有利于竞争,有利于维护社会公共利益。

第二,这种管制应该是有严格条件的。这些企业与行业只有关系到国民经济命脉和国家安全的经营活动,才属于管制的范围。管制的内容也只限于在市场准入和价格方面。

第三,这种管制不是没有时间限制的,不是"一刀切"适用所有企业与行业。我想应该是限以时日,并不能对所有行业通通都是这样,我想对电信、航空等附加值特别高的不应该用这种办法,或尽早放松管制。

第四,必须引入竞争机制。这些企业与行业应按照我国对WTO的承诺,逐步放开,引入竞争机制,让民营企业或者外企进入这个市场。

第五,管制的目的。一是为了维护公共利益,二是培育这些企业与行业的竞争力,尤其是培育其国际竞争力。在管制的条件下,壮大它们的实力,更好地发挥它们发展国民经济的作用,而不是去保护它们的高额利润、低成本和落后的管理。

现实中对第7条有各种不同的解读,对它的解读有很多和《反垄断法》本身的立法目的相悖。一种表现是,不少国有企业的并购,实际上已经达到了《反垄断法》规定的标准,但就是不予以申报。我曾看到一则新闻报道,有关部门一位负责人说国有企业不适用《反垄断法》,该法对国有企业是豁免的。我想,他的理解是错误的,他没有权利做这种解释。最近国资委主任李荣融讲,大的国有企业如果进行申报,达到国务院规定的标准,也必须要申报,这个表态是积极的。因为《反垄断法》根本没有对国有企业豁免的条文,学界的共识认为,《反垄断法》对国有企业同样适用,任何主体只要实施了垄断行为都适用该法。另一表现是,《反垄断法》颁布以后,社会反响很大,群众对它的期望值很高,但是,一些大的国有企业对这部法律有点置若罔闻,依然垄断协议,依然强制交易,依然垄断定价……所以,我强调,《反垄断法》不是国有企业实施垄断行为的保护伞。

对第7条的正确解读与反对行政性垄断的关系也是非常密切的。对于地方保护主义的行政垄断,应该说在《反垄断法》中间有很详细的列举,但是,对于部门保护、行业保护,该法的内容很薄弱。我想如果对第7条没有一个正确的解读,会给很多禁止行政性垄断的法律适用带来很大的困难,对第7条的适用,如果不是按照"管制"来理解的话,就是一个很大的危机。

当前经济学家们对国进民退的问题进行了很深刻的思考和很深入的分析,我觉得法学家在这方面应该与经济学家多沟通和对话,一定程度上很有必要向他们学习。据我所知,在经济法学界,由于国际金融危机的出现,很多政府行为或者宏观调控行为产生的积极作用让有些人从一种倾向走到另一种倾向,过高地夸大了政府干预的作用,渐渐否定市场竞争的作用。这是需要警惕的,法学家应当加强和经济学家的合作,坚持市场经济体制的竞争机制,为打破国有企业垄断、禁止滥用行政权力、排除限制竞争做点实际工作。

国企垄断、公共利益与公益法实践

朱晓飞 *

近年来,公益法实践在反垄断领域(比如在挑战铁路客运、电信、民航、烟草行业、盐业等方面)取得了令人瞩目的成就。① 与政府部门或国有企业将公益作为强力执法或行业垄断的依据相对,公益法律人士高扬"公共利益"这面旗帜,直接拷问和挑战着前者的正当性根基。从这个角度来说,方兴未艾的公益法运动为成长中的中国公民社会提供了可贵的历练机会。

关系到"国计民生"或"公共利益",常常被用来作为国有企业垄断经营的借口。实际上,一些国企垄断行为不仅排斥了正常的市场竞争,而且容易导致服务与效率低下、腐败与不公并举的后果。正如多数人认为的那样,我国国企垄断的本质乃是行政垄断,与其背后的政府部门利益息息相关。经济领域的国企垄断和政治领域的公权力垄断拥有共同的制度根源,背后均隐藏着权力和资源的不平等分配。将公共利益的概念偷换成政府部门和特

---

* 朱晓飞,中华女子学院法律系讲师。

① "公益法"(public interest law)并非意指一个法律部门或一套法律规则,而是包括公益诉讼、公益游说及其他公益性非讼活动(包括复议、仲裁以及公民动员)等形式在内的一系列法律实践的总称,而"公民上书"亦成为我国公益法实践中的一项特色举动。这些行动力图超越个案范围而影响普遍公众的利益,最终引发法律和政策上的重大改变。

殊集团的利益,生硬割裂公共利益与多元化私益之间的关联,是国企垄断和控制型政府异曲同工的行为逻辑。

正缘于国企垄断有其制度性原因而非单纯的市场失灵,它们的各种不合理行为往往有着规范性文件的支撑。比如,《铁路客运运价规则》是铁路客运退票收费的依据;《铁路旅客意外伤害强制保险条例》为铁路部门收取强制保险费提供了理由;《食盐专营办法》同样成为国家垄断专营食盐的制度依据,等等。对于这些现象,常规的法律调控和救济手段不免显得捉襟见肘,而公益法律实践却拥有无可比拟的优势。公益法实践者善于从现有的制度中发掘到变革的先机;一旦发现某种行为背后的法律依据存在漏洞、矛盾或违反了上位法,他们会立即展开各种法律策略(比如诉讼、上书、联合媒体与公众等),以期获得立法、行政及司法各层面的积极回应。因此,通过法律途径直接触动国企垄断背后不合宪、不合法的制度和做法,是公益法实践的一大特征和优势。

我国公益法实践在反垄断领域已经取得积极的社会效果,包括:披露各种不合理的成规,使之接受公众的检验,并对多级政府造成强大的变革压力;挑战各种垄断行为,敦促行政及立法机关认真履行职责;推动政府政策或法律层面的积极变化;提高社会公众的权利意识和参与意识,等等。虽然不少公益诉讼以未获受理或败诉而告终,各种公益上书亦未获得明确的制度反馈,但是,这些持续深入的法律活动正以日益引人注目的形象,成为我们社会进行中的法治事业的重要部分。可以发现,一方面,国企垄断所赖以立足的全能型政府形象正逐渐被消解;另一方面,更多的人受到激励运用公益法策略与垄断国企相抗争,公益与私益、个人与社会之间的关系正在经历深远的变革。

不过,公共利益这个意义含混的概念之左右逢源,不仅为国际金融危机下的国进民退之举提供了貌似合理的理由,也为挑战垄断的公益法实践造就了理论困局。在实践中,法院对公益诉讼的态度往往体现为不予受理或驳回起诉,公益法实践者也因承载了过多的道德期待而备受"作秀"的质疑。因此,恰当地认识公共利益概念,是展开公益法实践和研究的前提。

作为一个历史的范畴,公共利益是近代以来公、私领域分离的产物。换言之,"公共利益"不过是近代国家兴起后,政府为了方便行政而创造或借用的一个名词。它使政府获得了执政的合法性,并宣称可以代表全体人民。然而,公共选择理论告诉我们,政府往往是谋取私利的"经济人",并且会与经济势力结盟,从而背离甚至侵犯了公共利益。尽管如此,公益法实践并未因为公益概念的虚伪或空洞而将其毅然抛弃,而是剥离了附着于上的先验或神圣的外衣,完成了一次新的价值选择。它不再纠缠于探究公益的固定内涵,而是侧重于达成公益的程序;就此,公共利益的概念永远是开放的,它既不等于国家、政府或集体的利益,也不意味着一系列价值的静态组合,而是指所有社会成员——尤其是以往为体制所忽略、无法充分参与决策的弱势群体——能自由平等地参与到公共政策的制定和落实中来,在考虑公共决策如何更符合公共利益时,他们的意见能够得到倾听、交换、讨论和体现。

一言以蔽之,公益法实践既以认同和维护现有的制度框架为前提,也承认一切代表制民主都存在着天然的局限,并综合运用各种选举外的途径促成法律和政策的重大变革。它的任务在于排除强势经济集团与不受限制的公权力对民主进程的宰制,打破社会中各种显性或隐性的制度性垄断,确立和维护宪法的最高权威,贯彻和落实人民主权的原则。就此而言,反国企垄断不仅是一个经济问题,更是一个关乎宪政和正义的问题。

这样,对于公益法实践者而言,要真正打破国企的垄断局面,与打破政治领域的权力垄断是须臾不可分离的。只有让法律的制定和执行最大程度地容纳民意,才是消除制度性垄断的根本,也是达成和实现公共利益的制度根基。为此,首先应确立一套有利于多元化利益主体公平地表达利益要求的宪政框架。在具体制度构建和运作方面,应当划清政府和市场、社会之间的界限,并落实言论表达、集会、结社等基本自由,使公民能就事关公益的公共事务自由展开辩论。此外,法律应为公益法实践提供制度确认和保障机制。比如,拓宽原告资格范围,从国有资产应为全民所有的理论前提出发,确立纳税人对垄断国企提起诉讼的原告资格;完善受理公民和社会团体合法性审查的程序,为民间游说活动提供必要的制度保障,等等。

论现代中国的保守

——宪政主义思想与政治传统

姚中秋[*]

  中国自进入"现代"时期起,就存在着一个保守—宪政主义思想与政治谱系,且一直延续至今天。在不同历史时期,它或者是主流,或者是支流,或者是潜流。也正是这一坚韧的生命力证明了这个保守—宪政主义思想与政治传统是现代中国历史演进的基轴。本文的目的就是简略地回顾百年历史,勾勒出这一保守—宪政主义思想与政治传统的谱系,并对其主要观念略作分析,证成其在现代中国的正宗性。

一、现代、现代国家与国人现代建国意识的觉醒

  本文所说的现代就是西人所谓的 modern,并侧重于从治理秩序的角度来识别之。这样的现代指向"现代国家",所谓"现代史"就是现代国家兴起与运转的历史时期。在西方,这段历史始

＊ 姚中秋,华中科技大学普通法研究所研究员。

于 15、16 世纪之交①。其根本标志为封建制下分散的人被国王的法律和权力整合为平等的"国民"(nation)。现代国家就是"国民国家"(nation-state)。

英格兰首先完成现代国民国家的构建工作。从 16 世纪中期开始，英格兰首先经过都铎王朝的宗教改革和王权制，实现政治秩序的世俗化与主权化；进而通过整个 17 世纪的宪政主义运动、内战、复辟、光荣革命等，实现主权之宪政化及其他现代国家制度之构建。总之，英格兰的现代国家构建至少包含 4 项最为重要的工作：

第一，立教。通过《权利法案》、《王位继承法》等法律，英国确立了宗教宽容的宪法原则。英格兰没有消灭宗教，而是在现代文化、社会、政治结构中合理地安顿了传统宗教。

第二，立法。从 17 世纪初开始，普通法实现现代转型。爱德华·库克爵士(Sir Edward Coke)编纂《判例汇编》和《英格兰法学大全》，就是基于封建法律传统而以个人之力为现代英格兰制定法典。通过法律家的持续努力，逐渐形成了一套适合现代大社会、大市场的法律规则体系和法律程序。

第三，立宪。通过反复试验，英格兰建立了现代宪政制度，形成一个强大但权力受到限制的政府。这样的政府是一种新事物，它可以有效地执行法律，却无法滥用权力。

第四，建立现代财富生产与配置秩序。由上述三个变化，英国的物质财富生产与配置机制发生革命性变化：现代市场体制获得了发育、扩展的制度基础。英国经济开始突破，出现了现代意

---

① 维基百科的定义是："现代史或者现代时期，描述中世纪以后的历史时段。现代史可以进一步划分为早期现代时期与晚期现代时期。当代史则描述与当下直接相关的历史时期。现代时期的开端大约在 1500 年代。很多重大事件导致西方世界自 16 世纪之交前后发生变化，始于 1453 年的君士坦丁堡陷落，1492 年穆斯林统治的西班牙的崩溃和美洲的发现，1517 年马丁·路德的宗教改革。在英格兰，现代时期通常被确定在 1485 年亨利七世在博士沃斯战斗中战胜理查德三世建立都铎王朝。人们通常认为，早期现代欧洲史从 15、16 世纪之交，经过 17 世纪和 18 世纪的理性时代与启蒙运动时代，至 18 世纪晚期的工业革命之始。"(http://en. wikipedia. org/wiki/Modern_history)

义上的"增长"。

英国既树立了现代国家的典范,也树立了构建现代国家的典范。此后,先是欧洲各国、美洲,随后是亚洲各国,先后展开了建立现代国家的事业。我把这项事业称为"现代国家构建"(nation-state building),简称"建国"或"立国"。

在中国,儒家士人也于19世纪90年代产生了建立现代国家的明确意识。早期中国历史与欧洲历史进程之间存在着某种类似性:周人建立了典型的封建制。春秋晚期与战国初期,封建崩塌,形成王权制。此时的中国即已完成现代国家构建之一半,这样的王权制国家就是中国的早期现代国家,国王通过官僚机构直接统治平等的臣民。

此后,中国历史演进与欧洲出现较大不同。中国没有走向王权制的宪政化,相反,秦灭六国,建立了一个绝对主义皇权政制。这一体制由于其制度的"不可能性",不二世而崩溃。儒家所代表、扎根于封建制中的宪政的力量开始积累,到汉武帝时,董仲舒终于发动了一场"天道宪政主义"运动。儒家借助其在社会、文化领域积累的力量,试图通过"复古更化改制"的立宪事业,把秦始皇式皇权置于"天道"控制之下。

儒家这次宪政主义努力并未完全成功,最终形成的格局是汉宣帝所说的"霸王道杂之"(《汉书》卷九,元帝纪第九),我将其称为"共治型皇权制"。与天子"共治"天下的主体是接受儒家教育的士人。儒家士人群体内部具有高度复杂性,徐复观先生曾区分出佞幸传统、儒林传统、文苑传统三大类型①。所谓儒林传统就是

① "吾国知识分子气质之传统,可略举以三。一为叔孙通公孙弘之传统;其后嗣繁衍无数,且置不论。范蔚宗后汉书,分列儒林文苑二传,使书生气质之二大传统,因而彰著,乃其卓识……历史之生命,虽常依恃于儒林传统,然儒林传统之气势绝难与文苑传统,齐驱并驾。由文苑传统而回向儒林传统者,常表示个人生命之向上,社会亦常因而得一转机。以文苑传统而嘲弄儒林传统,诬蔑儒林传统者,则乃表现个人生命之纵侈,社会亦常因而愈趋堕落"(徐复观,1983:51)。

坚守儒家"道德的理想主义"①的士人。在后来的历史中,这个具有道德理想主义情怀的士人群体一直试图再次启动宪政化过程,这表现在其"行道于天下"的努力中②。也正是这个儒生共同体,在19世纪末获得了来自西方的知识之后,产生了构建中国之现代国家的意识——其实是完成早在战国时代进行了一半的烂尾工程。

特别需要注意的是,在与西方人接触之前,儒家士人已在酝酿一次道德与政治觉醒,此即"桐城派"与公羊学之兴起。由桐城派而有宋明道学之复兴,而有儒家士人之道德提振,其代表人物即是曾国藩及其友朋。正是依靠士人群体的觉醒,基本政治秩序得以恢复和维系,曾国藩晚年并致力于洋务。由公羊学复兴而有了龚自珍、魏源之变法呼吁,发展成为康有为的宪政主义事业。

更为重要的是,儒家士人在经历了道德觉醒与政治主体意识的觉醒之后,才开始痛切感受到中国所面临的危机,从而意识到了现代国家问题,产生了构建现代国家的意识。

如张灏先生所再三论述者,19世纪90年代构成中国思想、观念及制度史上的一个重要分水岭,即"转型时代"。"所谓转型时代,是指1895年至1920年初,前后大约25年的时间,这是中国思想文化由传统过渡到现代,承先启后的关键时代"③。如果我们放宽视野,或许可以说,这段历史本身就是构成了中国的"现代"时期。具体地说,现代中国史始于1895年。当年上半年发生的三件思想、政治史事件清楚地表明,敏锐的士人已经初步具备了构建现代国家的意识。

第一个事件是孙中山反满建国革命,创建兴中会,提出"驱除鞑虏,恢复中华,建立民国,平均地权"。这个口号已经清晰地显示了建立一个民主、均富的现代国家的愿景。

---

① 这是牟宗三先生的用词,见其新外王三书之一《道德的理想主义》的论述。
② 余英时先生(2004a)对宋儒在这方面的努力进行了清晰的论述。
③ 张灏(2002:109)。另外,张灏通过对梁启超思想的梳理阐明了这一点。参见张灏(1995)。

第二个事件是 1895 年春,严复在天津《直报》上连续发表《论世变之亟》、《原强》、《辟韩》、《原强续篇》、《救亡决论》5 篇文章,倡言变法救国。严复指出,中国面临的问题是:"群与群争,国与国争。而弱者当为强肉,愚者当为智役焉"(严复,1986:5)。中国欲在国家之间残酷竞争的世界中存活、发展,必须模仿西方,建立现代国家。

第三个事件是康有为撰《上清帝第二书》,系统提出"立国自强之策",包括提出"富国之法"六项,"养民之法"四项。"国"与"民"同时进入他的思考视野。同时,他提出改革科举,设立孔教,试图在现代语境中重构文化秩序。他也提出君民共治的政治变法纲目①。由此可见,此书相当系统地提出了建立现代国家的规划。

据此可以确认,1895 年乃是中国现代史的开端。这个年份最大的环境变化是中国战败于甲午战争。那些具有道德意识的士大夫痛切地感受到了种族、国家灭亡的危机。严复把现代世界秩序背后的"社会达尔文主义"揭示出来,这种观念传入中国,令士大夫意识到,这一波蛮夷入侵与历史上的蛮夷完全不同。敏锐的士大夫恍然大悟现代世界的游戏规则——尽管从现代的角度看未必正确:一个共同体的强大未必依赖于其道德教化的水平,而是依赖国家所具有的物质性力量。中国如不学习西方建立现代国家,图谋"富强",就可能亡国、亡种、亡文明。这一可怕的前景想象,令那些具有道德理想主义情怀的士大夫忧心如焚,惕然警醒。现在,他们愿意采取最彻底的变革方案。而日本在明治维新之后短短 20 年间取得的成功,令士人恍然知晓,"现代国家"就是唯一的解决方案。此后中国100 年的历史,将在这种建国的政治意志笼罩之下。

而此时,已出现了不同建国进路的分歧乃至冲突。一方面,孙中山走上激进革命之道。孙中山准备在三个领域进行革命:种族革命,即推翻清朝的统治;政治革命,即推翻皇权,建立人民共和国;社会经济革命,即平均地权。为了实现这个"大革命"的目

---

① 参见康有为(1981a:114—136)。

标,尤其是推翻清朝,孙中山也决心使用暴力。另一方面,康有为、谭嗣同等人也打开了思想、观念的激进主义传统,后来发展为"全盘性反传统主义"①。

与此不同,严复、康有为在政治上则坚持相对温和的变革之道。他们没有要求推翻清朝皇室,也没有要求改变皇权架构。康有为虽对儒家传统义理结构进行了革命性改造,但始终坚持儒家的有效性与在现代的必要性。他们要求引入现代经济,改善民众福利,但无意改变既有经济社会结构。他们反对激进革命之道。他们的这种建国的心智和现代秩序构想,就构成现代中国保守—宪政主义思想与政治传统的起点。

牟宗三先生曾经指出:"中国自辛亥革命以后,这数十年来的政治意识,大体说来,可分为三流:一、传统的革命意识;二、社会主义的意识;三、民主政体的建国意识。"在后面的论述中,牟宗三对这三者之高下作出了历史的和道德的判断,而极力肯定第三种进路:"数十年来中国之主要课题仍当是民主政体建国之政治问题,此为一中心之所在。故政治意识离乎此者为歧出,相应乎此者为正宗。"这里的语气虽然是面向未来的,但也涵摄已经过去的现代历史。牟宗三也确实以此为标准,对现代历史上曾经出现过的正宗与歧出之政治意识,进行了简短而深刻的评论。牟宗三先生得出结论:"对于民主政体建国之政治意识,一生信守而不渝,梁任公而外,惟张君劢先生能之。"(牟宗三,1983)对此,我们可以补充梁漱溟、张东荪等人。牟宗三先生所说的民主政体建国之政治意识的传统,即构成了现代中国的宪政主义传统。

我们立刻可以发现,这些宪政主义政治人物的思想具有保守主义倾向。张君劢、梁漱溟是现代新儒家的代表人物,梁任公虽然以介绍西方思想闻名,但其思想基底乃是儒家的,张东荪同样

---

① 林毓生先生说"就我们所了解的世界史中社会和文化改革运动而言,这种反传统的、要求彻底摧毁过去一切的思想,在很多方面都是一种空前的历史现象"(林毓生,1986:6)。林毓生也指出,这种激进主义在康有为、严复等人身上就已存在。参看林毓生(1986:50—59)。

对儒家持同情立场。

反过来再考察现代中国保守主义的文化、思想人物。余英时先生在《陈寅恪的学术精神与晚年心境》一文中曾这样论说：

> 研究 20 世纪中国思想史的人往往只注意所谓进步与保守两种极端的倾向；前者以西方为楷模，后者则坚持中国文化自具系统，不必也不能舍己从人……但事实上，中国现代思想界并不能如此简单地一分为二。在所谓"进步"与"保守"的两极之间，还有一大批知识分子对中西文化问题不持笼统之见、极端之说。他们一方面承认西方文化确有胜于中国传统而为所必须吸收之处；但另一方面则认为中国文化自有其特性，外来思想也要经过改变然后始能适合中国环境而发生作用。但是由于他们不相信任何简单的公式可以解决文化问题，他们的基本立场和观点无法由一两句响亮的口号表达出来，因此也就不为一般读者所知。就我个人所知，如吴宓、萧公权、汤用彤、洪业诸先生都可以归在这一类知识分子之中，而陈先生更是其中比较突出的代表人物。

笔者冒昧，将余先生所说与激进（radicalism）相对之"保守"，改称为"守旧"（traditionalism），而将位于激进与守旧两个极端之间的中道立场，称为"保守主义"（conservatism），即英国大哲爱德蒙·柏克基于英国文明演进过程而概括出的那个理念、价值体系。我们立刻会发现，余英时先生所说的这个文化保守主义群体，在政治上的立场一般是宪政主义。

由此看来，在现代中国历史上，政治上的宪政主义者与文化上的保守主义者之间高度重叠。这不是一个偶然事件，现代中国历史中政治上的宪政主义与文化上的保守主义之间存在着某种深刻的内在联系，它们构成一个融贯的、自成一格的思想与政治体系。本文将致力于探究这种内在联系，从而在现代中国历史中发现一个保守—宪政主义思想与政治传统。

二、保守—宪政主义传统的谱系

现代中国保守—宪政主义传统中的"保守主义",是指保守传统,尤其是保守中国传统,主要是儒家的价值及由此价值体系塑造、支持的文化、社会结构;宪政主义当然是指在中国建立旨在保障人的自由和权利的宪政制度的意向、信念与观念、社会、政治实践。这个传统与现代历史上其他思想和政治传统的最大区别在于,它是从前现代的正宗儒者转化而来的。能够证明这一点的首要事实是,它在前现代的脉络中有两个内在的思想和实践源头,即曾国藩与康有为。

曾国藩对现代保守—宪政主义思想与政治传统的贡献在于,摒弃脱离治国平天下之道德理想的乾嘉"汉学",回向宋明"道学",恢复"内圣外王"的儒家精神。曾国藩通过自己的努力唤醒了士人承担治国责任的道德与政治主体意识。正是借着这种道德自觉,士人群体成就了一番定天下的大功业,进而投入到现代建国的事业中。

曾国藩友朋中有一位重要人物郭嵩焘,他是连接曾国藩与保守—宪政主义传统的重要环节。儒家树立了一个伟大而美好的社会秩序理想,但曾国藩、郭嵩焘等一批产生了道德觉醒的士大夫都公开承认,这个理想在中国根本没有实现,现实是黑暗的、令人绝望的。郭嵩焘出使英、法等国,惊讶地发现,儒家的伟大理想在英国竟然已是现实。尤其值得重视的是,英、美世界首先吸引他的不是发达的技术,而是优良治理秩序——这是由儒家特殊的心智决定的。而他也十分敏锐地发现,支撑这一三代盛治的是现代宪政民主制度。郭嵩焘很快提出这样一个命题:"西洋立国有本末,其本在朝廷政教,其末在商贾,造船制器相辅以益其强,又末中之一节耳。"优良的政治制度才是最为重要的。中国要摆脱困境,也应当首先着手进行深刻的政治制度变革。郭嵩焘沿着曾国藩的思维路向,很自然地认同了宪政的理想。

郭嵩焘的思想对戊戌维新时期热衷变法的湖南巡抚陈宝箴产生了巨大影响。根据陈寅恪先生的梳理,19 世纪末——

当时之言变法者,盖有不同之二源,未可混一论之也。咸丰之世,先祖[指陈宝箴]亦应进士举,居京师。亲见圆明园旰宵之火,痛哭南归。其后治军治民[陈宝箴曾任湖南巡抚,主持变法新政],益知中国旧法之不可不变。后交湘阴郭筠仙侍郎嵩焘,极相倾服,许为孤忠闳识。先君[陈三立]亦从郭公论文论学,而郭公者,亦颂美西法。(陈寅恪,1980:148—149)

陈寅恪先生称这个由曾国藩、郭嵩焘、陈宝箴的思想和实践形成的思想与政治传统为"历验世务借镜西国以变神州旧法者"(陈寅恪,1980:149)。此一传统在戊戌时代的代表为张之洞。张之洞虽然较康有为、陈宝箴保守,但其《劝学篇》同样已具有了建立现代国家的意识。

当然,真正唤醒国人宪政主义之政治意识的,还是康南海。曾国藩复兴了宋明儒的道德理想主义精神,康南海则复兴了公羊学的"更化改制"勇气。董仲舒借助公羊学,掀动了一场天道宪政主义运动。康南海承续公羊学传统,对孔子进行了创造性解读,孔子成为为万世立法者。由此,康有为像汉儒那样产生了宪政主义的想象,开国会、建立君主立宪制度等宪政理想也就成为儒家的内在主张。西方的宪政理念,被融合到公羊学的历史理论中,维新发展成为一种触及制度根本的立宪、更化、改制事业。这一事业是"历验世务者"的心智所不敢触及的。

由此可以看出,康有为的心智是激进的,不过,他的具体建国规划却是保守的。首先,他坚持君主立宪,而反对共和革命。

其次,在康有为心目中,儒家道德、观念体系绝不仅是工具,相反,儒家具有本体的价值①。因此,康有为的现代国家构建蓝图

---

① 如萧公权先生所说:"保全中国的文化认同(儒学)和维持中国的政治独立(帝国),在康的心目中是同等重要的,两者都不能被'西潮'所吞没……为了保全帝国的目的,中国的法律、行政和经济制度都必须按照西方的模式改革;但如果放弃儒学,企图对整个道德生活进行西化,则将是文化自杀。"(萧公权,2007:79)

中从一开始就包含着重构儒家的规划,这就是建立孔教,并立之为国教。康有为清楚地意识到两点:第一,中国构建现代国家,固然应寻求政制之根本变革,但不可在精神、价值、文化、社会上全面断裂,而应保持连续性,这就是他的保守主义之本。第二,尽管如此,此一传统的精神、信念系统也需予以重构,从而与现代的社会结构、政制保持融贯,而传统的精神、信念系统也因此而实现现代转型,支持现代的国民之健全生活。

康有为构建孔教的构想,百余年来招来诸多批评。这些批评普遍基于儒家无补于现代中国的文化激进主义论断。但是,在文化激进主义退潮之后,康有为的构想就显示出了其超人之处。人们大可不必同意康有为的孔教方案,但他的思考方向却是正确的:妥善安顿儒家的价值和理念系统乃是现代建国者必须认真面对的问题。事实已经证明,没有考虑这一问题的立国方案必然是残缺不全的,也是滞碍难通的。

第三,康有为清醒地认识到了构造现代法律体系的重要性。这可见之于1898年初的《上清帝第六书》,在此他倡议设立"制度局"作为变法之最高政治机关,另设12局分其事,第一项即为法律局:

> 外人来者,自治其民,不与我平等之权利,实为非常之国耻。彼以我刑律太重而法规不同故也。今宜采罗马及英、美、法、日本之律,重定施行;不能骤行内地,亦当先行于通商各口。其民法、民律、商法、市则、舶则、讼律、军律、国际公法,西人皆极详明,既不能闭关绝市,则通商交际势不能不概予通行。然既无律法,吏民无所率从,必致更滋百弊。且各种新法,皆我所夙无,而事势所宜,可补我所未备。(康有为,1981a:214—215)

第四,经常被人忽视的是,康有为也提出了关于现代中国之商业秩序的完整而健全之构想。这些构想集中体现于变法前后的奏议,及 1905 年所著《物质救国论》中①。人们常常有一种误解:现代先贤仅关心国家之强,为此而主张政府控制。但康有为的经济增长规划大体上合乎亚当·斯密的古典经济增长规划,且以人民的福利作为经济增长的最终目标。1895 年康有为《上清帝第二书》提出 6 项"富国之法"。其中关于铁路,他主张"一付于民,出费给牌,听其分筑,官选通于铁路工程者,画定行省郡县官路,明定章程,为之弹压保护"。关于工厂实业发展,他的构想是"官纵民为之,并加保护"(康有为,1981a:124)。他相信,通过私人企业的发展,国家可以积累实力。随后,他又依据"国以民为本"的儒家信念提出"养民之法"4 条。很显然,康有为已经超越了"重商主义",超越了自强运动的富强观念——也只有这样的经济增长规划能与宪政主义的政制逻辑相容。

总之,康有为构想了完整的现代国家规划。在构想这一规划时,康有为力图妥善、平衡地处理古、今、中、西间的关系。如萧公权先生所说:

> 康有为心目中的现代中国为一独立自主的国家,经由现代化而获至充分的财富与武力,以保障在国际中应有的地位,同时具有特殊文化风格的立国基础。因此,他的此一立场与主张全盘西化的知识分子,大不相同,他们认为毫不保留地西化乃是现代化的惟一途径,中国不必要保留其原有的文化。(萧公权,2007:451)

康有为之后,保守—宪政主义思想和政治传统的主要承担者是梁任公启超先生。任公虽为康南海的首席弟子,但他的言说基本上没有了康有为的非常异议可怪之论,没有了文化激进主义的

---

① 萧公权先生概括说:"他将中国未来发展的希望寄托于基于市场经济的私人企业……他要求政府发动经济改革,但他怀疑政府有能力推动农、工、商经济到较高度的阶段,这些让他认为要让私人企业来进行……他不仅关心国家的富强,更主要的是要给他的同胞们富足的生活——一种西方人已享有的生活。"(萧公权,2007:239)

急迫与狂放,较为充分地显示了保守主义的雍容与宽和。

任公确立其在中国政治和思想演变史上之重要地位的文献,是 20 世纪最初 3 年写作的《新民说》。思想史家给它贴上了"国家主义"、"民族主义"甚或"集体主义"的标签。这是因为评论者始终没有进入任公的语境。

任公始终是从秩序、现代国家构建的角度来看待自由、理解权利等问题的,他思考的主题不是原子化的个体的自由或权利,而是人与人如何合群、秩序如何形成及如何维系。这绝不意味着任公无视自由、反对自由,或者欲让个体单向地服务于、牺牲于国家、集体。相反,这是一位具有自由信念的建国者思考自由、权利问题的平实的进路。任公不是空洞地宣示个人具有何种自由、权利以及这些自由、权利如何美好,而是切实地寻求保障自由与权利的制度安排。这样的制度,任公用一个词来概括,那就是现代国家。因为他不断地谈论国民如何如何,因而,他所谓的"民族国家"其实是"国民国家"。这个国家的模范就是英国。

任公关心的问题是,这样的现代国家如何在中国被构建出来。他的结论是:旨在保障自由和权利的这样一种现代的制度组合,只能由国民自己构建出来。因此,欲立国,必"新民",而新民之道在于民力、民智、民德之"自新"。任公所讨论者,主要集中于"民德",尤其是"公德"。公德就是"人群之所以为群,国家之所以为国,赖此德焉以成立者也"。(梁启超,1989a:12)梁启超随后在各节中讨论具体的公共德性,包括国家意识,争取和维护自由和权利的意识和勇气,自治的意识和技艺,自尊、自立、自强的意识,尚武精神,法律下的自由意识,义务意识,服务公共包括国家的意识等。任公集中讨论国民之公共德性与技艺,旨在让国民既具有构建现代国家又具有控制现代国家、制约现代之强政府的坚定而持久的意愿和能力。因此,《新民说》全书旨在论述国民与国家之动态的相互生成关系,或者说是自由秩序的动力学,最终则落脚于国民之德性与政治能力上。而这种德性,以私德为基础,而儒家既有的传统道德修养纲目可以养育私德,并发展出公德。

因此,梁启超是保守的,"他并没有公然提倡要破坏所有的传统伦理"(黄克武,2006:123)。

当然,大多数普通人难以同时具有此种德性与技艺,在儒家心智的支配下,任公很自然地把建立现代国家的重任放在"绅士"的肩上:

> 吾既以思想能力两者相比较,谓能力与思想不相应,为中国前途最可忧危之事,然则今日谈救国者,宜莫如养成国民能力之为急矣。虽然,国民者其所养之客体也,而必更有其能养之主体。苟不尔者,漫言曰养之养之,其道无由。主体何在?不在强有力之当道,不在大多数之小民,而在既有思想之中等社会,此举国所同认,无待词费也,国民所以无能力,则由中等社会之无能力,实有以致之。故本论所研究之范围,不曰吾辈当从何途始可推能力以度诸人也,曰吾辈当从何途始可积能力以有诸己而已。非有所歆于能力以自私,实则吾辈苟有能力者,则国民有能力;国民苟有能力者,则国家有能力。(梁启超,1989a:156)

此处所谓"中等社会",就是以儒家为基底、当时正处于转型中的中国现代"绅士"。自汉武帝—董仲舒时代之后,绅士就分享着治理权。① 曾国藩之平定叛乱,在很大程度上即依靠地方绅士——曾氏文告、书信中常见这个字眼。伴随汉人政治力量的兴起,绅士权威在咸、同之际开始扩张,绅士与官府之间建立起一种十分紧密的合作关系。随着现代学术、现代教育、现代工商业乃至现代军事的兴起、发育,儒生在科举、政府之外拥有了更多机会,这意味着,有相当数量德性与能力均甚为出众的人士停留在

---

① 费孝通先生因此提出相对于皇权的"绅权"说,参考《皇权与绅权》。费孝通先生的《乡土中国》、《乡土重建》等书也讨论了这个问题。

社会中,而拒绝进入政府,状元张謇就是这方面的典型。[①] 在绅士中还出现了一个"绅商"群体。[②]

梁启超的政治作用,就是唤醒儒家绅士的政治主体意识,呼吁他们承担起构建现代国家的责任,并告诉他们如何训练政治技能。当然,任公也对西方现代国家有一定了解,据此他向绅士们提供了构建现代国家的知识。这样,权威迅速上升的绅士群体之政治自觉,自然地就形成了一场波及全国的清末新政与立宪运动。清末立宪从根本上说就是绅士立宪,这是一场典型的"绅士宪政主义"(gentry constitutionalism)运动。

梁启超的保守的、宪政主义的理论帮助绅士们凝聚了共识:中国必须进行大变革,通过政治革命必须废除专制制度;但革命也仅限于政体领域。清末的绅士宪政主义运动也就是一场保守—宪政主义革命。

这场革命的保守性也由绅士在社会结构中的位置所决定。既然立宪的主体是绅士,则立宪的本质也就在于扩大绅权,重新调整皇权与绅权的关系。在晚清立宪党人所说的专制制度下,皇权是居于支配地位的,绅士的权威在很大程度上源出于皇权。立宪者所欲建立的宪政政体,其基本结构则是君权虚置,而由绅士享有更大的并且是制度化的治理之权。因此,立宪以地方自治和建立各级议会为重点。在依然保留君主制的前提下,这两者是绅士之权威正规化的主要途径。

---

① 一位美国学者形容这些绅士:"所有这些人物都具有传统绅士的威望信用。他们居住在省内的城市中心……开初,他们是那些学堂的居首的发起人。其后,当学生和当权者发生矛盾时,他们成了学生们的开明的保护者。这些城市开明士绅,渐次以收回经济权利和发展地方工业的反帝运动的领袖姿态出现。当宪政运动开始时,他们能够运用省谘议局,把自己的权力制度化起来。他们的政治理论是改良主义的和改宪主义的……在经济领域中,虽然许多城市改良派上流阶层人士无疑的是外出地主,但他们也是发展工业和铁路的幕后首倡者。他们运用谘议局来支援他们的实业计划,经常采取向一般人民征税的办法来资助企业。虽然如此,他们仍然坚持经济事业要摆脱政府的干预,并尝试运用省谘议局来抵制官僚政权对他们的企业的控制和统治。"(周锡瑞,2007:128—129)。

② 关于这个问题的研究,可参考马敏(2001)。

民国建立之后,梁启超与绅士们从多个角度进行了广泛的立宪努力。这包括组织政党、召开国会、制定宪法等。即便是后来军人干政时代,绅士们也仍然没有放弃努力。事实上,通过这种努力,中国建立了初步的民主宪政框架。中国的文化、商业也正是在这样的制度框架下出现了一次繁荣。

不过,新文化运动推动中国精英的思想观念发生巨大变化,由于民主初期的运转失灵,晚清以来形成的围绕着政体革命的"宪政主义"的观念与政治共识破裂,种种"主义"在中国都获得了广泛而狂热的追随者、传播者及冒失的试验者。尤其是种种形式的激进主义迅速地上升到思想界的主流地位,并深刻地影响了此后中国的立国进程,这些激进力量试图把晚清民初局限于政体范围的小革命,扩大成为包含文化、社会经济领域的大革命。[1]

尽管如此,保守—宪政主义的思想与政治力量并没有销匿。固然,与1924年以前不同,现在,激进主义似已在思想和政治上占据主流,曾经占据主流的保守—宪政主义反而处于边缘位置,至少从表面上看是如此。但是,保守—宪政主义传统在政治与文化领域依然顽强地潜生着。

在政治方面,国共两党之外的主要政党都与梁启超有直接关系。从流亡东京时代起,在梁启超周围聚集了一批士人,形成"梁启超士人群",包括蔡锷、张君劢、张东苏、丁文江、林宰平等人,甚至包括国家主义派[2]。在思想和政治的激进主义甚嚣尘上的时代,这个群体构成了保守—宪政主义建国规划的主要坚守者和实践者。

---

[1] 笔者曾经指出:"由于新文化运动的影响,现代中国的立国事业形成两个截然不同的阶段:古典阶段与现代阶段。清末士大夫形成建立现代国家的意识一直到国民党改组之前,为古典时期。'古典'的含义是,政治尚不具备……意识形态化与革命化性质。这个时期的立国事业是一种有限度的'政体革命',从事立国事业的人们旨在为社会提供另外一套法律与政治框架,且仅以此为限……从军阀到政客,从学者到商人,使用的都是相对古典的政治语言。人们讨论着怎样制定宪法,如何设计政体,或者讨论裁兵、南北议和、政府行政管理、司法或者财政等比较现实的问题。"(姚中秋,2009:114)

[2] 关于这一士人群的简单描述,可参见秋风(2010)。

　　国家主义派曾在梁启超先生晚年,运动先生联合各种反对激进革命的政治力量组织一大政党,对抗当时甚嚣尘上的激进主义(丁文江、赵丰田,1983:1129)。任公更谓:"我看现在国内各党派中唯有'国家主义青年团'一派最有希望……恐怕将来要救中国,还是要看这一派的发展运用如何"(丁文江、赵丰田,1983:1112)。国家主义派后来组织中国青年党,成为民国时代追求民主的政党政治的一个重要政党。

　　张君劢与张东荪长期奔走于梁启超先生的政治事业中,1932年,二人合组中国国家社会党。它与中国青年党是20世纪30年代初期,除了国共之外的主要政党,而这两个党对民主宪政的忠诚度很高,正是他们在国民党一党专政的环境下,守护着民主宪政的理想。

　　这两个政党也成为抗战立宪的主要推动者。尤其值得一提的是张君劢的宪法科学。为制定中国之宪政主义宪法,张君劢深入研究各国宪法与民国宪制。1922年他为绅士致力于立宪的上海国是会议起草宪法草案;1946年,在制宪的政协会议上,张君劢主动起草了《中华民国宪法》草案,此即今日台湾通行之宪法的原本。围绕自己起草的两部宪法草案,张君劢分别撰写了两本书:《国宪议》与《中华民国民主宪法十讲》①。这两本书是中国宪政科学的经典之作。

　　梁漱溟也属于这个保守—宪政主义传统。在政治上,梁漱溟是宪政主义者。也因此他成立乡村建设派,在民盟成立后,更是积极奔走于立宪政治。

　　在上述宪政主义力量推动下,1946年国民大会通过《中华民国宪法》,这显然是一部民主宪法。这部宪法上承清末立宪,接续着中国的宪政主义的"政统",台湾20世纪80年代发生的民主化转型不过就是实施这一宪法。

　　与此同时,保守主义的文化努力创造了现代中国的文化范

---

① 这两本书于2006年由清华大学出版社汇集为《宪政之道》出版。

式。保守—宪政主义传统在文化上的代表人物包括《东方杂志》的杜亚泉,《甲寅杂志》章士钊,《学衡》杂志,也包括钱穆先生、冯友兰、贺麟等人,法学领域有吴经熊等人,政治学领域有萧公权等人,当然,还有余英时先生所提及的陈寅恪、汤用彤、洪业等诸先生。他们寻求中国思想、哲学、学术、文化之"自新",他们融汇古今中西而具有建设性、创造性,从而铸造出现代中国各个学科的基本范式。他们之所以具有创造性,因为他们具有开放性——这听起来有点悖谬,却是事实:他们对中国思想、学术保持开放心态,因为这种开放性,他们对文化的复杂性有深切理解,因而也就愿意深入地理解外部文化的复杂性、丰富性。现代激进主义者则往往缺乏这种开放性,因为缺乏这种开放性,他们对外部世界的理解也总是狭隘的,停留在常识甚至是扭曲的层面,当然无法具有创造性。

值得一提的同样是张君劢。他是"科学与玄学大论战"的主角,这场讨论实际上就是具有全盘西化的现代自由主义与亲和儒家的保守主义之间的论战,是保守主义对新文化运动的一次不动声色的反击。张君劢虽然熟知欧洲哲学,但他拒绝以西方哲学的名义全盘否定儒家,相反,他主张"会通"中西。在这场争论中,正是他明确地发出"新宋学之复活"的呼声(张君劢,1996:660)。这标志着"现代新儒家"的真正诞生。

也正是张君劢奠定了牟宗三、唐君毅所代表的现代新儒家的基本思想结构:宋明心性之学,康德哲学,民主政治理想。不论是梁漱溟、熊十力,都没有这样的完整结构,这三大要件首先是在张君劢那里被组装为一个完整的体系的①。

从人事上看,张君劢也是保守—宪政主义承上启下的人物。张君劢与梁启超的关系"在师友之间"(张君劢,1981:831),牟宗三与张君劢的关系也部分地在亦师亦友之间。这三个人的私人与思想关系,就构成了理解现代中国保守—宪政主义思想和政治

① 参看薛化元(1993:3—4)。

传统的一条线索。牟宗三从北大毕业后,即加入中国国家社会党,尽管这很可能更多地受该党另一创始人张东荪的影响。牟宗三早年积极从事该党政务,曾主编该党之杂志《再生》。在重庆,张君劢撰写其最重要的著作《立国之道》,最后一节《我人思想之哲学背景》,由张君劢酌拟大意后,由牟宗三代为写成。1958 年,张君劢、牟宗三又与唐君毅、徐复观先生联名发表《为中国文化敬告世界人士宣言》,在艰难境地开启儒家复兴之大格局。

尤其值得重视的是,现代新儒家延续康有为、梁启超的传统,是宪政主义的坚定信奉者,尽管他们受时代影响通常使用"民主"一词。他们所努力的方向正是探究在传统中国的观念与制度基础上,借助西方的知识,如何生发宪政的价值与制度。牟宗三先生 20 世纪 50 年代的新外王三书论述的重点就是儒家道德的理想主义与宪政之间的内在联系。

应该说,抗战建国立宪事业的失败,对保守—宪政主义传统是一个巨大打击。海峡两岸的政权都趋向激进化。宪政主义政党似乎消失了。不过,在台湾,雷震似乎代表着宪政主义的余脉。《自由中国》与此前的自由主义刊物相比,少了一些启蒙主义文化革命色彩,多了一些宪政主义的制度关怀倾向。

更值得注意的是思想界的变动。大约从 20 世纪 50 年代开始,现代中国的自由主义就开始了保守化过程。这个过程首先始于台湾,随后于 90 年代在大陆展开。[1] 推动这一保守化趋势的政治因素是自由主义者对激进化的政治后果有所反思,思想因素则是哈耶克的影响。在 20 世纪 50 年代的台湾,保守—宪政主义传统有一个重要的传承者周德伟,他是哈耶克的弟子,试图融合儒家与法治[2]。同时,殷海光翻译过哈耶克的著作,其思想到晚年也趋向保守[3]。曾经与殷海光共事、在殷海光去世之后编辑《自由中

---

[1] 关于这一点,可参见秋风(2008)。

[2] 关于这一点,可参看秋风(2004a)。

[3] 关于这一点,可参看何卓恩(2004:227 页以后)。

国》的夏道平先生的思想则更为保守一些。

在更下一代知识人中,林毓生受教于殷海光,后在芝加哥大学师从 20 世纪古典自由主义思想家哈耶克,对现代思想史上的全盘性反传统主义有深刻反思。余英时先生师从钱穆,从历史的角度切入儒家。他对民主宪政思想具有深切体认,而近年来新著《朱熹的历史世界》揭示了"儒家整体规划"①,而上文已指出,这一整体规划背后的心智,正是儒家士人形成现代建国意识的基础。在关于陈寅恪先生的诸多考释文章中,余英时先生则论证了陈寅恪先生的儒家思想基底②。

上面只是列举了保守—宪政主义的若干代表性人物,此外,还有大量思想和政治人物、派别,程度不等地具有保守—宪政主义倾向。受到革命史观影响③,猛烈地反传统、鼓动"大革命"的思想与政治实践在历史编纂中格外受到重视,因而给人的印象似乎就是现代中国历史就是从一个革命走向另一个革命的历史,保守—宪政主义的诸多努力则被遮蔽了。但近些年来,人们已经开始重新发现现代历史,比如王元化先生重新发现杜亚泉(王元化,2007)。事实上,现代中国历史需要系统地重新发现与解释。

三、保守主义的内涵

"保守"乃是人对待已存事物的诸种态度中之一种。在中国始于 19 世纪末的现代转型中,这种已存事物或者说传统,主要是儒家,尽管并不限于儒家。构建现代国家就不能不涉及如何安顿儒家

---

① 这个词见余英时(2004a:923)。
② 参看余英时(1998),尤其是《陈寅恪与儒学实践》篇。
③ 这种影响非常广泛,可参看黄克武(2006:6—10)。

的问题,甚至可以说,这是现代国家构建事业中最为重要的问题。如果不能妥善处理儒家,比如全盘摧毁儒家,则中国的所谓现代国家固然可能是现代的,但将是非中国的。上面所刻画的思想与政治谱系则坚持一种保守主义的建国之道,这种保守就是不去刻意地、全面地破坏中国固有传统,尤其是儒家,而是合理地重新安顿它。

首先,需要为保守主义正名。现代中国历史上的"保守主义"常被冠以"文化保守主义"的名号,如史华慈所说:

> 现代中国保守主义主要是"文化的保守主义",根本上并不是墨守现行的社会政治现状的"社会政治的保守主义"。许多中国"文化的保守主义者",多半很清楚哪些是该保存下来的文化要素。于此,他们变得含混或十分具有选择力。总之,他们在当时之社会政治秩序里,很少看到全然实现的固有文化(国民政府时代有些例外)。柏克并不赞成18世纪末期英国的社会政治结构和文化的每件事物,但是,他赞成大多数的一般事物,也赞成特别的政治秩序。他对全体的关注包含了无数部分的深切关注。在中国,当20世纪初期,我们发现很少善于表达的知识分子毫不保留地捍卫当时的社会政治秩序。(史华慈,1980:32)

既然柏克的保守主义包括了对当时政治秩序的肯定,而中国的保守主义者没有表现出这一点,相反,他们基本上都倾向于从根本上改变既有的政治秩序,变皇权专制为立宪君主制甚或民主共和制,那么,他们当然也就只是"文化"保守主义了。在汉学家和受汉学影响的中国学者看来,这种保守主义乃是某些抵触外部事物的中国人,面对西方冲击作出的带有强烈情感色彩的反应——文化保守主义这个词汇恐怕可以归入汉学界解释中国现代化过程的"冲击—反应模式"的谱系中。

这样的看法值得商榷,它基于对柏克式保守主义和中国构建现代国家过程的双重误解。西方保守主义至少有两个差别相当巨大的传统:英国式保守主义传统与欧洲大陆保守主义传统,或者说柏克传统与梅斯特传统①。史华慈所说的保守主义恐怕更多地是欧洲大陆的保守主义。关于这个保守主义的基本信条,哈耶克有所概括(哈耶克,1997:191—199)。简单地说,这种保守主义或许称为守旧主义更为合适。它几乎反对一切变革,迷信政府的权力,要求政府用权力维护宗教或道德之正统,具有民族主义倾向。柏克的保守主义却与此不同。从政治哲学的角度看,柏克的信念是始终如一的,即认为政治制度形成了一套庞大而复杂的约定俗成权利体系和习惯遵守的惯例。这些惯例产生于过去,在不打破连续性的条件下使自己适应于现在,还认为政体以及社会一般的传统应成为类似宗教信仰那种被尊奉的对象。因为这些传统构成集体智慧与文明的宝库。(萨拜因,1990:681)

这里揭示了柏克式保守主义的心智倾向。柏克式保守主义首先是一种处理社会、治理问题的心智,此一心智的关键在于对人的理性的限度的清醒认识。人的理性绝不像理性时代的人们、像启蒙主义者所想象的那样,可以充当全能的审判者,理性有重大局限性。因此,任何对社会秩序进行整全设计、摧毁重建的方案,都是狂妄的,都会带来灾难。

由此可以看出,给中国的保守主义特别加上"文化的"限定词,没有任何必要。柏克式保守主义肯定是反对所谓的宗教革命、文化革命、社会经济革命的,这是由保守主义的基本心智所决定的。柏克对法国大革命的抨击也主要集中于其根据一套唯理主义的抽象概念,而是对宗教、文化、社会展开摧毁性革命。在保守主义看来,这些乃属于哈耶克所说的"自发秩序"范畴。

因此,康有为、梁启超、张君劢、牟宗三等中国的保守主义者呼吁保守儒家伦理、道德规范和思想,反对对社会结构进行革命,乃是柏克式保守主义题中应有之义,而不是什么"文化"保守主义

---

① [德]卡尔·曼海姆(2002),主要研究的是德国的保守主义。

的反应。中国保守主义之保守中国文化,不是因为他们是"文化"保守主义者,仅因为他们是保守主义者。

看起来似乎有点悖谬,这样的保守主义乃是现代国家构建的正道。归根到底,建国乃是一项建设性事业。构建现代国家确实要求对文化、社会、经济进行某种改变。但是,全盘的破坏不是改变,而是完全抽空改变的基础。对既有文化、社会、经济结构的全盘破坏,不是在建国,而是在毁坏国家。

基于这样的心智,中国的保守主义者批评种种激进主义观念和政治。柏克大声斥责法国大革命,乃是现代保守主义思想成立的标志。现代中国的保守主义者同样反对中国的种种激进的文化、社会、经济革命。康有为在1902年春天,针对当时开始兴起的革命论,著《答南北美洲诸华商论中国只可行立宪不可行革命书》,反对革命之说(康有为,1981a:474—494)。康有为的反革命论据基本上被梁启超承继,而予以更为显豁的说明,并予以进一步发展,从而形成了一系列反革命主张:反对种族革命,反对文化革命,反对社会经济革命。后来张君劢同样反对尤其是基于阶级斗争理论的革命①。牟宗三同样对现代自由主义所代表的文化革命、国共两党所代表的社会经济革命倾向予以批判②。

当然,保守主义决不反对文化的改变,或者说"调适"。这种调适的成功典范是欧洲现代国家之安顿宗教。现代国家之成立,部分地是人们寻求解决宗教冲突之制度化安排的产物。因此,欧洲所有现代国家之立国者所完成的第一项工作,就是确立宗教宽容——换句话说,就是政府与教会分离——的宪法原则。

---

① 凡以阶级为立场的必是以争斗为目的。以流行的时髦话来说,这是以"恨的哲学"为出发点。我们虽不必高揭"爱的哲学"为标语,然而,却以全力排斥这个恨的哲学。须知以恨为出发点,想排斥他人,想打倒他人,其结果必要引起他人的排斥;于是,恨乃更甚。好像火上浇油一样,决不能以油来灭火。所以,由恨为立场,其结果绝得不着和谐与平安。

中国数十年来因为政治不良,主张革命。其结果革命以后又继以革命,乃演成所谓循环革命与连续革命。而国家元气、民族精神却都于此耗尽了。我们以为非打破这个循环的连续的革命之趋势则中国永无希望。(张君劢,1988a:71)

② 比如《中国数十年来的政治意识》一文批判新文化运动、批评孙中山晚年思想等。

尽管如此,在现代国家中,宗教仍扮演着十分重要的角色,甚至在政治上发挥着重要作用,尽管这种作用不是制度性的①。因此,现代国家并不是反宗教的。建国者的工作绝不是消灭宗教,而是合理地安顿宗教。合理的安顿方式就是"宗教改良"。原有之宗教实现自我转换,在国家结构中获得较为合理的位置。从国家正式制度上看,教会与政府分立,而只在社会领域内活动。而经由支配人们的心智,宗教依旧可以发挥巨大作用:指导社会的治理,间接影响法律甚至经济制度安排。② 按照托克维尔的说法,如果没有这种宗教的教化,现代社会内在的物质主义、利己主义趋势将会导致社会的萎缩、政治的衰败乃至文明的退化。③

在中国语境中,建国者同样面临着如何构建国民之精神体系,也即如何安顿本国固有的价值与信念体系的问题。对此,文化和政治上的激进主义者的方案是:全盘摧毁固有的道德价值体系,而建立某种人造宗教。这种努力在胡适等启蒙主义者那里是观念性的④,在激进主义政治力量那里则通过社会、政治运动展开。

保守—宪政主义的方向则是"改良模式",其基本立场,梁任公在《新民说》中曾有简明概括:"新民云者,非欲吾民尽弃其旧以从人也。新民之义有二:一曰,淬厉其所本有而新之;二曰,采补其所本无而新之"(梁启超,1989a:5、7)。这样的立场被后人不断重复。既然传统中国的主干是儒家的价值和基于此组价值的制度,那么,现代中国的保守主义就必然以保守儒家——尽管其程度不等——为其主要保守对象。儒家保守主义者与激进主义者不同,他们相信,传统中国与现代中国之间应当保持连续性,他们反对消灭儒家。他们相信,如果消灭了儒家,中国即丧失其中国性。他们试图在现代国家结构中合理地安顿儒家的价值和制度。

---

① 关于这一问题,笔者撰有专文讨论,参见秋风(2004b)。
② 关于这一点,托克维尔有精彩论述,参考[法]托克维尔(2002a:333—349)。
③ 参看托克维尔(2002b:656—682)。
④ 胡适的这种努力主要见于他的文章:"不朽——我的宗教"(胡适,1996a:502—509);"《科学与人生观》序"(胡适,1996b:139 页及以后)。

不过,这样合理、可行的方案并不那么容易找到。杨庆堃称基督教、佛教为"制度性宗教",儒家则为"分散性宗教",也即它并没有教会组织系统,相反,其核心价值渗透于世俗的诸多制度、组织、文化之中(杨方堃,2007:268—269 页及以后)。这种情形让现代中国承担建国事业的人士面临特殊的挑战:随着新的教育、文化、政治制度建立,旧的社会秩序之转型,原来作为儒家价值之现实依托的诸多制度纷纷消失,那么,儒家又该托身于何处? 余英时先生鉴于此,而悲观地宣布,随着现代转型之展开,儒学成为"游魂"①。

康有为在其现代国家规划中包含着建立孔教会的设想,不能不说极有先见之明:"从这一点说,康有为当年想效仿基督教而建立孔教会也不无所见,虽然这是不可能的事。"(余英时,2004b:57)事实上,康有为的方案似乎并非全不可行。至少在南洋各地及香港,孔教会一直在活动,并似乎有效地传承着儒家价值,反过来也在当地的社会治理中发挥着一定作用。

当然,保守—宪政主义者还尝试了其他进路。当传统制度崩溃之后,儒家价值与信念体系脱离出来,似乎呈现为一种纯粹的伦理道德学说与规范体系。梁启超似乎主张一种道德主义进路,《新民说·论私德》多有发明。现代新儒家则将这种道德体系提升到形而上学层面,而使之具有某种准宗教性质,这一点可见于1958 年《为中国文化敬告世界人士宣言》。

保守主义者也试图通过构建一些世俗化的制度来安顿儒家。康有为、梁启超创办过学堂,创办过"学会",创办过报纸杂志,进而创办过现代政党。张君劢先生同样延续办学、办刊、结社、结党等进路,梁漱溟则曾经谋划一个整全的乡村建设方案。马一浮、梁漱溟、张君劢先生还分别创办书院,试图于现代大学体制之外

---

① 余英时还对比了基督教与儒家:"儒学与基督教不同。基督教在中古时代也曾与许多世俗制度融为一体,自从经过宗教改革和启蒙运动的洗礼以后,由于它是有教会组织的宗教,最后终能托身在宗教制度之内。政教分离的结果是基督教与世俗制度之间划清了界限,然而不必变成幽魂。传统儒学并无自己的制度或组织,而是以一切社会制度为托身之所"(余英时,2004b:57)。

进行儒学传承。应当说,保守主义者的这些努力取得了显著成效,比如儒家的部分理念体现于现代的宪法、法律、政策中。儒家在现代哲学、人文学科中居于一定位置。

不过,不能不承认,在现代转型中如何安顿儒家的重大问题,迄今为止没有得到有效解决。这是中国构建现代国家面临的最大挑战之一。而在现代中国种种思想和政治传统中,惟有保守—宪政主义显示了寻找这种方案的诚意,并进行了诸多探讨。今人如欲较为妥善地安顿儒家,就需要接续保守主义传统,以保守的心智寻找建设之道。

四、政治的建国之道

柏克式保守主义者决不是盲目地反对一切变革,甚至不反对革命。与现代激进主义和守旧主义不同,柏克式保守主义洞见到文化与政治之间的可分离性。柏克式保守主义的心智渊源于英格兰"普通法心智"(common law mind)[1],而基于这种心智的普通法宪政主义(common-law constitutionalism)曾经是英格兰人反抗国王扩张权力的重要思想基础。普通法法律人和议员要求保守英格兰古老的宪制(ancient constitution),它确实诉诸古代,其要求却是激进的:它旨在抗衡新兴的王权。由此可以看出,柏克式保守主义在政治上绝不守旧,并不如史华慈所说的那样主张保守现有政治秩序。相反,它所理想的政治秩序构想扎根于英国政治传统,追求正义,追求法律的统治。其保守传统和惯例的努力,正是

---

[1] 关于这一点,可参考 Pocock(1960)。

为了控制政府,约束政府的意志。①

因此,柏克式保守主义的理论结构具有一种内在张力:一方面,在文化上它主张保守;另一方面,它在政治上主张向着某种超越性道德价值的变革。当然,激进主义同样以某种价值为指引。与激进主义不同的是,保守主义所遵奉的价值总是扎根于传统。这样的传统价值对变革施加了一个根本性限制。它意味着,追求优良治理的努力,不应当瞄准宗教、价值、文化、社会经济结构,惟一可以变革的就是宪制。基于超越性价值,保守主义者也必须致力于寻求优良宪制。这样,保守主义就内在地是宪政主义的。

此处,我们可以从两个方面理解"宪政主义"。第一,宪政的基础性含义是构成、宪制(constitution),与自由主义和其他激进主义相比,宪政主义只关涉政治制度,而非一种整全性、涵摄性的社会规划。保守主义是审慎的,所以,当讨论变革的时候,它只瞄准可变革的政治制度。但第二,保守主义所追求的制度变革具有价值指向,其变革制度的努力由传统价值控制。因而,这种变革以善为目的,在政治上就是增进自由。

简而言之,在现代的变动的世界中,保守主义并不主张守旧,它同样谋求变革,但它所规划的变革乃是按照传统宗教、价值体系所指示的善,寻求对可变革的政治制度进行变革。这就决定了,保守主义在除此之外的其他领域,则并不寻求刻意的变革。因为如果对传统价值进行变革,则变革就失去了价值的控制。如托克维尔所说,美国立国者就是在宗教保守与政治激进之间保持了平衡:

> 在他们看来,政治原则、法律和各种人为设施,好像都是可以创造的,而且可以按照他们的意志加以改变和组合。

---

① 当代保守主义思想的代表人物欧克肖特也明确提出保守主义在政治上的基本信念:"相信治理是一个特殊优先的活动,即规定和保护一般的行为规则,这些规则不被理解为强加实质活动的计划,而是使人们能以最小的挫折从事自己选择的活动,因此,它是一个适宜保守对待的事"(迈克尔·欧克肖特,2003:141)。这也正是哈耶克对政府的看法。

在他们面前,社会内部产生的束缚社会前进的障碍低头了,许多世纪以来控制世界的旧思想吃不开了,一条几乎没有止境的大道和一片一望无际的原野展现出来。人类的理性在这原野上驰骋,从四面八方向他们涌来,但在它到达政治世界的极限时便自动停下,颤抖起来,不敢发挥其惊人的威力,甚至开始怀疑自己,放弃改革的要求,控制自己不去揭开圣殿的帷幔,毕恭毕敬地跪倒在它未加争辩就接受了的真理的面前。

因此,在精神世界,一切都是按部就班,有条不紊,预先得知和预先决定的;而在政治世界,一切都是经常变动,互有争执,显得不安定的。在前一个世界,是消极然而又是自愿的服从;而在后一个世界,则是轻视经验和蔑视一切权威的独立。

这两种看来互不相容的趋势,却不彼此加害,而是携手前进,表示愿意互相支持。(托克维尔,2002a:48—49)

法国革命式激进主义变革之所以失控,就是因为它试图对价值本身进行刻意的变革、设计,最终把本应居于控制地位的价值变成工具,结果变革的过程就不受任何控制。保守主义则让变革的过程始终处于自发演进而积累的价值的控制之下。因此,在现代思想谱系中,柏克式保守主义与宪政主义之间存在着内在的联系。宪政主义既是政治审慎的产物,又坚持政治的价值性。其结果就是,在传统价值控制、指引下,寻求范围有限的政治制度变革。

中国的保守主义具有同样的思想结构,也正是为了强调他们的这一政治取向,我以保守—宪政主义来称呼他们。如果对儒家思想和政治传统略作考察,则会发现,现代中国对儒家采取亲和立场的保守主义者,在政治上成为宪政主义者的可能性是非常之大的。

这是由儒家的价值体系之内在性质决定的。儒家道德的理想主义为宪政主义提供了一种"启发性价值",如孟子所说,"以不忍人之心行不忍人之政"(《孟子·公孙丑上》),因此,儒家始终在追求优良治理。基于这样的"道德的理想主义",儒家具有一种与皇权"共治"天下的意识①。据此,儒家在汉代初中期进行了一次立宪事业,把秦的绝对主义皇权制改造成为"共治型皇权制"。具有道德理想主义情怀的儒家士人一直试图对皇权施加更为有效的限制,其背后隐含着一种儒生共和议政的宪政主义设想。如《为中国文化敬告世界人士宣言》所说,宪政民主乃是儒家的道德理想主义观念之"内在要求",在儒家的社会治理实践中也隐含着宪政民主的"种子"(牟宗三、徐复观、唐君毅、张君劢,1981:880)。因此,晚清士人一旦接触西方,立刻就认同了宪政主义的两大基础性制度:议会制度和地方自治制度。

这样,现代中国那些开明的儒家士人,虽然是保守主义者,却经常是宪政主义者。反过来,他们也正是为了宪政主义的目标,而反对激进主义,对儒家传统采取保守态度。在现代中国历史上,保守—宪政主义的基本命题是:主张"政体革命"、"政治革命",反对除此之外的其他革命,种族革命、文化革命或者社会经济革命。

在《申论种族革命与政治革命之得失》中,任公清楚地论述了种族革命之不必要与种族革命取消政治革命的必然性。在任公看来,政治革命的目标是简单的:

> 政治革命者,革专制而成立宪之谓也。无论为君主立宪,为共和立宪,皆谓之政治革命。苟不能得立立宪,无论其朝廷及政府之基础生若何变动,而或因仍君主专制或变为共和专制,皆不得谓之政治革命。(梁启超,1989b:4)

在论述国体与政体之别的《异哉!所谓国体问题者》中,任公继续讨论了政治革命的必要性和可能性。任公所说"国体",表面

---

① 关于这一点,余英时先生以宋儒为例,进行了实证研究。参考余英时(2004a)。

为君主、共和之分,实与文化、民众观念、生活习惯等联系在一起。"凡国体之由甲种而变为乙种,或由乙种而复变为甲种,其驱运而旋转之者,恒存夫政治以外之势力"。简而言之,所谓国体即是一种具有历史性的文化社会秩序,或说是一般人民对于治理秩序的想象之物化,与其持续的叠加。道德秩序、文化秩序、社会秩序、经济秩序,乃至由于某些特殊历史情势而形成的种族格局,大体都属于这个广义的"国体"的范畴。政体的范围则是狭窄而清楚的,就是一个社会处理公共事务之权力结构与程序之特定组合。国体构成社会之基础性秩序,也构成政治活动的基础。既然国体与政体的性质大不相同,两者变革的进路也是完全不同的:"夫变更国体则进化的现象也,而变更政体,则革命的现象也。进化之轨道恒继之以进化,革命之轨道恒继之以革命"(梁启超,1989b:97)。道德、文化、社会、经济秩序等的变动当委之以文化的自然演进,政体架构是相对简单的秩序,因而是可以进行某种技术性操作的,换言之,政体革命是可能的。

事实上,也只有克制"大革命"的雄心,政治革命才有可能成功。人为地对其宗教、价值、文化、经济、社会进行革命性变革是有极大难度的,也有极大风险[①]。基于某种外在的理由——如理想化的理论、外国的范例,以革命的方式变更那广义的"国体",整个社会必然陷于混乱。在此混乱之中,根本不可能进行理性的政体设计。事实上,在此混乱中,人的激情将会被释放出来,而趋向于建立极端的、反宪政的权力结构。康有为在辛亥革命成功后即撰文指出,"革命由动于感情而无通识"(康有为,1981b:658),无通识,则无从完成构造现代国家的事业,因为这个事业需要理性和建设性。

因此,保守—宪政主义所主张的政治革命也是理性的。张君劢曾在 1948 年为自己的政党提出过"进化式的革命":

　　　采用渐进方式,实现本党主义,然非以零星改良为满意,

---

　① 梁启超对于破坏主义的批评,可见梁启超(1989a:130—131)。

自有其以社会主义改造国家的基本信仰,故其目标为进化式
的革命(Evolutionary Revolution)。(张君劢,1988b:198)

这个概念可以精准地刻画保守主义的基本立场:它寻求变
革,甚至可能寻求政体的根本性革命,再造一种国家秩序。但是,
保守—宪政主义用以完成这一庞大、艰巨任务的手段却是和平
的、渐进的。这种"进化式的革命",在历史上表现为从康有为、梁
启超到张君劢的"政治地建国"的立国之道。正是这一点,把保守
主义与激进革命传统和现代自由主义传统区分开来。这种"政治
立国之道"至少体现为三个面相。

第一个面相是国民主义。如果我们从建立现代国家的主体
及不同人在现代国家架构中的身份这个角度来观察,现代政治哲
学可以分成两大流派:一种是相对古典的国民主义,一种则是反
国民主义,或者说"命定"主义。

国民主义的含义是,现代国家是由全体国民建造的,并服务
于全体国民的福利。而从法国大革命开始,出现了形形色色的反
国民主义的政治哲学,到 19 世纪,这类哲学甚嚣尘上。这些哲学
的基本主张是,可以依据某种人为的标准在共同体内部进行切
割;或者是根据某种历史理论,把人们分别贴上革命或反革命、进
步或反动、正确或错误等标签;或者是根据种族,在一个政治社会
共同体内部进行区隔。这种区隔乃是绝对的,不仅是政治上的,
也是道德和历史上的。根据此一区隔,共同体内的一部分人是善
的,另一部分人是恶的。那些被划入恶的范畴的人,可以被全面
剥夺所有作为人、作为公民的尊严、自由和权利,为了历史进步或
者国家纯洁,也应当这样做。而那些被划入善的范畴的人,则是
"救世者"①,历史、道德、绝对精神等所选定的终极律法的执行者,

---

① 现代革命具有强烈的救世主义倾向。参考[意]J. F. 塔尔蒙(2004:绪论)。沃
格林在稍微不同的意义上用"灵知主义"一词来描述现代革命的哲学依据。参考[美]沃
格林(2007:67—70)。

天堂的终极建造者。因而,他们被授予某种绝对的权力,为了历史的进步,为了国家的强大,为了种族的纯洁,可以将前者从肉体上无情地消灭。①

现代中国历史上的保守—宪政主义和激进主义分别是上述两类哲学的实践者。前者是国民主义的,康有为、梁启超著述中最常出现的词汇是"国民",《新民说》中出现了大约170次。任公相信,整个国民是惟一合乎道德、历史和政治资格的现代国家构建者。据此,保守—宪政主义者反对依据任何道德、政治或历史的理论作为标准,在国民内部进行切割。

在现代中国语境中,命定主义者有三大类型:第一类是革命党人,主张排满的种族主义;第二类是启蒙主义者,主张排除思想价值上的蒙昧者;第三类是经济社会革命者,从国民革命之后,依据历史理论排除某些"反动派"参与建国事业。

面对这些命定主义中,梁任公在清末始终坚持国民主义,认为所有人,包括满人,都有资格参与现代国家的构建。政治革命的对象是政治结构,而不是身处于这政治结构中的人。政治革命的目的是改变不合理的政治制度安排,而不是简单地推翻、更不是从肉体上消灭掌权的人。现有统治者作为国民也依然有权在立宪过程中表达自己的诉求,并参与立宪过程。

到20世纪30年代之后,张君劢针对新兴的历史理论,反对对国民进行阶级和党派的切割,他指出:"国民之与国民,党派虽偶有异同,其为人类一也,其为同国之民一也。惟其然也,就党派言之,虽有政见之异,就其为国民之资格言之,自有其互同者在,故谈政治者,必先承认此互同,然后政治乃有坚强基础"(张君劢,1926:16)。考虑到现代中国思想和政治的现实,这段话具有十分重要的意义。张君劢坚定地反对依据任何标准对国民进行切割。

---

① 比如可以参考罗伯斯庇尔对革命政府的论述:"革命政府对于善良公民应当给予充分的国家保护,而对于人民敌人只有让他死亡。"(罗伯斯庇尔,1986:159)当然,任何一个善良公民随时都可以由革命法庭宣布为人民敌人。

他相信,基于这样的切割与对立原则所展开的革命,实际上就消灭了"国民"这个共同体,如此一来,则立宪的主体就已残缺不全,"国民的"国家当然也就不可能被建立。

由此可以看出一种奇异的对比:激进主义者通常以平等为其首要原则,然而为了实现这个终极的平等,革命者首先要制造一个绝对的不平等,它比起前现代的等级制来更为绝对,因为那些反革命、反动分子已被宣告不再享有生存的权利。相反,保守主义者并没有绝对地坚持平等原则,反而暧昧地承认,现实中人与人难以做到能力、德性、权力、权威、财富的相同,因而倾向于相信政治乃是"绅士"之事①。但是,他们终究从原则上从来不拒绝任何人参与现代国家构建的事业。革命者相信,人与人自然地是平等的,但在道德和政治上不可能平等。保守主义者则相反,在他们看来,人的不平等乃为无法改变的社会事实,但从道德上和政治上,人与人却是平等的。

于是,保守主义比起激进主义来,既更为古典,也更为现代。现代国家的基本特征是人人平等,不论其为何身份,每个人均不应遭到基于任何理由的歧视,更不要说迫害、杀戮。这一点不仅是现代国家的法律原则,更是建立现代国家之道德与政治原则。现代国家属于人民,是全体国民共同的财富。重要的是,这样的共和国的建立,至少从理论上说,也应当是共和的,或者必须是共和的。也即从理论上说,任何人都不应当被刻意地、依据某种神学或政治学或人类学标准,被排斥在建立现代国家的过程之外;任何人,不论他是何种肤色,何种种族,不论他在原来的国家结构中处于何种地位,不论他的宗教信仰为何,也不论他对即将建立的现代国家的愿景是什么,都有权利表达自己对于正在建立的现代国家的理想、意见、诉求,所有人都将通过理性的辩论,寻求、达成某种共识,宪法就是对这种共识的一种成文化和制度化。惟有奠基于此一基础之上的宪政制度,才可以从道德上、政治上、法律上实现共同体成员之平等,如此才有"国民"可言,才有"国民国

---

① 柏克、梁启超、张君劢都有这样的看法。

家"可言,如此才可终结革命。

由此形成保守主义"政治地建国"的第二个面相:政党政治。在保守主义的规划中,建立现代国家及维持现代国家运转的途径,就只能是"政治"。这里所说的政治,不是当代中文语境中的"政治",也不是通常所说结构意义上与经济、文化、社会相分立的领域,而是指共同体旨在解决公共问题尤其是进行权利、权力和利益的分配与再分配的过程、程序。如一本权威的辞典所说:"政治可以被简要地定义为一群在观点或利益方面本来很不一致的人们作出集体决策的过程,这些决策一般被认为对这个群体具有约束力,并作为公共政策加以实施。"(戴维·米勒、韦农·波格丹诺,1992:584)政治既是一种程序,它当然也呈现为一个过程。国民主义的政治必然是以集体的方式进行的。政治活动内在地具有集体性。这里的集体不是政治上的全体,而只能是部分。也即,具有共同志向的部分国民组成自己的会社、团体。这样,国民主义的立宪政治,在现实中就自然地呈现为团体的政治,在现代则通常呈现为"政党政治"。

在现代中国历史上,保守—宪政主义思想和传统,就在理论上论证了政治地立宪、建国的必要性、惟一性,并且付诸实践,从而形成了一个连续不断的宪政主义的政党传统。

当然,在现代中国历史上,政党并不创自保守—宪政主义传统。事实上,最早的准政党也许是孙中山创建的兴中会。进入20世纪,激进主义政党更是层出不穷。尽管如此,保守—宪政主义的政党确实维持了一个相当特殊而又连续不断的政党谱系:从康有为、梁启超师徒创办强学会、保国会,到海外创办保皇会,改组为帝国宪政会,梁启超、张君劢等人创建政闻社,改组为民主党,与他党合并为进步党,后来,张君劢、张东荪等人又创建中国国家社会党,与帝国宪政会的海外分支民主宪政党合并为中国民主社会党①。这一系列政党多次参与立宪,构成现代中国历史上一道独特的风景线。只

① 参看程文熙编制的—张康、梁、张政治组织联系表,见"张君劢先生的政治思想:从变法维新到民主社会",载《再生》(香港版),第三卷第27期,第25页。

是因为人们长期受反政治、近来又受非政治意识的影响,而没有注意及此。

这个政党传统奉行的都是"进化式的革命"路线:目标是革命性的,要从根本上改变各方面的制度,重新塑造国家的基本制度。但是,这些政党的手段却是反革命的,反对武装政党,而坚持政治性。他们所组织之政党,党员以社会精英也即绅士为主,而反对群众动员。尽管如此,并不能说保守—宪政主义是反民主的,是反动的。每个人都有道德和政治上的权利参与立宪、建国的政治,与现实中只有那些具备一定资格的人能够参加立宪、建国的政治,这两个命题之间并无矛盾。从事政治是需要某种资格的,比如,需要知识,需要思考与辨别力,需要技艺。而绅士正是现实政治的合格的主体,更为重要的是,这样的政党确保了其政治的理性,这至少表现为制度主义取向。

保守—宪政主义政治地建国的第三个面相是制度主义。

现代中国的自由主义者关心的是观念,他们相信,只要人们的观念发生了改变,则一种良好的社会秩序就会自动地形成,他们是非政治的。至于权力的配置问题,也没有进入其思考范围之内,因此,一件相当奇异的事情是:现代中国自由主义者经常容易滑向开明专制论①。

激进主义者关心的是权力整体的归属问题。他们相信,只要权力归于历史或者道德所选定的阶级、集团甚或个人,就自然进入了美丽新世界。事实上,基于其救世主义的哲学,他们通常坚持权力的整体性,反对对权力进行任何分割、限制,不可能与任何

---

① 比如在科学与玄学论战中,主张惟科学主义的丁文江就曾经主张"新式独裁":"实行民主政治,一定要有普通的教育,完备的交通,健全的政党,宽裕的经济"。"民主宪政有相当成绩的国家,都是政治经验最丰富的民族,反过来说,政治经验比较缺乏的民族,如俄,如意,如德,都放弃了民主政治,采用了独裁制度",据此,"在今日的中国,独裁政治与民主政治都是不可能的,但是民主政治不可能的程度比独裁政治更大"。他的结论是:"我们大家应该努力使它于最短期内变为可能。放弃民主的政治就是这种努力的第一个步骤"。(丁文江,1998:259—261)

人分享权力。他们相信,革命者惟有通过这样的权力才能够消灭反革命,构造出美丽新世界。因此,激进主义是反制度的。它所建立起来的国家将是没有制度的。因为不论是科学真理对个体与公共生活的全面指导、管理,还是被历史选定的阶级、集团甚至个人的独断统治,都是不需要借助于制度的。这种统治的权力既非来自于被治者的同意,治理过程也不需要借助客观化的制度进行。因此,暴力革命的立国者与惟科学主义的立国者在思考立国事业的时候,都不会认真地思考制度设计问题。现代中国思想史的根本特征是关于制度的思考之匮乏。

只有在平等的主体的权利、利益、意见需要协调的共同体内,包括宪法在内的制度才是必要的,当然也才是至关重要的。保守—宪政主义者既然是国民主义的,则他们就必然要思考制度问题。他们一点也不天真,不管是对理性、对国民还是对权力,保守—宪政主义者都不相信它可以是万能的。相反,保守—宪政主义者有一个基本信念:社会治理乃是一个高度复杂的问题。在此,理性是必需的,但仅有理性是不够的。权力同样是必需的,但权力必须予以合理的安排。保守—宪政主义的基本倾向就是运用理性来设计制度。因此,保守—宪政主义在社会治理问题上的基本取向是制度主义,在国家层面上,这种制度主义就表现为对政体设计的高度关注。

于是,我们可以看到一个重要的历史现象:保守—宪政主义投入精力最多的知识活动,乃是宪法学研究。或许可以说,现代中国历史上的宪法学传统,就是由具有保守—宪政主义心智的人所开创和守护的,这个传统发展了现代中国的"政体科学"。康有为登上政治舞台,所提出的核心主张就是立宪,就是建立各种旨在扩大民权、限制君权的制度。辛亥革命之后,康有为又发表文章,详尽地研究共和政体的构成问题。梁启超对于政体问题进行了深入研究。张君劢始终坚守立国过程的政治性,也因而始终具有明确的宪制构建意识。他曾经于 20 世纪 20 年代对德国、苏俄宪法及其宪法理论进行过深入研究,于 20 年代和 40 年代两度参与起草宪法草案,最终获得"中华民国宪法之父"的荣誉。牟宗三同样十分重视制度。牟宗三深受张君劢影响,一直具有强烈的政治意识。他虽然没有亲身从事过宪法学研究和立宪的政治事业,但清醒地意识到了制度的决定性意义。[①]

出现这一现象并不偶然。宪政主义高度重视制度设计,相信惟有通过合理的宪制设计,权力才能够被恰当地安排,最终达到权力强大到足以保障所有人的自由和权利,实现公共利益,而又不至于侵害人的自由和权利。康有为曾以立宪君主制为例说明制度设计之奇妙:

> 政体之极奇而绝妙,深远而难解者,莫如立先国之立君主矣,宜人之窅窅未明也。及考乎中南美共和各国岁争总统之乱,乃知欧人之未立宪国,必不共和,必立君主,甚至于无君,犹且熏丹穴而求之,迎异族外国人而尊之为君,如女之赘婿然。盖非深远奇妙也,为防乱之切也,故虑害之源也,立法之周叶,故垂制之奇也。是法也,盖非圣哲心思所能得之,乃经万验之方而后得之也,此岂浅人不学所及识哉,宜中国人之未梦见也。(康有为,1981b:673、675)

在这里,康有为阐述了一种非常重要的宪政主义原则。制度设计必须借助理性。然而,这种理性智能得之于实践。圣哲心思也未必能够凭空构想出那样最为重要的制度,那么,制度设计者就必须观察、研究各国宪制运转的成败得失,从中发现有益的制度,避免有害的制度。为此,中国人构建自己的现代国家,就必须对欧美这方面的理论、经验进行深入的理性研究。惟有经过这方面的研究,才有可能找到合理的制度,其所从事的构建现代国家的活动才是建设性的。激进主义和自由主义都是缺乏建设性的,所谓建设性,就是

---

① 在 20 世纪 40 年代末到 50 年代发表的新外王三书《道德的理想主义》、《政道与治道》、《历史哲学》中,牟宗三深刻分析了中国传统社会缺乏制度的弊端,对若干传统具体制度之得失有所分析,最终指出儒家第三期发展,必须以民主政体的制度建设为核心。

指正面地构造合理的制度,这些制度既可以确保国民的自由和权利,又可以构造出一个力量比较强大的政府,以应付内忧外患。通过制度设计实现两者的平衡,乃是宪政主义的精髓所在。

再一次,我们看到一种奇异的对照:现代自由主义和激进主义都是现代的,但他们反而缺乏政治和制度的视野。保守主义具有古典情怀,似乎强调道德的客观性及其在建国事业中的作用,却反而具有强烈的政治和制度取向,从而在政治事务的基本立场呈现为宪政主义。"宪政"就是以自由为价值的政体安排。在现代中国历史上,保守主义传统似乎始终如一地坚守着宪政主义,而其他的思想和政治流派坚守的程度较弱,甚至无视或者反对宪政主义。正是基于这样的理由,本文所掘发的保守儒家传统的这个思想谱系被称为"保守—宪政主义"传统。

五、保守—宪政主义作为现代历史之正宗

经由上面的分析和比较,或可得出这样一个结论:保守—宪政主义乃是现代中国历史之正宗。"正宗"一词出自前引牟宗三的论述:中国的主要问题是"民主政体建国之政治问题,此为一中心之所在。故政治意识离乎此者为歧出,相应乎此者为正宗"(牟宗三,1983:30)。正宗的意思是说,保守—宪政主义所规划的建国方案和立国之道,与其他方案和道路相比,最为符合现代中国构建现代国家的内在要求,可最为有效地解决建国的问题,据其所构造的现代国家具有内在的稳定性。对此,可以从以下方面予以解析。

首先,保守—宪政主义的立国之道立足于中国固有精神、价值、文化、社会,并由秉承此文化之精神的人作为主体。这个主体,在晚清是儒家士人,此后则是坚守,至少是承认、认同儒家精神的现代知识人、现代绅士。从中国历史演进的角度看,这样的

主体是正宗的。

有学者提出,在现代思想与政治史上,针对"修改自身的文化传统以促进国家的现代化"的根本性任务,存在两条不同进路:转化的进路(transformative approach)与调适的进路(accommodative approach)(黄克武,2006:5)。梁启超正是后一进路的代表,也是本文所说作为保守—宪政主义思想和政治传统的代表。早在梁启超之前,士人群体就已经出现分化,最典型者是谭嗣同发出"冲决网络"的呼声,表达了激进主义的基本主张。谭嗣同与梁启超代表着两种不同的心智[1]。运用前面提及的徐复观先生儒家士人的三分法,谭嗣同属于"文苑传统",梁启超则属于"儒林传统"。因此,谭嗣同对儒家的反应带有强烈的情感色彩,而梁启超的反应更为平实冷静。正是基于这种心智,同样身处于大变革时期,梁启超对儒家传统有更多正面评价。他的思想和政治实践与儒家传统之间保持了诸多连续性[2]。

恰恰是这个身在儒家传统中的梁启超及与儒家传统保持着较高连续性的"梁启超士人群体",在当时的立宪政治中发挥了更具有建设性的作用。恰恰是这个群体利用西方资源,对儒家固有的价值、制度进行了重新解释、发展,从而实现了儒家制度体系的"新生转进"。

当然,沿着谭嗣同激进思想传统的知识人群体,也参与了现代国家的构建过程,比如全盘反传统的启蒙知识分子,以及一波又一波进行社会经济革命的知识人。而站在百年后的今天看,可以发现,与儒家保持着连续性的绅士群体是中国实现现代建国的最为理性、稳健的力量。而且最为重要的是,他们的事业取得了成功。

从这个角度可以说,正宗儒家思想与现代价值之间并不存在隔阂,儒家士人群体实际上乃是现代国家构建的主体。如果我们把儒家视为中国传统的主要塑造者,那就可以说,现代中国与前

---

① 参看黄克武(2006:153—168)。

② 关于这一点,可参看黄克武(2006:175—178)。

现代的中国之间并不存在根本性断裂。现代中国人并不是被动地对外部反应作出未经反思的反应,相反,中国现代史乃是秉承了传统的现代中国人主动地构建现代国家的过程,这样的蓝图可能部分地源自西方的知识,但其动力从根本上源自中国内部,源自儒家寻求优良治理的整体规划。相反,那些偏离以及直接反对、破坏儒家传统的种种文化与政治力量,在建国过程中所发挥的作用,通常是破坏大于建设。

第二,由上面一点决定了,保守—宪政主义所规划的现代国家乃是中国之"自新",也即现代国家依然保持了中国性。

在现代中国历史上,文化和政治上的激进主义总是倾向于忽视儒家及儒家塑造的整个传统和社会结构,甚至意图摧毁之。从原则上说,这样的现代国家固然无从建立,即便勉强建立,从方方面面看,也很难说是"中国"的现代国家。事实上,在这样的现代国家,必然出现权力与文化的分裂,政府与社会的分裂,从最深层次看,其实就是制度与国民的分离。而这也就意味着制度并不具有团聚国民的功能。因为制度对于国民而言是外在的,而不是从内部生长的。很难说这样的现代国家是"国民国家"。因而,激进主义的建国规划其实无从完成现代国家构建的事业。

与之相反,保守—宪政主义思想和政治传统一直致力于妥善地安顿儒家及由儒家塑造的国人的信念、文化和社会、经济结构。比如,保守—宪政主义者也试图在现代社会中重建儒家的制度载体,其中包括儒家的理念融入宪法、融入法律和重大政策原则中。这些努力可能只是部分地取得成功,但也就是这些成功的部分让制度与国民的距离有所缩小,从而让制度真正地发挥了团聚国民的功能,国民国家只有在这样的规划中才是可能的。

第三,保守—宪政主义思想和政治传统因为其保守性,而具有建设性,因为保守—宪政主义始终从秩序的角度思考问题。

现代国家大体上可以划分为"政府"与"社会"两个部分。相对于前现代国家,现代政府拥有强大得多的执法能力,为此,它将掌握更多资源。惟有如此,现代的大社会、大市场秩序才有可能生成、扩展。保守—宪政主义清醒地意识到这一点。他们始终强调,应当构建一个强有力的政府——当时的话语通常是说强大的"国家"(state)。这一点经常遭到后世的抨击。尤其是很多人从自由主义的立场对其提出批评。

然而,这些批评只是显示了批评者对现代国家的性质没有深切了解。自由主义对权力的警惕当然是可贵的,不过,在构建现代国家的过程中,需要在警惕权力的同时构建权力。现代建国是一个高度复杂的事业,难度也正在于此。自由主义在这方面缺乏必要的准备。激进主义倒是倾向于建立强大的政府,甚至是全面控制社会生活、个人生活之各个方面的全能型政府。不过,这样的政府内在地是不稳定的。由此建立起来的国家确实带有现代国家的某些特征,比如,人人平等,政府具有强大的动员能力。但由于它不能平等地对待全体国民,因而它不得不连续地发动革命,最终很可能自身被革命吞噬。这样的国家无法终结革命。

保守—宪政主义坚持"自由的秩序"这一中道。它不是在追求自由,而是在追求自由的秩序。它致力于团聚平等的国民共同体,因而它强调政府建构的重要性。不过,在构建强大的政府权力的同时,它也在积极地通过设计一套分权制衡体系,以制约、限制这些强大的权力。因此,保守—宪政主义建国规划中的政府是强大的,但也是有限的,这就是现代宪政主义政府的基本特征。由此构建出来的国家体制可以终结革命,它具有内在的稳定性,因而具有可持续性。

尤其重要的是,保守—宪政主义也致力于构造现代社会的诸多制度。他们所设想的政府不是全能的,而只承担部分治理职能。还有大量治理责任是由社会自身承担的,此即社会自治。现代自由主义因其原子式个人主义假设,而拒绝社会权威[①];激进主义则为了团聚高度一致的共同体,而致力于消灭社会。保守—宪政主义基于其国民主义的基本立场,恰恰是立足于社会,从事政

---

① 穆勒的《论自由》所讨论的就是如何取消"社会"对个人的强制。

治的事业。绅士就是凭借其在社会中积累道德、社会资源,凭借其在社会中训练的政治技艺,而进入政治和制度设计领域,从事立宪的政治的。也因此,保守—宪政主义所构造的现代国家,乃是一种"多中心治理秩序"①。

上面的论述似乎可以证明,保守—宪政主义的思想和政治传统乃是现代中国历史之正宗。但对这一点最为有力的证明,还是一个世纪以来的历史事实。可以说,保守—宪政主义构成着一个世纪的历史的基准轴,尽管有各种各样的文化和政治激进主义不断地偏离这个基准轴,但只要激情消退,就必定程度不等地回归,而每一次回归,也都带来治理秩序的好转。

在现代中国历史上,确实可以观察到一轮一轮的激进化②。关于这一点,学界有很多研究。不过,学界却经常忽略了激进化之后的下一个周期:在每一轮激进化之后,总会出现一轮保守化。而保守化通常伴随着宪政主义运动,在很大程度上就是向保守—宪政主义所主张的中道的建国规划的回归:

以同盟会为代表的革命党相对于康有为、梁启超、张謇的君主立宪党是激进的,而且它确实在辛亥革命中占据着建立共和国的荣耀。不过,南京临时政府一成立,革命党领袖黄兴、宋教仁等人就产生了保守的倾向③。宋教仁领导国民党放弃暴力革命路

———————

① 这一秩序的基础性概念是由迈克尔·博拉尼提出的"多中心性"和哈耶克的"自发秩序",关于多中心性,参见迈克尔·博拉尼"集中指导的范围"和"管理社会事务的可能性"(博拉尼,2002);关于自发秩序,参见弗里德里希·冯·哈耶克《法律、立法与自由》第一卷第二章:内部秩序与外部秩序(哈耶克,2000)。而这两位思想家在自由主义谱系中都属于保守一脉。

② 余英时先生曾说:"中国近代一部思想史就是一个激进化的过程(process of radi-calization)。最后一定要激化到最高峰,十几年前的文化大革命就是这个变化的一个结果。"(余英时,2004c:21)

③ 胡汉民自传中有这样的记载"克强[黄兴]以三月廿九之役及汉阳督师,声名洋溢于党内外。顾性素谨厚,而乏远大之识,又未尝治经济政治之学,骤与立宪派人遇,即歉然自以为不如。还视同党,尤觉暴烈者之只堪破坏难与建设,其为进步软?抑退步软?克强不自知也。既引进张[謇]、汤[化龙]为收缙绅之望,杨度、汤化龙、林长民等,方有反革命嫌疑,亦受克强庇护,而克强之政见,亦日以右倾"(胡汉民,1981:57)。

线,从事议会政治,从而确保了民初民主共和制度的正常运转。

接下来一波激进化发生在新文化运动及随后 1924 年国民党改组,掀起一场带有强烈的社会经济革命色彩的国民革命,最终以武力基本实现政治秩序的统一。但此后,蒋介石领导的国民党就开始保守化,基本上放弃文化革命和社会经济革命的纲领,蒋本人的保守化倾向更为明显:早年接受的儒家倾向更为明显地表露出来,同时又信奉基督教①。由此,国民党发动了新生活运动,也进行了广泛的建设。最为重要的是,1932 年,立宪工作启动,最终于 1946 年完成立宪。而蒋氏父子在台湾的治理,也较为保守,其对中国传统更为亲和。而正是在这样的治理下,台湾最终完成了民主转型。

过去 60 年,大陆同样经历了一个激进—保守周期。前 30 年是激进,国家虽然建立,却不断革命,政权不断进行思想、社会、经济和政治的全面革命,试图全面地摧毁文化传统和原有社会结构。由此导致社会、经济的全面危机。1978 年的巨变,其典型特征就是部分地放弃了文化革命和社会经济革命。而就在这样的保守化过程中,整个社会,包括执政党逐渐接受了民主、法治等理念,市场制度、法治、民主制度等现代国家的要素,部分地恢复或建立。由此,中国重新回到构建现代国家的正道。

同样,在思想史上也曾经反复地出现过保守化。其中最为引人注目的就是,现代中国自由主义的保守化。胡适的思想在 20 世纪 30 年代之后有过保守化。自由主义的较为明显的保守化,首先于 50 年代发生于台湾,90 年代又发生于大陆。②

现代中国反复出现向保守—宪政主义的回归不是偶然,这是因为,保守—宪政主义确实提出了关于构建现代国家的最为完全、健全的规划,因为它所规划的新中国,乃是中国之自新。很多文化、政

①　通过研究蒋介石日记,学者们现在已经相信,蒋介石对儒家教诲是真诚的,比如蒋介石毕生都在按照儒家教导修身。可参看杨天石(2008:35—54)。关于蒋介石对基督教的信仰,其最新传记作者称:"蒋对基督教的态度是严肃的"(陶涵,2009:108),这里还讨论了在蒋介石心目中,儒家与基督教的内在联系。
②　关于这一点,请参见秋风(2008)。

治观念和力量基于激进心态试图寻找建国的捷径,或者寻找超出中国自身规定性的新路。事实证明,构建一个内在稳定的、可持续的现代国家的歧路可以有很多,正道却只有一条。在可观察的历史阶段,合理的却是未必能够变成现实的。尽管如此,长远来说,合理的注定了将成为现实。事物的自然推动它实现自己。因此,不断地偏离但又自然地回向保守—宪政主义,就构成中国现代历史演变的基本趋势,也是中国的现代国家构建间断地取得进展的基本动力。

这样,保守—宪政主义传统也就具有双重含义:狭义的保守—宪政主义是指现代中国历史上持续存在、活动的一个特定思想和政治谱系,其骨干就是从曾国藩—康有为,经过梁启超、清末立宪党人,到张君劢、张东荪、梁漱溟、陈寅恪等政治和思想人物,再到现代新儒家、周德伟、夏道平、顾准等人,乃至余英时、林毓生等先生。他们反对全盘反传统的激进主义,从而显示了明确的保守主义倾向,他们又反对专制主义和极权主义,从而明确地坚守宪政主义。

而在此之外,还存在一个广义的保守—宪政主义,除了最极端的激进主义外,各种混合的思想、文化和政治主张中都有程度不等的保守主义倾向,只要他们不是激进地否弃儒家:有些人就是儒家,有些人认同儒家,有些人即使认为儒家存在问题,也并不主张全盘摧毁。在国民党的纲领和实践中,可以看到某种保守主义倾向,因而他们也就能够接受宪政主义的政治规划。这些文化和政治力量会主动地或者被动地、自觉地或不自觉地回向保守—宪政主义,这样的"回向"总是构成建设性时代的开端。

更不要说,在中国,由百姓日用构成的社会,基于自身内在的生命逻辑,而自然地是保守的。这是现代中国从外在的、形形色色的激进乌托邦不断回向传统的根本动力。保守是存在的前提。一种成熟的文明注定会不断回向她自身,尽管她不会拒绝保守主义的自新。

【参考文献】

[1][英]戴维·米勒、韦农·波格丹诺:《布莱克维尔政治学百科全书》,中国问题研究所等组织翻译,中国政法大学出版社,1992。

[2]陈寅恪:"读吴其昌撰梁启超传书后",载陈寅恪:《寒柳堂集》,上海古籍出版社,1980。

[3]丁文江、赵丰田:《梁启超年谱长编》,上海人民出版社,1983。

[4]丁文江:"民主政治与独裁政治",载刘军宁:《北大传统与近代中国:自由主义的先声》,中国人事出版社,1998。

[5]费孝通:《乡土中国》,上海世纪出版集团,2007。

[6][英]弗里德里希·冯·哈耶克:"我为什么不是一个保守主义者",载哈耶克:《自由秩序原理》,邓正来译,生活·读书·新知三联书店,1997。

[7]弗里德里希·冯·哈耶克:《法律、立法与自由(第一卷)》,邓正来等译,中国大百科全书出版社,2000。

[8]何卓恩:《殷海光与近代中国自由主义》,上海三联书店,2004。

[9]胡汉民:《胡汉民自传》,载中国社会科学院中国近代史研究所近代史资料编辑组编:《近代史资料》,总45号,中国社会科学出版社,1981。

[10]胡适(1996a):"不朽——我的宗教",《载〈胡适文存〉(一集)》,黄山书社,1996。

[11]胡适(1996b):"《科学与人生观》序",《载〈胡适文存〉(二集)》,黄山书社,1996。

[12]黄克武:《一个被放弃的选择:梁启超调适思想之研究》,新星出版社,2006。

[13][以]J. F. 塔尔蒙:《极权主义民主的起源》,孙传钊译,吉林人民出版社,2004。

[14][德]卡尔·曼海姆:《保守主义》,李朝晖、牟建君译,译林出版社,2002。

[15]康有为(1981a),汤志钧(编):《康有为政论集(上)》,中华书局,1981。

[16]康有为(1981b),汤志钧(编):《康有为政论集(下)》,中华书局,1981。

[17]梁启超(1989a):"新民说",载《饮冰室合集——饮冰室专集之四》,中华书局,1989。

[18]梁启超(1989b):"申论种族革命与政治革命之得失",载《饮冰室合集——饮冰室文集之十八》。

[19]林毓生:《中国意识的危机——"五四"时期激烈的反传统主义》,穆善培译,贵州人民出版社,1986。

[20][法]罗伯斯庇尔:《革命法制和审判》,赵涵舆译,商务印书馆,1986。

[21]马敏:《商人精神的嬗变——近代中国商人观念研究》,华中师范大学出版

社,2001。

[22][英]迈克尔·博拉尼:《自由的逻辑》,吉林人民出版社,2002。

[23]迈克尔·欧克肖特:《政治中的理性主义》,张汝伦译,上海译文出版社,2003。

[24]牟宗三、徐复观、唐君毅、张君劢:"为中国文化敬告世界人士宣言",载张君劢(著),程文熙(编):《中西印哲学文集》(下册),台湾学生书局,1981。

[25]牟宗三:"中国数十年来的政治意识",载王云五等(著),《张君劢先生七十寿庆纪年论文集》,文海出版社,1983。

[26]Pocock,J. G. A:"Burke and the Ancient Constitution:A Problem in the History of I-deas."*The Historical Journal*,Vol. 3,No. 2.(1960):125—143.

[27]秋风(2004a):"经过哈耶克重新发现和转化的传统",作为序载周德伟(著):《自由哲学与中国圣学》,中国社会科学出版社,2004。

[28]秋风(2004b):"政教分离之后——阿克顿汉译著作阅读札记",载高全喜(主编):《大国》第 2 期,北京大学出版社,2004。

[29]秋风:"论自由主义的保守化",载《原道》2008 年第 15 辑,首都师范大学出版社,2008。

[30]秋风:"发现'梁启超派士人群'",载《随笔》2010 年第 2 期。

[31]史华慈:"论保守主义",载周阳山,杨肃献(编):《近代中国思想人物论:保守主义》,时报文化出版公司,1980。

[32]陶涵:《蒋介石传(上卷)》,林添贵译,时报文化出版公司,2009。

[33][法]托克维尔(2002a):《论美国的民主(上卷)》,董果良译,商务印书馆,2002。

[34]托克维尔(2002b):《论美国的民主(下卷)》,董果良译,商务印书馆,2002。

[35][美]萨拜因:《政治学说史(下册)》,盛葵阳、崔妙因译,商务印书馆,1990。

[36]王元化:"杜亚泉聿东西文化论战",载王元化(著):《沉思与反思》,上海辞书出版社,2007。

[37][美]沃格林:《没有约束的现代性》,张新樟、刘景联译,华东师范大学出版社,2007。

[38]萧公权:《近代中国与新世界:康有为变法与大同思想研究》,汪荣祖译,江苏人民出版社,2007。

[39]徐复观:"中国知识分子精神之回向——寿张君劢先生",载王云五等(著):《张君劢先生七十寿庆纪年论文集》,文海出版社,1983。

[40]薛化元:《民主宪政与民族主义的辩证发展——张君劢思想研究》,稻禾出版社,1993。

[41]严复:"原强",载王栻主编:《严复集》第一册(诗文上),中华书局,1986。

[42]杨庆堃:《中国社会中的宗教:宗教的现代社会功能与其历史因素之研究》,范

丽珠等译,上海人民出版社,2007。

[43]杨天石:《找寻真实的蒋介石:蒋介石日记解读》,山西人民出版社,2008。

[44]姚中秋:"新文化运动与立国进程之转向——以胡适为中心",载《中国政法大学学报》2009 年第 3 期。

[45]余英时:《陈寅恪晚年诗文释证》,东大图书公司,1998。

[46]余英时(2004a):《朱熹的历史世界:宋代士大夫政治文化的研究(下)》,生活·读书·新知三联书店,2004。

[47]余英时(2004b):"现代儒学的困境",载余英时:《现代儒学的回顾与展望》,生活·读书·新知三联书店,2004。

[48]余英时(2004c):"中国近代思想史上的激进与保守",载余英时:《现代儒学的回顾与展望》,生活·读书·新知三联书店,2004。

[49]张灏:《梁启超与中国思想的过渡(1890—1907 年)》,崔志海、葛夫平译,江苏人民出版社,1995。

[50]张灏:"转型时代在中国近代思想史与文化史上的重要性",载《张灏自选集》,上海教育出版社,2002。

[51]张君劢:《武汉见闻》,国立政治大学,1926。

[52]张君劢(1988a):"中国国家社会党宣言"(即"我们要说的话"),载中国第二历史档案馆(编):《中国民主社会党》,档案出版社,1988。

[53]张君劢(1988b):"民主社会党的任务(节录)(1948 年)",载中国第二历史档案馆(编):《中国民主社会党》,档案出版社,1988。

[54]张君劢:"再论人生观与科学并答丁在君",载黄克剑、王涛(编校):《中国现代学术经典·张君劢卷》,河北教育出版社,1996。

[55]张君劢先生讲、麦仲贵笔记:"评梁任公先生清代学术概论中关于欧洲文艺复兴、宋明理学、戴东原哲学三点",载张君劢(著)、程文熙(编):《中西印哲学文集(下册)》,台湾学生书局,1981。

[56]周锡瑞:《改良与革命:辛亥革命在两湖》,杨慎之译,江苏人民出版社,2007。

在中国,法律是什么?

——以《劳动合同法》为中心展开

梁治平[*]

一

2009 年岁末,一系列法律事件引人注目,[①]其中,北京大学法学院 5 位学者上书全国人大常委会一事,将社会公众的注意力引向《城市房屋拆迁管理条例》的存废或者修改议题。[②] 不过,发生在同一时间的另一起学者上书事件,虽然也涉及法律,涉及广大人民的利益,却悄无声息,鲜为人知。

这份由 6 名社会学学者署名的呼吁书,如前述 5 学者上书一样,也是针对具体社会事件而发。呼吁书写道:

---

[*] 梁治平,中国艺术研究院中国文化研究所研究员。

① 《南方周末》刊出的"2009 十大影响性诉讼"(2010 年 1 月 28 日,A5 版)中的两项,即排名第三的"唐福珍'暴力抗法'案"和排在第九位的"李庄案",都发生在这一时段。

② 此一上书事件正因前述"唐福珍案"而发,并获得官方正面回应。

近日,深圳尘肺门①事件成为社会关注的热点,各大媒体进行了深入报道,卫生部和深圳市政府也作出了及时的反应,然而直到今天,来自湖南张家界的这些工人还是没有得到应有的赔偿和诊治,惟一的原因是工人们没有劳动合同,确认劳动关系困难重重。(沈原、郭于华、卢晖临、潘毅、谭深、戴建中,2009)

学者们接着指出,那些陷入困顿的只是 4000 万建筑工人中微不足道的一小群人,而在建筑工人这个庞大的群体中,和雇主签订劳动合同的同样只有很少的一部分人。根据他们的调查,缺乏劳动合同通常令劳动者无法按月领取工资,导致严重拖欠工资的情况;②遇有工伤事故发生,责任难以认定,伤者往往拿不到足额的赔偿;劳动者若不幸罹患职业病,同样因为难以确认直接责任人,令他们难以得到及时的诊疗与赔偿。6位社会学学者最后呼吁:

要从根本上改变这种状况,需要人力资源和社会保障部承担起应有的责任,落实《劳动合同法》,加大对违规违法的查处力度,确保建筑公司与工人签订劳动合同。(沈原、郭于华、卢晖临、潘毅、谭深、戴建中,2009)

促使(甚至迫使)用人单位与劳动者订立书面劳动合同,本是《劳动合同法》的一项重要目标,但在这部法律实施将近两年之后,至少在建筑行业,达成这项目标的努力仍未见成效。法律不能奏效,却又被视为解决问题的关键。这种情形颇具讽刺性,

① 关于深圳尘肺门有大量报道,如中国广播网专题"深圳尘肺门:生命抵不过一纸合同?"。http://www.cnr.cn/09zth/kby/200912/t20091213_505750298.html。此前已经发生了劳动者得不到公正的职业病诊断而自费"开胸验肺"的事件,这一事件也被列入《南方周末》的"2009 十大影响性诉讼"。

② 社会学家的调查,参见潘毅、卢晖临(2009)。

却并不鲜见。实际上,过去数十年间,立法跃进,一日千里,以往法制疏漏、无法可依的局面得以大幅改善,①以至建国 60 周年之际,官方能够公开宣称,具有中国特色的社会主义法律体系已经基本建成。② 然而,另一方面,已经制定和实施的法律往往不以人们——也包括立法者——期待的方式运行,法律与社会脱节的现象并不鲜见,有法不依、执法不严的情形也比比皆是。对此,极端的批评者以为,这个国家根本没有法律,即使有,法律也只是写在纸上,形同虚设。③ 看上述建筑工人的例子,恐怕不能不承认,这种批评有一定道理。然而,这种看法可以推及整个《劳动合同法》乃至于所有其他法律吗? 人们可以有根据地说,所谓"中国特色的社会主义法律体系",包括刚刚提到的《劳动合同法》,仅仅是写在纸上的法律,在实际生活中完全不起作用? 或者,人们作出这样的判断,只是因为他们固执于某种"标准的"法律定义——如,视法律为权利的保障,秩序的基础,客观而确定的规范,具有独立不移的权威性——而昧于中国的法律现实? 实际上,真正有意义的问题并不是中国有没有法律,而是名之为法律的那套规

---

① 截止到 2009 年 8 月底的最新数据是:全国人大及其常委会共制定了现行有效的法律 229 件,涵盖宪法及宪法相关法、民商法、行政法、经济法、社会法、刑法、诉讼及非诉讼程序法等 7 个法律部门;国务院共制定了现行有效的行政法规 682 件;地方人大及其常委会共制定了现行有效的地方性法规 7000 余件;民族自治地方人大共制定了现行有效的自治条例和单行条例 600 余件;5 个经济特区共制定了现行有效的法规 200 余件;国务院部门和有立法权的地方政府共制定规章 2 万余件。http://www.chinalaw.gov.cn/article/xwzx/fzxw/200909/20090900140371.shtml,访问日期:2010 年 2 月 28 日。

② 2008 年 3 月 8 日,全国人大常委会委员长吴邦国在第十一届全国人民代表大会第一次会议上表示,"中国特色社会主义法律体系"已经基本建成,国家经济、政治、文化、社会生活的各个方面已基本做到有法可依。而早在 2002 年,中共十六大就已明确提出,要在"2010 年形成中国特色社会主义法律体系"。关于中国社会主义法制建设成就的报告,参见"法制办主任评析新中国 60 年法治建设光辉历程",http://news.qq.com/a/20090716/001115.htm,访问日期:2009 年 10 月 3 日;"人大法工委就新中国法治建设成就答问(实录)",http://news.qq.com/a/20090922/001225.htm,访问日期:2009 年 10 月 5 日;"中国法治建设年度报告(2008 年)",http://news.qq.com/a/20090603/000357.htm,访问日期:2009 年 10 月 5 日。学者撰写的有关中国法律发展的研究报告,参见朱景文(2007)。

③ 这不只是部分西方观察者的意见,许多中国人,从普通市民到学者,也持同样看法。

则、程序、制度和实践,在现实中如何呈现并发挥作用(如果它们确实具有某种作用的话):法律如何被认识和界定? 它们是怎样制定出来的? 又是如何被运用的? 法律对社会有何影响? 在日常生活中具有什么样的功效? 它在行为人心中引起什么样的想象和反响? 在当代中国的社会变迁和政治演进过程中又扮演了什么样的角色? 一句话,在今天的中国社会和中国人的经验里,法律究竟是什么? 系统地回答这些问题,恐怕不是眼下这篇文章所能做到的。本文要做的,是从不久前制定实施的《劳动合同法》入手,就[在中国]法律是什么的问题,作一些初步的讨论。

在开始讨论这个问题之前,先做一点说明。事实上,探寻法律是什么的问题可以由许多不同方面入手,选择《劳动合同法》有很大的偶然性。但这并不意味着这种选择无道理可言。作为一部2007年通过、2008年实施的新法,《劳动合同法》在许多方面值得我们特别关注。

首先,这部法律在相当大程度上代表了30年来立法的成就,以至为立法者标举为"民主立法和科学立法的典范"。而从分析的角度看,由该法所产生的立法思想、立法机制和立法文化,也同样具有典型意义。[①]

其次,《劳动合同法》涉及利益重大,影响范围广泛,其重要性不言自明。而该法本身,也因为其内容和通过的时机,被人们赋予了保障人权、推动社会进步、开创劳动关系新时代等诸多深切含义。[②] 以这样一部法律为观察对象,可以帮助我们获得中国当下有关政治、法律、社会及其相互关系的诸多重要消息。

最后,《劳动合同法》甫出即引发各方争议与不同应对,其间不乏戏剧性的波折,而且其波澜不息,至于今日。这意味着,透过

---

① 参见梁治平(2009b)。

② 有人把《劳动合同法》誉为保护劳动者的"利剑",有人认为该法体现了"法治进步"。该法通过向劳动者"倾斜"而实现了"公正",更是立法者及其支持者们众口一词的主张。参见"2007:立法推动社会进步",http://www.chinacourt.org/html/article/200712/13/278385.shtml。

这部法律,我们可以直接面对当下最真实的问题,并由此对当下中国社会中"法律是什么"的问题进行反思。

本文分两个部分展开。首先,按照时间顺序简述《劳动合同法》实施前后法律与社会互动的过程。然后,以此法为例,围绕法律是什么的问题作一些引申的讨论。

二

自其开始进入公众视野至今,《劳动合同法》的发展大体经历了四个阶段。

第一阶段:法律制定过程中的有限博弈

2006 年 3—4 月间,审议中的《劳动合同法》草案向社会公布以征求意见,结果,全国人大常委会法工委在 1 个月里收到的意见竟有 191849 件,数量之多,创下历史纪录。不仅如此,美国在华商会,以及美国本土劳工组织,也都就该法草案中的内容发表意见。① 从此,有关这部法律的各种消息便频频见诸报端。

2007 年 6 月 29 日,《劳动合同法》在第十届全国人民代表大会常务委员会第二十八次会议上获得通过,并定于 2008 年 1 月 1 日正式生效。期间的 6 个月,是保证新法顺利实施的预备期。

第二阶段:法律通过之后、实施之前的预备期

新法的通过确实引起社会相当普遍的关注。在官方的法律宣讲之外,法律条文也被律师和企业人力资源管理者们仔细地研读。而后者应对新法所采取的措施,则与立法者所期待的正好相

---

① 参见邓瑾(2007)。

反。事实是,尚未实施的新法激起了法律所谓"用人单位"的恐慌,使得它们争先恐后赶在新法生效之前采取各种规避法律的措施,以减少未来因新法实施对它们可能造成的不利影响。其结果,在整个预备期内,裁员、改派潮此起彼伏,遍及民企、国企,内资、外资,以及中央和地方各类事业单位。其中,中国 IT 产业的领先企业华为技术有限公司,其总裁以下 7000 人集体辞职再竞争上岗,演成所谓华为"辞职门"事件,最为媒体所关注。①

围绕这些事件,关于《劳动合同法》是否切合中国现阶段经济发展,以及法律与社会、国家与市场关系等问题的讨论与论辩,一时间甚嚣尘上。②

第三阶段:新法正式生效后的社会反响

新年伊始,珠三角地区大批企业关闭、转移,《劳动合同法》的实施被认为是"压倒骆驼的最后一根稻草"。③ 与此同时,有关《劳动合同法》的争议仍未止息,其中,最富戏剧性的一幕于 3 月间在世人瞩目的"两会"上演。有"女首富"之称的民营企业主张茵,以政协委员身份提出提案,要求修改《劳动合同法》中有关"无固定期限劳动合同"条款。④ 此议一出,立即引起会场内外的新一轮争论。争论不仅涉及《劳动合同法》特定内容的妥当性,而且涉

---

① 有关华为"辞职门"事件及其意义的报道,参见"劳资新政:华为的门,中国的坎",载《南方周末》2007 年 11 月 22 日,C13、14 版。

② 部分批评意见,参见刘溜(2008);肖华(2007)。何兵:"劳动合同法:热泪盈眶地读,满腹心酸地用",http://www.nanfangdaily.com.cn/southnews/spqy/200801240828.asp;陈宇:"劳动法制何时走向协约自治",http://news.hexun.com/2008 - 03 - 13/104442054.html。

③ 语出"劳动合同法触发多米诺效应,万余港企面临关闭",http://news.xinhuanet.com/legal/2008 - 01/22/content_7469685.htm。对外资企业来说,其他压力包括人民币持续升值、原材料涨价、工资成本上升、招工难、出口贸易受抑、政策频繁调整和"两税合一"新政。相关报道又见"新《劳动合同法》实施 500 余家台湾企业搬离东莞",http://www.ce.cn/xwzx/gnsz/gdxw/200801/21/t20080121_14301506.shtml。

④ 参见"女首富张茵:委员不能顺风走",载《新京报》2008 年 3 月 9 日,A08 版。

及提案人行为的正当性。① 与此同时,面对记者提问,社会保障部门的官员态度坚决,表示将严格执法,并且断然否定修改新法的任何可能。在此阶段,劳动争议数量直线上升。②

第四阶段:《劳动合同法》的细化和实施效果

2008 年 9 月 18 日,国务院《劳动合同法实施条例》(以下简称为《实施条例》)颁布,同日生效。这部人们期盼甚殷的新法配套法规被一些人认为是由《劳动合同法》立场"180 度"的转向。其主要根据是该《实施条例》明确规定了用人单位可以解除劳动合同的 14 种情形,批评者认为,这些规定将《劳动合同法》许诺给劳动者的利益抵消殆尽。但是,辩护者说,《实施条例》的这一部分,仅仅是把《劳动合同法》中已有的内容集中在一起予以规定,对于相关内容没有丝毫的增加和改变。③ 无论事实怎样,这一论争至少表明了压力之下人们心理的敏感和脆弱。

2009 年到来之前,着眼于全球经济危机背景下中国经济形势日趋严峻这一现实,人力资源和社会保障部、财政部、国家税务总局联合下发了《关于采取积极措施减轻企业负担稳定就业局势的通知》(人社部发〔2008〕117 号文件),允许困难企业有条件地暂缓缴纳职工养老、医疗、失业、工伤和生育五项社会保险费,并阶段性降低除养老保险之外其他四项社会保险费的费率,以及在困难企业不得不进行经济性裁员时,对确实无力一次性支付经济补偿金的,允许实行更有弹性的协商办法。④ 在此阶段,各地方政府

① 参见党国英(2008);肖雪慧(2008)。对此,有人回应说,政协委员可以替某群体代言,但人大代表不行。见李清(2008)。

② 参见"劳动争议案大幅上升 仲裁处理驶入快车道",http://news. xinhuanet. com/legal/2009 - 01/22/content_10700524. htm。

③ 相关的意见和论辩,参见"劳动合同法实施细则博弈劳资平衡线:问题待解",http://news. xinhuanet. com/employment/2008 - 05/10/content_8140149. htm,访问日期:2009 年 6 月 5 日;"实施条例渐趋劳资中立,成效有待观察",http://www.51labour.com/protect/show. asp? id =96465&page =2,访问日期:2009 年 3 月 11 日。

④ 这些和其他相关措施被概括为"五缓四减三补两协商"。

也开始着手制定与劳动、就业有关的法规和办法。① 而在业界和学术界,要求中小企业免于适用《劳动合同法》甚至主张停止适用该法的呼声始终不绝于耳。②

至于《劳动合同法》的实施效果,根据已经披露的为数不多的调查和其他相关信息,情况并不乐观,尽管官方的调查显示,新法实施后,企业的劳动合同签订率有所上升,但在雇用人数最众、积累问题最多的民营中小企业,旧有情形改变甚微,③而在纾解经济困局和保全地方利益等多重利益驱动之下,劳动者权益保护依然不是许多地方政府的优先考虑,在涉及劳动者权益保护的诉讼中,严格适用《劳动合同法》也不是这些地方的司法机构所做的选择。④

那么,关于法律是什么的问题,我们可以从这一个案得出什么样的结论?

---

① 如四川省采取的措施,参见"减轻企业负担 稳定就业局势",http://news.so-hu.com/20090123/n261912996.shtml,访问日期:2009 年 3 月 9 日。上海的情况,见"上海将对《劳动合同法》作地方性解释",http://www.51labour.com/protect/show.asp? id = 101183,访问日期:2009 年 3 月 11 日。

② 中国人民大学劳动人事学院教授常凯主张,应放宽限制,让微小企业如小餐馆免于执行《劳动合同法》。全国工商联在《民营经济发展报告》中建议,应根据企业特点有序推行劳动合同制度,对小企业和个体户的季节性、临时性用工采取更灵活简明的合同制度。参见刘京京(2009)。更激烈的主张,参见"张维迎称《劳动合同法》应尽快叫停引发网友口水战",http://www.51xue.org.cn/news/ArticleShow.asp? ArticleID = 17807。

③ 参见刘京京(2009);夏楠:"劳动合同法实施情况研究——以珠三角纺织企业为考察对象",载《洪范评论》第 13 辑;谭翊飞(2009);梁晓晖、张旭(2010)。

④ 在 2009 年 6 月上海举行的一个主题为"利益平衡与司法公正"的法院院长论坛上,偏离《劳动合同法》的做法就被作为利益平衡的好例提出。有参会学者指出,根据其调查,《劳动合同法》实施后,许多地方法院和劳动仲裁机构联合制定的纪要、意见或说明均有悖于该法原则。参见郭光东(2009)。实际上,在 2008 年末的中央政法工作会议上,中央政法委就明确要求中央和地方各政法机关"千方百计帮助中小企业渡过难关"。紧接着,最高人民法院、最高人民检察院以及一些省的公检法机构单独或联合制定意见、通知、纪要等,采取多种特别措施,放宽执法和司法的尺度,以确保经济的快速复苏。详见叶逗逗(2009)。

三

在讨论这个问题之前,先要说明什么是法律? 有关法律定义的标准答案可以在随便一本法律教科书中找到:全国人民代表大会制定的规范为法律。但对我们这里要讨论的问题来说,这样一种法律定义显然是不够的。《劳动合同法》固然是法律,但即使是作为法律,它的意义也不是自足的。那些在位阶上低于它的法律规范,如行政法规、部门规章和地方法规,或者立法之外的司法解释、判决乃至仲裁,不仅仅是"法律"的细化、执行和适用,它们就是法律的一部分。因为它们以或一致或矛盾、或直接或间接的方式,共同决定了《劳动合同法》的内容和实际含义。我们谈论的法律,就是这样一个逐渐形成的具有多种形式甚至包含矛盾内容的规范综合体。

自然,就《劳动合同法》而言,这样一个规范综合体还未最后完成。但是,即便如此,我们已经看到《劳动合同法》面世之后面对的窘境。为了摆脱这一窘境,同时也是这窘境的一部分,作为其实施细则的《劳动合同法实施条例》,一方面,就解雇条件所作的规定竟然比"法律"更为总括;另一方面,它对争议频发而亟须界定的"劳务派遣"问题却不置一词。[1] 与此同时,为回应经济下滑的严峻局势,缓解企业生存和社会就业方面的压力,行政部门及时推出了诸如"五缓四减三补两协商"的政策,而在各个地方,

---

[1] 在 2008 年 9 月 19 日国务院新闻办公室举行的新闻发布会上,国务院法制办公室主任曹康泰指出,"社会有关方面"对《劳动合同法》理解上的"分歧"主要有三个方面,包括把"无固定期限劳动合同"理解为"铁饭碗"、"终身制",以及"用人单位滥用劳务派遣用工形式是不是会侵害劳动者的合法权益"。曹表示,这些问题将在即将制定的实施条例中予以澄清。参见"法制办:社会对劳动合同法产生的三大分歧",http://www. 51labour. com/protect/show. asp? id =96240,访问日期:2009 年 3 月 6 日。据报,该条例颁布之前数易其稿,有关劳务派遣的限制性规定最终为保证就业率的缘故而被取消。参见:"解读劳务派遣三项条款被取消:维持就业率优先",http://www. 51labour. com/protect/show. asp? id =96264,访问日期:2009 年 3 月 6 日。烫手的山芋传到了相关部委手里,后者如何应对尚难断言。参见"人保部起草劳动法规章 2700 万劳务派遣或不纳入",http://www. 51labour. com/protect/show. asp? id =102303,访问日期:2009 年 3 月 11 日。

以政绩为第一要义的政府立即跟进,制定各自的具体措施,司法机构也往往更愿意遵循政策和行政指引。这些举措立即对《劳动合同法》产生明显的"软化"效果。

其实,即使没有突如其来的经济危机,人们同样有理由怀疑这部法律达成其目标的有效性。一个简单的事实是,《劳动合同法》颁布之前,劳动关系领域并非无法可依。制定于 1994 年的《劳动法》,其内容与《劳动合同法》多有重合,然而,如果这部法律得到有效实施,则那些几乎每天见诸报章的有关劳动者权利遭受侵害的情形,比如本文开始时提到的建筑行业的情况,就不会或少有发生,制定新的《劳动合同法》的必要性也就大为降低。那么,在其他条件没有显著改善的情况下,是什么促使立法者力排众议,高调推动这部法律的制定和通过? 法律在构建社会关系和规范社会秩序的方面被赋予了什么样的意义,扮演了什么样的角色?

《劳动合同法》第一条规定:"为了完善劳动合同制度,明确劳动合同双方当事人的权利和义务,保护劳动者的合法权益,构建和发展和谐稳定的劳动关系,制定本法。"此条看似简单,其实包含诸多潜台词。"明确劳动合同双方当事人的权利和义务",与其说是因为此前存在劳动合同双方当事人权利、义务未明确的情形,不如说是因为有"强资本弱劳工"[①]的局面,国家才要强力介入劳动合同关系,通过用法律直接规定"劳动合同双方当事人的权利和义务"的方式,保护劳动者合法权益不受损害,进而实现"和谐稳定的劳动关系"。[②] 这里,"和谐"、"稳定"二词最关键。

进入 21 世纪以来,在传统的"发展"和"稳定"概念之外,政

---

① "强资本弱劳工"是立法者及其支持者言及《劳动合同法》时常用的一种说法。

② 然而,该法第三条规定:"订立劳动合同,应当遵循合法、公平、平等自愿、协商一致、诚实信用的原则。"有学者指出,此条与第一条内容有矛盾。就此而言,《劳动合同法》中的"合同"二字就颇具误导性。详见夏楠:《劳动合同法实施情况研究》之"代序:尴尬的劳动合同法"。这种矛盾反映了法学界的合同法与劳动法之争,并间接预示了后来发生在部分经济学家和法学家之间的论争。

治话语中屡屡出现"协调"、"统筹"、"和谐"、"以人为本"、"科学发展"一类字眼,2004 年,"构建社会主义和谐社会"被正式确定为国家战略构想。这些话语、政策和战略上的改变意味深长。它们表明党在这一时期开始面对新的问题和挑战。这些问题和挑战源于以下事实:在经历了 30 多年的社会与经济变革之后,一方面,物质财富因为社会生产力的释放被大量地创造出来;但另一方面,机会不平等、社会分配不公、权力寻租、社会分化加剧以及社会与经济之间的发展失衡,也造成一系列严重问题。这些问题对社会稳定造成不可忽视的冲击。劳动关系领域存在的问题就很有代表性,而本文开始时提到的农民工①的问题尤其如此。

据国家统计局 2009 年 3 月公布的数据,到 2008 年末,全国农民工的数量约为 22542 万人,其中,在本乡镇以外就业的农民工数量为 14041 万人。② 他们分布在国民经济各个行业,在加工制造业、建筑业、采掘业及环卫、家政、餐饮等服务业中占从业人员半数以上。然而,在现行体制下面,这样一个庞大的社会群体,却因为其身份而成为最易受伤害的边缘群体。根据国务院 2006 年发布的一份文件,农民工面临的问题包括:"工资偏低,被拖欠现象严重;劳动时间长,安全条件差;缺乏社会保障,职业病和工伤事故多;培训就业、子女上学、生活居住等方面也存在诸多困难,经济、政治、文化权益得不到有效保障。"政府承认,"这些问题引发了不少社会矛盾和纠纷"。而解决好这些问题,"直接关系到维护社会公平正义,保持社会和谐稳定"。③ 实际上,以构建"和谐稳

---

① 所谓农民工,按照一般的说法,指的是那些户籍仍在农村但又主要从事非农产业的人群。

② 参见"2008 年末全国农民工总量为 22542 万人",http://www.stats.gov.cn/tjfx/fxbg/t20090325_402547406.htm,访问日期:2010 年 6 月 10 日。

③ 《国务院关于解决农民工问题的若干意见》(2006 年 1 月 18 日)。农民工问题始于 20 世纪 80 年代,温家宝担任总理后即开始关注这一问题,并着手整治恶意拖欠工资的雇主。2005 年 2 月,劳动和社会保障部下发《关于废止〈农村劳动力跨省流动就业管理暂行规定〉及有关配套文件的通知》,并由劳动和社会保障部制定《农民工维权手册》。

定的劳动关系"为目标的《劳动合同法》,也是这一波政治回应的一部分。①

在关于《劳动合同法》的申辩和说明意见里,有一个概念听上去既陌生又熟悉,那就是"国家意志"。② 在劳动关系领域,对国家意志的强调首先突出了国家介入和干预"私人事务"的立场。其逻辑可以这样来理解:劳动关系本由雇主与受雇人建立,体现了缔约双方的意志。但是,这一领域存在着实质上的不平等和不公正,这就为作为第三者的国家意志的介入提供了理由。③ 更值得注意的是,法律就是国家意志,这种说法表明了后阶级斗争时代的法律意识形态:国家由特定阶级的代表变成了全民的代表,由专政者变成了公共物品提供者;相应地,法律也不再被简单地说成是统治阶级的意志、阶级专政的工具,而被宣布为人民权利的保障。不过,这种后阶级斗争时代的法律意识形态仍然是"中国特色社会主义的",不同于西方社会主流的政治和法律意识形态。因为它强调"国家意志和人民意愿的统一",以及最终,"党的主张

---

① 根据官方的说法,在推出《劳动合同法》的宏观背景中,就包括"和谐社会的构建"和"科学发展观"两条。"信春鹰谈劳动合同法立法背景",http://www. npc. gov. cn/npc/xinwen/lfgz/2007 - 12/17/content_1384587. htm,访问日期,2009年3月15日。《劳动合同法》提到的"劳动者"固然不限于农民工,但农民工问题无疑是该法着意要解决的核心问题之一。因此,不仅《劳动合同法》的许多内容表明了这种关切,而且立法者在解释立法宗旨并为之辩护的时候,也常常以农民工为最具说服力的事例。

② 经常与"国家意志"一起提到和使用的,还有"党的意志"、"党的主张"、"人民的意志"、"人们的意愿"、"共同意志"等概念。这些概念各有侧重,但重要的是,它们从来不是以对立或者分歧的方式出现,相反,这种话语包含了某种"一致性"预设,这种一致性最终靠党的先进性和代表性来保证。这些同样是后阶级斗争时代政治意识形态的一部分。更多的论述,详见下文。

③ 全程主持《劳动合同法》起草工作的全国人大常委会委员、全国人大常委会法制工作委员会副主任信春鹰就说,这部法律"将成为扭转长期以来我国强资本弱劳力的标志性拐点,通过国家意志力的形式,缔造一种和谐稳定的新型劳动关系"。"创造企业和员工共赢的局面",http://sczxb. newssc. org/html/2007 - 12/15/content_24793. htm,访问日期:2008年11月5日。又见"《劳动合同法》强调保护劳动者权益",载《中国青年报》2007年6月30日。

和人民意志的统一"。① 同样,在制度上保证和贯彻这种统一的,也不是西方式的宪政民主、法治、公民社会等,而是党领导下的民主集中制。

《劳动合同法》被认为是一部民主立法的典范,这是因为在立法过程中,除惯常所有的征询民意举措,如调研、座谈外,法律草案还曾向社会公开(尽管只有 1 个月时间),广泛地了解相关意见。部分地因为有这些举措,立法者宣称,这部法律的制定是在充分听取不同意见、协调各方利益并且达成共识的基础上完成的。② 与西方民主体制相比较,民主集中制的特点之一是决策的高效率,③ 而这又是通过党对公民参与的有效引导实现的。事实上,民主集中制下的公众意见表达,是民主并非民治(无论是采用直接民主还是间接民主形式),而是——至少在被宣称的理想状态下——通过决策者对民意的了解、呼应和满足,实现民有与民享的目标。在这种制度架构中,作为决策者的权力执掌者,对民众负有家长式的责任,而不是诸如代理人对于委托人所负的责任。在中国的政治传统中,这意味着党和人民的关系是超乎法律的。毫无疑问,决策者应当倾听民意,关心民疾,为人民服务,但

① 诸如此类的说法,见于各种法律教科书和官方公开的法律表达,可以被视为关于中国社会主义法律的官方标准叙述。参见"中国特色社会主义法律体系已经基本形成",http://www.iolaw.org.cn/showNews.asp? id =19640,访问日期:2010 年 2 月 3 日。

② 这种说法本身也是后阶级斗争时代法律意识形态的一部分,相应的概念是所谓共同意志。共同意志被理解为特定法律要调整的相关利益方达成的共识。据说,《劳动合同法》就建立在相关利益方共识的基础之上,体现了共同意志。参见"信春鹰称劳动合同法出台不会影响外企在中国投资",http://news.qq.com/a/20070629/003134.htm,访问日期:2008 年 3 月 5 日。实际上,立法者宣称的共识和共同意志,主要甚至完全是基于全国人大常委会审议该法之后"145 票赞成,0 票反对,1 人未按表决器"的投票结果。参见王娇萍(2007)。然而,该法实施前后所发生的一系列情况,不过证明了立法者的一厢情愿和自我陶醉。当然,作为后阶级斗争时代法律意识形态的一部分,对共同意志的宣称有助于提高"国家意志"的正当性。

③ 自从 2002 年中共十六大明确提出要在"2010 年形成中国特色社会主义法律体系"之后,立法步伐显然加快了。《劳动合同法》从全国人大首次审议到通过颁行,只用了一年半时间,比较其他主要法律如《物权法》,可谓神速。后者虽有争议,但在这次立法浪潮中也得以顺利通过。

是,这种要求并不是以西式民主的问责方式来保障和实现。① 这并不是说决策者无需为其行为负责,而是说责任追究制度不是建立在民治的基础之上,而是通过执政者内部的监督、考核、奖惩途径自上而下地实现。换言之,对公众的责任是通过决策者层层对上负责的方式来实现,而执政党本身的地位不容动摇,它对于人民的许诺和责任可以通过其自我批评和自我纠错的机制来保证。

在这种家长式风格之外,与之相配合,民主集中制非常强调自上而下的导引和控制,而排斥所有独立诉求,尤其是组织化的独立诉求。劳动关系原本是一个容易达成较高组织程度的社会领域,但在我国,无论劳动者还是"用人单位"方面的民营企业,其组织化程度都很低,既有组织之生存和发展,也缺乏保障。这种情形在劳动者方面尤甚。尽管组织工会是劳动者的一项基本权利,但实际上,在隶属于官方系统的工会之外,劳动者从未被允许独立组成和拥有自己的工会组织,遑论以组织方式提出独立诉求和采取行动。这种情形极大地限制着劳动者的集体行动能力,包括他们面对"用人单位"时的谈判能力,也包括他们通过政治参与渠道表达其愿望和意志的能力。

《劳动合同法》宣称要保护劳动者的合法权益,其实际内容也确实展示出了这方面的努力,但在一个以家长方式分配利益、调和矛盾,而拒绝让劳动者自己组织起来并且采取集体行动的制度下,这种努力往往有口惠而实不至之讥。近年来出现并且引起公众广泛关注的一系列事件,如各地频发的出租车罢运,②轰动一时

---

① 有政治学者认为,本文所描述的这种情形更接近于民主的真意,值得在理论上予以阐发。在一次访谈中,香港中文大学王绍光教授就指出:"我把民主的代表性(democratic representation)分为三部分:责任(responsible)、回应(responsive)和问责(accountable)。西方国家偏重问责就是民主,我认为民主应该和责任与回应的联系更为紧密。这样把民主分解后,可以进行新的政权划分,可以把中国的现实和传统联系起来,可以建构中国的政权划分理论。"(孙麾,2009)

② 近年来全国各地频发的出租车司机罢运事件,只是众多事例中的部分案例。有关这些事件的报道和讨论,参见"各地出租车罢运事件反思录",http://news.qq.com/zt/2008/bayun/,访问日期:2009年5月5日。

的"通钢血案",[①]同样引人注目的富士康员工连环自杀案,[②]本田汽车公司工人罢工,[③]以及后续的新一轮罢工潮等。[④] 一方面,表明劳动关系领域的种种问题有愈演愈烈之势;另一方面,也揭示出《劳动合同法》及其背后的政法体制在应对此类问题时的不足。

四

如前所述,《劳动合同法》在 2007 年的推出,与党的社会发展

---

① 2009 年 7 月,在《劳动合同法》正式生效一年半之后,发生在吉林通化钢铁公司企业重组过程中的一场血腥事件,再次凸显出众多而分散的劳动者在由政府和"用人单位"主导的游戏中的弱势地位,正是这种无力感催生出的不安、怀疑、不满、失望、焦虑、激愤和非理性的暴力倾向,最终酿成一场致人死亡的悲剧。有关该事件背景的报道,见罗昌平等(2009)。而在这一事件的后续发展中,人们发现,尽管最初的重组方案以一场悲剧的形式而告终,但付出高昂代价的劳动者并未成为这场博弈的胜者。既然他们仍旧没有表达其诉求的自主性组织,在接下来利益各方的博弈中,他们就依然是弱势的一群。参见欧阳洪亮等(2010)。可以顺便指出的一点是,法院对该案的处理完全是政治性的,司法服从于政治的原则在这类案件中最为显见。详见前文。

② 相关资讯,参阅"富士康跳楼事件", http://baike. baidu. com/view/3624334. htm? fr = ala0_1_1,访问日期:2010 年 6 月 14 日。

③ 关于本田工人罢工事件,参阅"本田停工门", http://baike. baidu. com/view/3668277. htm? fromenter = %B1%BE% CC% EF% B0% D5% B9% A4% C3% C5&redirected = alading&fr = ala0_1_1,访问日期:2010 年 6 月 14 日。

④ 参见"中国各地密集爆发大规模罢工潮", http://www. chinavalue. net/NewsDig/NewsDig. aspx? DigId =59941,访问日期:2010 年 6 月 14 日。更多报道,参见 http://news. baidu. com/ns? cl = 2&rn = 20&tn = news&word = %B0% D5% B9% A4% B3% B1&ct = 1&fr = ala0,访问日期:2010 年 6 月 14 日。一般的看法是把这一轮罢工潮归因于富士康员工连环自杀案,以及之后富士康和本田汽车公司对工人的大幅加薪。不过,这一连串事件的背后还有更深一层的原因,这些原因包括中国劳动力无限供给时代趋于结束这一事实,与代际更替相伴而来的工人主体意识和主观期待的改变等(有评论指出,在现阶段,20 世纪 80 年代以后出生的所谓新生代农民工人数在 1 亿左右,他们的人生观、世界观和人生目标已经明显不同于其父辈。参见"新生代农民工需要实现同城化待遇",载《二十一世纪经济报道》2010 年 6 月 23 日)。综合性的报道和分析,参见卢彦铮等(2010);兰方(2010)。

战略目标的调整直接相关,此一战略上的改变直接催生了一波势头强劲的民生立法。所谓民生立法,依照官方的解释,"是指保护公民的经济、社会和文化权利的法律,这些权利的保护和一个国家的经济社会发展的情况紧密相关"。① 在从计划经济转向市场经济之后,中国在劳动就业和社会保障、收入分配、教育卫生、公共服务等方面出现了一些新问题,有一些新的需求。"正是在这样的背景下,全国人大及其常委会把立法的重点更多地转向民生立法,通过法律手段来调节社会矛盾、平衡社会关系、保障社会公众特别是弱势群体的经济、社会和文化权利。"②不过,正如我们在《劳动合同法》的案例中所见,法律文本的话语同立法者或执政者运用法律的方式并不相同,甚至自相矛盾。这种矛盾,单从法律上说,源于权利和福利的不同。

包括《劳动合同法》在内的所谓民生立法所欲满足和保护的各种利益,究竟是权利还是福利? 根据立法者的解说,尤其是根据这些法律本身所采用的语词和表达方式,它们显然是权利。不过,传统上,所谓"经济、社会和文化权利",其中的大部分不被视为权利,至少相对于"公民与政治权利"是如此。尽管这种看法今天已不再居于主流,但是,这两组权利的区分,在政法理论及实践方面仍有意义。比如在国际社会,西方或发达国家更强调公民与政治权利的重要性,而非西方或发展中国家更强调经济、社会和文化权利的重要。在中国,作为最重要的国际人权法文件之一,《经济、社会和文化权利国际公约》已于2001年获得全国人大常委会批准,成为对中国具有约束力的国际法规范,而具有同样重要性的另一部国际人权法文件,《公民和政治权利国际公约》,却

---

① "人大法工委就新中国法治建设成就答问(实录)",http://news.qq.com/a/20090922/001225.htm,访问日期:2009年10月5日。

② 同上。值得注意的是,在论及民生立法背景时,官方发言人暗示法律所应对的问题源于市场经济,而与决定中国市场化进程和形态以及中国社会分配模式的政治和法律体制无关。又可参见"信春鹰:劳动合同法不会因金融危机修改",http://news.qq.com/a/20090311/002124.htm,访问日期:2009年6月5日。

至今仍未获得批准。因为同样的原因,政府施政中对民生问题的强调,国家立法中对民生立法的重视,恰与广受诟病的政法体制的滞后形成对照。对此两组权利的区别性对待和运用,从某个方面揭示和证明了存在于二者之间的认识上和实践上的差异,即公民和政治权利更具"权利"特征,而经济、社会和文化权利更近乎福利。

所谓权利,个人得主张之,运用之,无论具体情势如何;而且如果需要,国家须提供制度性的救济手段以保障其实现。福利则不具有这样的刚性和强制性,而且福利是情境化的,其提供者得根据经济社会的发展状况决定所提供福利的范围和多寡。对权利的诉求,强化了个人的主张,同时往往设定政府的义务(积极的或消极的);而对福利的分配,总是会加强政府的权力。当然,经济、社会与文化权利并不就是福利,也不能被当然地归结为福利,但在家长式威权体制①下,这些权利被当作福利来思考和运用显然更切合其制度原则和内在逻辑。② 因此,所谓民生立法,与其说是赋权于人民并且提供有效救济手段、增强弱势群体交涉能力的权利法,不如说是加强自上而下的福利分配、关照民众尤其是弱势群体利益的福利法。正因为如此,国家一面大张旗鼓地推动民生立法,采取措施提高民众的福利水平,一面对民众自主性的权

---

① 王绍光教授认为,用"威权主义"来描述当今的中国体制,除了意识形态上的宣传功效之外,对政治分析全无帮助。详见孙麾(2009)。王教授指出的问题可能存在,但那并不表明威权主义的概念已经失去认识和分析上的功用。本文是在区别于极权主义的意义上使用威权主义一词,就其特征而言,这是介乎极权主义和自由民主之间的一种政治体制,"家长式"一词,则标示出其传统政治的渊源。关于这种传统政治特质在当代中国的表现,我在其他地方曾有过分析。参见梁治平(2003/2010)。本文并没有提供所谓家长式威权主义的定义,但本文关于现行体制的分析,可以揭示出其中的若干特征。

② 一位美国的中国问题研究者注意到,当代中国人的权利诉求完全局限于政府制定的法律和政策范围之内,并且使用政府的语汇,从西方人的观点看,这类诉求所表现的与其说是权利意识,不如说是规则意识。转见于建嵘:"中国的政治传统与发展——于建嵘对话裴宜理",http://www.chinavalue.net/Article/Archive/2008/9/24/139001.html,访问日期:2010年2月26日。这种观察颇具启发性,它让我们注意到现行体制的社会学基础,以及社会行动中的文化因素。

利诉求多加限制甚至压制,尤其是当这种诉求可能演变成集体行动的时候。① 基于同样理由,在劳动关系领域,政府毫不隐讳地表示要向劳动者[利益]倾斜,但同时却不允许劳动者自由结社,组织自己的工会,采取集体行动。② 在这样的政策之下,劳工维权组织同样处境艰难,它们中的绝大多数不具有与其性质相符的法律身份,它们的活动受到各种限制,其组织很容易遭到取缔,要获得进一步发展困难重重。③ 问题是,民生立法不但是以保障"经济、社会与文化权利"相标榜,实际上也确实向维权者开启了一面空间,这种情形造成了政法体制内的紧张。这在司法过程中表现得尤为清楚。

现代社会中,法律是权利的宣示,司法则是权利的保障。这种

---

① 对 2008 年四川汶川地震的后续处理就是一个典型事例。地震发生后,政府投入大量人力物力抢救受灾人民生命财产,并积极部署灾后重建;但另一方面,当一些学生、死难者家属为查清事实真相提进一步要求时,便遭到政府压制。独立的民间调查人士受到更严厉的打击,甚至被逮捕定罪。

② 现行体制下的工会,就主要扮演着企业内部福利机构的角色,这当然不是偶然的。更可注意的是,在《劳动合同法》的制定、实施过程中,工会的立场与政府的全无分别。这也完全符合党分配给它的体制上的角色。参见王娇萍(2007)。在本田汽车工人的罢工活动中,这种情形也造成一种中国特有的奇异景观,即"工人们以停工形式要求加薪,而头戴黄帽的工会官员则竭力阻止罢工的持续"。Lucy Hornby, James Pomfret: "本田罢工意义深远 新一代农民工重塑中国劳工版图",http://cn. reuters. com/article/wtNews/idCNCHINA-2402520100601,访问日期:2010 年 6 月 20 日。因此,毫不奇怪,"佛山本田罢工工人谈判代表团致全体工人和社会各界的公开信"(2010 年 6 月 3 日)的四项内容中竟然有一项是"谴责工会",http://www. ideobook. com/29/open-letter-by-foshan-honda-workers/,访问日期:2010 年 6 月 18 日。基于同样的理由,罢工工人在要求加薪和改善福利的同时,也提出了"重整工会"的口号。参见刘子倩(2010)。对此,立法者可能会说,工会不能维护工人利益的情况主要发生在私营企业。参见信春鹰:《劳动合同法》的法社会学分析",http://www. iolaw. org. cn/showNews. asp? id = 17991,访问日期:2010 年 6 月 11 日。这样的说法显然不能成立。前面提到的"通钢血案"就发生在其前身为国企、当时为国有控股的大型企业里。该案发生时,"其工会和职代会仍沿用原有系统,掌控在国企管理者之手"(胡舒立,2009)。而在本案中,佛山本田罢工工人谴责的南海区总工会和狮山镇总工会都是政府的工会。从根本上说,政府一贯禁绝独立工会之类工人自治组织的政策,才是问题的症结。从工会角度报道最近罢工事件的,参见《中国新闻周刊》2010 年第 23 期封面专题"工会的新机会"。

③ 这类组织在流动务工者众多的城市如深圳较多,发展也较早。

说法,也成为后阶级斗争时代法律意识形态的一部分。不过,在家长式威权体制下,司法活动很难同政治和行政活动区分开来,它在职业化方面的发展也不足以达到自治的程度,这令其权利保障功能大受影响。前面曾经提到,地方各级法院未能严格适用新颁布的《劳动合同法》,其原因当然与现行体制下司法的地方化有关,与各地方政府在经济发展与劳动者利益保护之间所作的判断和取舍有关。但是,即使不考虑这一点,期待司法机构扮演劳动者权利保护神的角色也是不切实际的。理论上说,司法的权威源自法律,源自裁判者对法律的忠诚,这些反过来会加强法律的权威性,提高法律和司法的自主性,法律的权利保障功能因此而得以实现。但在现阶段的中国,这些条件并不具备。尽管在后阶级斗争时代,党转而强调法律的重要性,并且通过将其意志转化为政策和法律的形式,试图推动国家治理模式的改变,但是,这种改变始终没有超出党直接领导下的行政主导模式,而在这种治理模式下,司法机构并不享有所谓自治,而须事事追随政策和党的决定:不但其工作重点辄依政策而定,案件受理和裁判标准也每每受政策影响甚至左右。① 这意味着,司法机构尤其是其中的裁判机构即法院,并非以规范为中心展开活动,而是围绕党的中心工作,把解决纠纷、发展经济、维护稳定、促进和谐一类政策目标放在首位。流行于司法部门的三句诀,所谓"搞定就是稳定,摆平就是水平,没事就是本事",② 形象地表现出一种司法上的实用主义和工具主义的取向。这种取向显然不是权利导向的,亦不足以为权利的保障。

司法上的此种情形,可以被视为一般所谓法律工具主义的一种表现。而在中国,此种法律工具主义是与法律自治的欠缺联系

① 法院行为中最普通也最惊人的表现之一,便是"不予立案"的广泛运用,而且"不予立案"的决定常常不表现为一种法律程序,而是比如拒绝接受起诉材料或不予回应的简单事实。在这种情况下,起诉方得不到任何书面甚至口头的答复,因此,也无法采取进一步的行动,更不用说何种法律上的行动了。

② 此语出自先后担任浙江省高级人民法院院长和上海市高级人民法院院长之职的应勇,并深得其同行的响应。转见郭光东(2009)。

在一起的。这意味着,法律除了被当作实现某种政策目标的工具之外,也被看成是一种不具有自足权威性的技术手段。作为治理工具之一种,法律与其他治理手段之间并没有截然不同的区别,因此,应当被综合协调地加以运用,而且像其他手段一样,法律也是可变的,富于弹性,可以也应当根据决策者对社会条件和需要的判断予以限制和改变。更重要的是,要对社会变化作出及时的应对,法律就不能成为决策者的羁绊,尤其不能变成统一行使政令的障碍。不过,富有讽刺意味的是,这种法律的工具主义本身往往成为政令不能一统的原因。既然法律只是被工具性地对待和运用,法律的实施及效果就不但会因时、因地而异,也会因人而异,因部门而异。常见的中央与地方之间、中央各部门之间以及地方与地方之间利益上的差异,一旦与对法律的工具性运用相配合,就会破坏法律的一致性,而且产生出一种看上去甚为荒谬的结果,即在现实生活中,法律的效力等级与规范等级常常不能一致甚或适相反对,比如法律高于法规但实效可能不及法规;法律、法规高于规章、意见、决定,但实践中往往不如后者有效;宪法是最高的法律规范,却因此最少可执行性。在《劳动合同法》事例中,我们清楚地看到,中央部委的联合"通知"明显降低了法律的标准,减缓了法律的严格性,而地方性政策、意见、办法的优先适用,更起到软化甚至程度不同地抵消法律的作用。① 此外,我们也看到,《劳动合同法》通过之初,诸多大型国有企事业单位规避法律最力,法律实施之后,执法乃至地方司法部门不作为和搁置法律的情况比比皆是。这种情形其实颇具代表性。②

论及法律的执行,最为人熟知的现象莫过于运动式执法。法律

---

① 在《物权法》颁布之后继续执行《城市房屋拆迁管理条例》,从而使《物权法》乃至宪法对财产权的保护犹如空中楼阁,这是 2009 年 12 月的唐福珍案之后另一个引起广泛议论的例子。

② 仅仅通过比如央视第一频道的热点栏目"焦点访谈",人们就会很容易地发现,日常生活中,国家机构、政府部门违规违法行事的现象极为普遍,见于其活动所及的所有领域和方面。造成这种现象的原因,必须在现行制度的基本结构中去寻找。

颁布之初声势浩大的宣导,法律施行之后的执法检查,各种名目的专项治理行动,以从重从快相标榜的"严打",皆属此类。运动式执法是一种行政主导型的法律实施活动,其特点是以行政动员方式,集中资源以达成阶段性目标。[①] 运动式执法,不论其范围大小,时间长短,都是围绕特定法律的实施展开,就此而言,运动式执法的概念本身就包含了矛盾,因为任何法律,即使其时效受到限定,在性质上总是具有一般性,而运动总是倾向于削弱乃至取消它的这种一般性,也就是说,令法律非法律化。事实上,运动式执法一定包括司法机构在内,而参与其中的司法机构所扮演的角色,与其说是行政活动的司法审查者,不如说是统一行动、协同作战的配合者。而这正是现行政法体制的精义所在。值得注意的是,特定时空范围内的运动式执法具有偶发性,因为它与社会问题的累积有关,而非基于治理对象的性质和事物的发生规律。恶性事件的发生、公众舆论的压力、决策者的关注、政策的改变等,都可能促发特定范围的执法运动。[②] 因此,当运动式执法成为推动法律实施乃至国家治理的一般手段,法律的不确定性也就成为常态。

运动式执法造成法律实施状态的张弛不一,这意味着日常生活中违法现象的普遍性,[③]与之相伴的,是执法者方面对违法行为的容忍,和行为人方面对法律要求的轻忽。在此情形之下,选择

---

① 有关运动式执法的评论,参见梁治平(2009:129—137)。

② 这类偶发因素也可能影响立法。《劳动合同法》制定过程中一个颇具戏剧性的插曲,是山西"黑砖窑事件"的曝光。这一偶发事件不但对《劳动合同法》的通过起到加速作用,而且直接影响到该法内容。尽管"黑砖窑事件"属于刑事范畴,无关劳动合同,但为回应舆情,立法者在该法通过之前紧急增加了若干回应性条款,即第88条、第93条和第95条,这些条款规定了合法和非法的用人单位在若干情形下的行政和刑事责任,以及对相关劳动者的赔偿责任,也规定了相关国家工作人员违法犯罪责任。

③ 即使是法律着意打击的对象,也会因为运动的止歇而故态复萌。这方面的事例不胜枚举,即令案发时举国关注的特别事件,如前数年使用奴工的黑砖窑案和添加三聚氰胺的毒奶粉案,一旦时过境迁,无不死灰复燃。关于奴工案,参见王哲等(2010)。颇具讽刺意味的是,该案在当地也(又)引发了一场"行业整顿风暴"。详见前引文。关于毒奶粉案,参见徐超、郭惟地(2010)。同期刊发的评论文章也把问题与集权制度下的运动式监管联系起来。详见王涌(2010)。

性执法也变得不可避免。实际上,人们习见的这两种法律实施方式有如孪生,有同样的制度渊源,类似的表现形式,往往造成相同的法律后果。只不过,运动式执法相对集中,选择性执法的现象则更加分散。如果说,前者基本上是一种政策型的法律活动,在政府的操控下展开,后者则可能分散在众多政府机构乃至其公务人员之中,更容易成为寻租的手段。它们让执法者事实上享有极其广泛的自由裁量权,令法律在实施过程中因时、因地、因人而异,这种情形不仅造成行为人法律认知上的困惑,也成为弥漫于整个社会的普遍违法现象的一个诱因。

当然,具体就劳动关系领域来说,造成法律推行不力、效果不彰的原因还有很多。立法者对法律实施的社会条件了解不够,以至其对于法律后果的预估适与现实相反。《劳动合同法》颁行前后劳务派遣市场的变化就是一个显著的例子。立法者曾经一厢情愿地相信,新法颁行会对劳务派遣市场形成有效规制,令大批劳务派遣公司关闭,而实际效果是,这部法律至少在短时期内促成了劳务派遣市场的极大繁荣。[①] 对执法成本的忽视是导致许多法律立而不行的另一个原因。运动式执法的流行,部分也可以被理解为执法部门不堪负担时的应对之策。同样重要的是,若无适当的激励机制,任何法律的有效实施均无可能。《劳动合同法》就面临这样的困窘。法律本身确实表现出向劳动者利益倾斜,但因为存在所谓"县际竞争",[②]且地方政治考绩最重(如果不是只重)GDP 指标,即使不考虑官商勾结、权力寻租一类情形,地方政府或执法者执行法律的动机也不强。而从"用人单位"即行为人方面看,如果说其守法动机往往不敌违法的冲动,那也未必全是因为资本的贪婪。比如在技术创新和提供就业机会方面均有重要贡献的民营中小企业,其生存和发展所依赖的制度环境就远逊于国

---

① 参见梁治平:"立法为何? 对《劳动合同法》的几点观察",载梁治平(2009)。

② "县际竞争"的说法出自经济学家张五常,是其解释中国经济"奇迹"的核心概念。关于这一概念,张五常的新作《中国的经济制度》(2009)有更理论化的阐述。转见吴慧、张明扬(2009);张军(2010)。

有大中型企业，①加之市场竞争激烈，利润空间狭小，②以至劳动力成本的小幅上升也可以被立刻感受到。③ 相反，在这些企业所负担的各种成本当中，劳动力成本又几乎是惟一可以为企业控制的一项，以至企业经常需要在"生存"与"合法"之间作出选择。④ 这

---

① 专家认为，我国中小企业税负普遍偏重。详见"为何我国中小企业税负普遍偏重"，http://it.21cn.com/itnews/qydt/2007/07/02/3325496.shtml，访问日期：2009年6月15日。税负之外，融资难是中小企业生存和发展的另一障碍。更深一层的问题，首推法治之不存，因而产生的弊害，从日常贪吏的需索（如各种规费），到因政府朝令夕改而致财产的损失乃至被剥夺（如前些年的陕北石油案和近年的山西煤矿重组案等）。而自由结社的不能，又令中小企业无法有效表达其共同利益并采取有力行动以维护之。

② 据报道，珠三角台资加工制造业企业的利润率普遍在3%以下。参见卢彦铮(2010)。

③ 《劳动合同法》是否意味着用人单位人力成本上升？对于这一问题，立法者的回答是否定的。根据这种讲法，至少守法企业的用工成本不会因为新法的颁布而上升。详参"全国人大法律委员会主任委员杨景宇解读劳动合同法"，http://news.xinhuanet.com/legal/2007-07/23/content_6418697_1.htm；"全国人大常委会法工委解读《劳动合同法》"，http://www.law-lib.com/fzdt/newshtml/21/20070702105540.htm。但这显然不是事实。与之前的《劳动法》相比，《劳动合同法》对劳动者的保护采取了更高的标准（详见该法关于订立书面合同、试用期工资、无固定期限合同、裁员优先留用、合同解除限制、补偿金、赔偿金等项内容），这意味着，即使是对之前严格按照《劳动法》用工的用人单位来说，《劳动合同法》的实施也将推高用工成本。然而，因为事实上极少有完全遵守《劳动法》的用人单位，该法的实施就意味着所有用人单位都将面临用工成本上升的压力，其间的不同只是程度上的。这方面的调查尚不多见，但所能见到的均能表明这一事实。参见刘京京(2009)；夏楠："劳动合同法实施情况研究——以珠三角纺织企业为考察对象"；谭翊飞(2009)；梁晓晖、张旭(2010)。

④ 如果按照严格的法律标准来判断，用人单位，尤其是中小企业，现实中违法经营的情形相当普遍，这其中当然包括规避和偏离《劳动法》的情况。因此，人们要问，这些用人单位违法动机何在？这里，我们可以提出两个标准，一个是**合法标准**，另一个是**合理标准**。合法标准完全是规范性的。由于法律的建构性，合法标准又可以被视为是自足的，也就是说，它可以由立法者强加于行为者，要行为人满足法律的要求，否则即视之为违法。与此不同，合理标准建立在对现实条件综合考虑（如正常赢利甚至生存）的基础之上，它不能脱离描述。合法标准和合理标准可以相合，也可能相悖。在相悖的情况下，行为人就会有很强的动机去规避和违反法律。事实上，认为企业要活下去，保持正常经营，就不能完全"守法"，这种看法在业界几乎是常识。这表明，在中国，合法标准与合理标准的偏离是一种常态。就《劳动合同法》而言，法律要解决的问题确实存在，其规定本身也并非全不合理，问题在于，政府宣称要让劳动者分享经济高速增长的好处，却不能提供良好的公共服务，改善制度环境，减少人民税负，而是把负担和责任完全加之于"用人单位"，这种推卸责任的做法缺乏正当性，很难得到普遍认同。

一事例也揭示出制度间关联的重要性,这也是影响法律实际效用的一个重要因素。《劳动合同法》除了调整劳动关系,也涉及社会保障制度。实现对劳动者的社会保障,也是这部法律的一个重要目标,但是,因为制度不配套与不合理,法律实行时甚至不为劳动者所接受。[①]

五

以上关于《劳动合同法》所作的分析,以及由此引申开来的讨论,重点在于中国现行政法体制,以及这种体制下形成的国家治理模式,包括法律制定与实施的若干特点。这种制度取向的观察和分析方法,对于我们了解[在中国]法律是什么的问题必不可少,但又是不充分的。因为这种结构性的分析,偏向于制度静态的一面,不足以揭示制度形成过程中各种因素的互动,以及塑造制度性格的时代特征。尤为重要的是,这种自上而下的视角势必忽略普通人的心思、欲望和活动,以及由此带来的杂多、不规则和制度内外的紧张、冲突。

着眼于法律与社会的互动,20世纪70年代末以来的历史,既是一部以依法治国相标榜而全面推进法律发展的历史,也是一部为了满足社会需求不断突破既有法律框架的历史。这两条线索交织在一起,构成30年来中国法律生活中最奇异也最可注意的一面。只是,在官方意识形态中,具有正面意义的法律发展主题几乎是惟一的,以不断违法为特征的改革实践则被刻意遮蔽。然而,后者像前者一样真实,在塑造中国法律现实方面甚至更加重

---

① 各地社会保障标准不一致,而没有能够通行全国的个人社保账户,加之各地通行的做法是将所谓"四险一金"的社保项目捆绑销售,这些就导致流动务工者不愿交纳保险金,或者在离开工作地时退保。相关的分析和观察,参见夏楠:"劳动合同法实施情况研究——以珠三角纺织企业为考察对象";谭翊飞(2009)。

要和深刻。1978 年,小岗村 18 户农民冒死分产从而开启农村改革乃至整个社会改革之端绪,这个带有传奇色彩的故事早已为人所熟知。① 上世纪 80 年代发生在安徽颍上、涡阳两县的农村费改税试验同样是一系列动人心魄的突破法禁的戏剧。② 而自 1988 年以来的历次宪法修正案,如 1988 年之承认"私营经济"和"土地使用权转让";1993 年之确立"社会主义市场经济"原则;1999 年的承认多种所有制经济共同发展和多种分配方式并存,以及"非公有制经济是社会主义市场经济的重要组成部分";还有 2004 年的"私有财产"入宪,无不是对此前大范围"违法"甚至"违宪"社会实践的事后追认,而这一时期中国法学界提出的"良性违宪"说,则可以被理解为对转型时期法律与社会之间这一特殊冲突形式予以正当化的理论上的尝试。③ 在这些现象的背后,存在着一个极具转型时期特点的社会现实,即正式制度上的改变全面落后于社会生活的变迁,随着改革进程而愈加不合理的旧制度,与社会现实之间的关系也变得愈益紧张。实际上,这种情形今天依然

---

① 实际上,凤阳县小岗村并非中国农村改革的始作俑者,在此之前,安徽肥西县的山南区和来安县的十二里半公社均有"包产到户"之举。详见陈桂棣、春桃(2004:230—233)。其实,我们有理由相信,在整个集体化时代,中国农村始终存在着类似包产到户的"倒退"尝试。

② 参见陈桂棣、春桃(2004:第九章"寻找出路")。

③ 百度百科把良性违宪解释为"推动人类社会进步的违宪事件",并从违宪主体方面举出了中国改革开放以来的几个实例:"(1)立法机关。如 1978 年宪法规定全国人大常委会只能'解释宪法和法律,制定法令'(第 25 条第 3 项),没有制定法律的权力,但由于改革开放要求制定大量法律,全国人大常委会在未经修宪,也未作宪法解释的情况下,自行行使立法权,1979 年至 1982 年间共制定了 11 个法律,这都是违背当时宪法规定的。(2)行政机关。如 1988 年以前,深圳等经济特区突破 1982 年宪法关于土地不得买卖、出租的规定,决定将土地使用权出租。(3)国家领导人。1982 年宪法第 15 条规定我国'实行计划经济',然自 1992 年以来我国领导人多次提出经济体制改革的目标是'建立社会主义市场经济体制',显然这是违背当时宪法规定的。这种新提法直到 1993 年 3 月 29 日全国人大八届一次会议通过了宪法修正案才有了宪法根据。上述违宪事件,虽然违背了当时的宪法条文,但符合人民的根本利益,因而可称之为良性违宪。" http://baike. baidu. com/view/2574482. htm? fr = ala0_1,访问日期:2010 年 6 月 5 日。当然,法学界对这一概念的妥当性一直存有争论,本文所关注的,是这一提法所针对的富有深意的现实。

普遍存在。土地和房地产市场上的小产权现象,①民间金融领域的广泛存在,②图书和出版市场中流行的合作形式,③民间公益组织谋求生存的方式,④宗教生活领域地上与地下、合法与非法并存的局面,⑤以及各种潜规则⑥的流行和诸多灰色领域⑦的存在等,都是这方面的著例。这些现象的含义复杂而深刻。一方面,它们反映出法律规范与社会生活的脱节,合法性与合理性之间的不一致,以及法律体系内部的矛盾;另一方面,此类违法现象广泛和普遍的存在,以及包括执法者和行为人在内的整个社会对它们不同程度的容忍,客观上增加了制度的弹性,减缓了不合理法律的严苛性,并为进一步的改革提供了非正式的试验场。就此而言,法

---

① 这里所说的小产权,指通常由乡镇政府颁发证书的产权,这也是人们使用小产权一词时最常用的意思。关于小产权的不同含义,百度百科有简明的解释,参见 http://baike.baidu.com/view/672347.htm? fr = ala0_1_1,访问日期:2010 年 6 月 11 日。实证法上,这种意义的小产权并非"产权",因此,也不受法律保护。然而,在现实生活中,小产权不但存在于全国范围,并且在整个房地产市场中占有相当可观的份额。正因为如此,小产权的去留存废,是一个敏感而且重大的公共政策议题。详细的情况,参见"小产权网",http://xiaochanquan.net/,访问日期:2010 年 6 月 11 日。

② 有关民间金融一般情况的介绍,参见 http://baike.baidu.com/view/1508140.htm? fr = ala0_1,访问日期:2010 年 6 月 11 日。

③ 所谓合作出书,其负面的名称便是"买卖书号"。"买卖书号"屡禁不绝,终于演成"合作出书"流行的局面,标示了出版体制演变的大趋势。同样,以书代刊形式的流行,一定程度上消解了政府经由刊号实行的期刊控制制度。

④ 20 世纪 80 年代以来,民间公益组织和非营利机构有一定程度的发展,但其制度环境始终没有根本的改善。因为很难取得合法身份,绝大部分的民间公益组织尤其是其中的草根组织,或者其法律身份与其实际的性质不符,或者干脆不具有合法身份。这种情形极大地阻碍了这部分社会的成长和成熟。相关报道和文献,参见《财经》2002 年 7 月第 13 期的封面主题报道"中国 NGO 生态";贾西津(2005);吴玉章(2009)。

⑤ 典型的如家庭教会,参见于建嵘(2010)。

⑥ 潜规则的普遍存在被认为是中国社会的特征之一。参见吴思(2004)。

⑦ 如果把灰色理解为社会生活中介于合法与非法之间、不透明、不在有效统计和监管范围之内的领域,则本文提及的许多现象都可以被视为是灰色的。因为同样的原因,对灰色领域的认识和研究十分困难,而研究所揭示的结果也往往十分惊人。如对当代中国居民灰色收入的研究,参见王小鲁:《国民收入分配状况与灰色收入》(研究报告摘要),http://wenku.baidu.com/view/a989ebc789eb172ded63b7a6.html,访问日期:2010 年 6 月 11 日。

律的松懈并非只具有负面意义。① 然而，这种经验也直接造成行为人法律认知上的混乱：法与非法的区别难以确定，合法同非法的界限模糊不清。由此，不可避免地会产生对法律的轻忽和机会主义态度，它们与前面提到的体制上的工具主义法律观一道，极大地削弱了法律的权威性，侵蚀了公民的法律意识。

一般说来，社会的快速转型容易造成法律与社会的脱节，渐进式改革的制度变迁方式，也可以部分地解释改革以来法律与社会互动的特点。不过，在改革开放逾 30 年、法律体系初具规模之时，法律与社会生活之间深刻而广泛的冲突，越来越多地源于政法体制本身。

简单地说，这是一种包含了内在紧张的制度安排：一方面，存在权利宣示与保护的法律制度；另一方面，则有作为其背景的家长式威权体制，后者试图将分散而多样的、自下而上的权利诉求，转化为统一和便于操控的、自上而下的福利分配。然而，这种尝试并不能满足社会的实际需要，因此，不能完全奏效。② 于是，异议和抗争不可避免。在政府眼中，广泛的异议与抗争，即使是依法提出的要求，都会威胁到社会的安定团结，是所谓"不稳定"因素。而在一些社会学家看来，这种被夸大的不稳定很大程度上是民众正当利益难以表达、正常社会冲突未得到适当应对的结果。而所谓"维稳"，除了耗费大量社会资源之外，常

---

① 单纯从技术角度看也是如此。社会生活的快速变化，改革的试验性，地区间发展上的不平衡，以及幅员广大所蕴含的多样性，都要求制度更具弹性，立法上通行的所谓宜粗不宜细的做法，即是对此类要求的一种回应。

② 对三鹿毒奶粉案受害者的赔偿就是一个很好的事例。2008 年奥运会之后爆出的三鹿毒奶粉案，造成遍及全国的数十万婴幼儿受害者，成为当时最为轰动的事件。针对该案，政府采取了一系列紧急措施，包括运用法律手段严惩相关责任人，为受害人就医诊疗提供便利和财务上的支持等。然而，这些措施实际上不足以满足受害人的一些正当要求，而当受害人试图通过诉讼方式主张其利益的时候，他们便屡屡受挫。关于该案的系列报道，参见叶逗逗、刘京京（2008）；秦旭东："三鹿破产善后难题　受害者权益谁来保障？"，http://www.caijing.com.cn/2008-12-25/110042541.html，访问日期：2010 年 6 月 20 日；张有义（2010）；张瑞丹（2010）。

常是压制了民众的正当诉求,保护了既得利益,令改革变得更加艰难和更少正当性。[①] 这种情形,也令法治的目标变得遥不可及。

这些,对于中国人的法律经验具有什么样的意义?

在观察当代中国社会频发的群体性事件时,有学者敏锐地注意到,一般中国民众身上所表现出来的,并不是西方人熟悉的权利意识,而是所谓规则意识。[②] 的确,我们不能说,家长式威权体制在中国缺乏社会学的基础,福利化的权利观——尽管这是一个自相矛盾的表达——不为民众所接受。

以维权为例。我在其他地方曾经讲到,维权现象的出现,意味着中国的法治进程进入了一个新的阶段。以往,中国的法治运动主要自上推动,是执政者改造社会、教导民众的手段,其动力为单向的。由此造成了法律与社会生活的脱节,以及与普通民众的隔膜。如今,因为社会经济的发展,社会结构的改变,以及人民生活方式和思想观念的改变,普通民众的利益诉求开始同法律发生密切的关联,中国的法治运动也因此而获得了新的意义和持久的动力。民众的参与打破了执政者对法律的垄断,同时拓展了法律的疆域,丰富了法律的内容,使法律成为社会中不同个人、群体和组织均可利用的竞胜场所。法律活动正日益成为不同利益的表达方式,也成为社会互动的一个重要渠道。就此而言,中国现在才开始进入真正意义上的法治时代。[③]

然而,正如本文已经指出的那样,在一个家长式威权的政法体制下,在一个以不断违法为特征的改革、以普遍违法为常态的社会里,法律的权威很难建立,形式主义的法律观也难以立足。维权运动的扩展固然有助于普及法律观念,推动法律发展,让法

---

① 参见清华大学社会学系社会发展研究课题组(2010)。

② 这一观点出自哈佛大学的裴宜理教授。转见于建嵘:"中国的政治传统与发展——于建嵘对话裴宜理",http://www.chinavalue.net/Article/Archive/2008/9/24/139001.html,访问日期:2010 年 2 月 26 日。

③ 完整的看法,参见梁治平:《法治十年观察》"自序"(梁治平,2009a)。

律更具力量,但这并不简单意味着西方式法治理念的实现。比如,维权活动虽然常常以权利为号召,但未必是权利取向的,甚至也不是规则取向的。① 实际上,对普通民众来说,植根于传统的"信"的观念,恐怕比权利意识和规则意识更重要,也更具正当性,而且维权活动范围广泛、界限模糊,并不以法律为旨归,相反,法律往往只是可以运用的一种手段和资源,其可用性和重要性依行动者达至其目标的效用而定。② 当然,不容否认也不能忽视的是,维权活动能够并且有时也确实包含了明确的权利诉求,这种情形在一些由社会精英介入和主导的维权活动中表现得尤为明显。③然而,无论是哪一种维权活动,当事人的诉求都未越出实证法的范围,只是,任何认真对待权利和法律的态度和做法,都不符合家长式威权体制的政法原则。这也是为什么在家长式的主政者眼中,维权律师总是扮演着危险而不受欢迎的角色,必须加意提防,必要时予以镇压。

关于[在中国]法律是什么的问题,上面的观察和讨论会把我们带向哪里?

显然,实际生活中的法律大不同于其公开颁布的文本,也不具有官方宣教或教科书所宣称的权威性。但是,指出这一点并不意味着我们可以说,在中国谈论法律没有意义。仍以《劳动合同法》为例,从行为人的角度看,说这部法律在劳动关系领域创造了一个新的秩序,那肯定是夸大其词。但是,说有没有《劳动合同法》都一样,显然也非客观。法律未能有效实施诚为事实,但它的介入确实程度不同地改变了原来的游戏格局。法律生效之前"用人单位"的匆忙应对,法律实施之后引发的震荡和诉讼激增等,虽

---

① 如果中国人有很强的规则意识,则中国社会与我们今天所看到的必定大不一样。实际上,规则具有很强的形式主义特征,以至在秉有法治传统的欧西各国,视法律为规则,把法治看成是规则之治的不乏其人。

② 相关的分析,参见梁治平(2007)。

③ 本文开始时提到的两起学者上书就是这方面的事例。较早的事例是2003年孙志刚事件中的法律人上书及其结果。相关分析,见梁治平(2006)。

不足以证明这部法律是具有严格约束力和确定性的客观规范,却可以表明它也不仅仅是类似于社会责任的某种要求。① 那么,人们名之为法律的这种规范,究竟是规则还是原则,是宣言、指南、符号,还是政策?

在一个法律与政策总是相辅为用而非截然两分的社会,强分法律、政策为二也许并不恰当。不过,着眼于另外一些方面,此二者的分别并非没有意义。其中,最重要的一点是,比之政策,法律不仅在形式上表达更严密,界定更清楚,程序更严格,效力更恒久,而且是体系化和权利导向的。体系化带来至少两方面的协调性要求,一是规范体系内部的,涉及一国法律内部的关系;二是规范体系之间的,涉及国家间法律以及国内法与国际法之间的关系。这些要求对一国法律的发展形成制约,也使其不同于政策。而权利导向,无论其强弱程度若何,开启了一种可能,令普通民众也可以采取主动,运用法律提出其主张。自然,在现行体制下,也因为特殊的社会条件,法律的这种特性常常不能充分展现。现实中的法律,每每被软化、扭曲甚或被搁置,其规则可能泛化为原则,其运用往往悖于其精神,其效力或者不及政策。有时,法律似乎是在沉睡状态,需要适当的机会和条件被"激活",② 在这种场合,法律的符号价值更重于其制度效用;经常地,法律处于互相矛盾和紧张的状态之中,而且新规不敌旧章、上位法不如下位法;更多的情况是,法律的功效和尺度取决于执法的力度,这时,法律更

---

① 企业社会责任是一个较晚引进而且颇为时髦的概念。值得注意的是,在中国,对企业社会责任的要求往往包含遵守法律、履行法律职责方面的内容。如果考虑到法律通常富有弹性以及社会中违法的普遍性等情况,法律责任与社会责任之间界限不清的现象就不难理解了。在前面提到的针对[湖北]黑砖窑案开展的"行业整顿风暴"中,当地政府除了"对没有与民工签订劳动合同、办理社会保险的15家砖厂……依法责令整改,督促企业与3225名劳动者补签劳动合同,为860名劳动者补办社会保险并缴费,还责令企业填写不使用童工、不使用智障人员、不强迫劳动、不限制人身自由、不拖欠工资、不违法用工的'六不'承诺书"。王哲等(2010)。

② 自2003年的孙志刚事件始,"激活"宪法成为一部分法律行动者自觉运用的策略。参见梁治平(2006)。

像是特权。即令如此,现代法律所具有的形式,以及法律内含的规范性含义,也可能发挥不同于原则和政策的作用。而法律的矛盾性本身,就是一种改革者可资利用的资源。换言之,即使法律只是名义性的,[1]其存在也意味着一些可能性,一些不同于其他可能性的选择,这些可能性和选择,意味着更大的制度创新与变迁的空间,意味着更具多样性的未来。法律就以这种方式存在于当下,并参与到社会构建过程之中。

六

法律是什么? 这不只是一个抽象的法哲学问题,也是一个包含具体内容的历史文化问题。

然而,自100年前,人们经由翻译在汉语"法"与拉丁文 Jus、法文 Droit、德文 Recht、英文 Law 等西文语词和概念之间建立起某种等值关系之后,"法律是什么"的问题就常常被搁置和遮盖起来。[2] 人们有意无意地假定或者认为,在讲到法或法律的时候,大家所指的是同一事物。因此,[法律]"与国际接轨"便获得了一种不言自明的正当性和可能性。今天,被视为现代化重要指标的法律发展,其重要性日益凸显。通过法律实现社会进步,业已成为社会精英的共识。与此同时,作为所谓"国家意志"的表达,法律也成为执政者达成其政治和政策目标的重要工具。这些,为30多年来中国法律的迅速发展,提供了不可或缺的合法性支持。结果便出现了论者所谓更多的法律、更多的法官、更多的律师以及更多的诉讼的情形。[3] "社会主义法律体系"于焉建成。在这种虚

---

① 宪法研究中,有所谓名义性宪法之说。转见陈弘毅(2010)。

② 20多年前,我曾经针对同样的问题,试图深入到中国历史文化之中,认识中国的法律传统。详见梁治平(1986)。更系统的研究,参见梁治平(1997)。

③ 参见朱景文:"中国法律发展的趋势和问题",载朱景文(2007)。

假的同一性之下,执政者尝试发展出一套新的政法意识形态,并着手建立新的国家治理模式,社会精英们则为"法治文明的进步"而欢欣鼓舞。而在另一个极端,中国法律的批评者从普遍主义立场出发,固守某种单一的法律定义,对法律是什么的问题不屑一顾。相对而言,持论温和的改革论者,虽然居于二者之间,但多惑于法律的普遍主义理念,对现实中的法律也往往习焉不察。然而,当那些人们称之为法律的事物诞生,它们便有了自己的生命和表现形式。它们从历史、文化、社会以及当下的实践中汲取养分,在由特定制度、实践和行为策略构成的现实生态中生长。它们被塑造和利用,同时也塑造着行动者。如此形成的中国当代法律,注定是多义的、混杂的,包含种种内在的紧张,因此,也是开放的和变化的。它们肯定不符合这种或那种单一的法律概念,但它们以法律名世,并沉淀于人们的经验之中,影响人们的判断和行为。这或者可以称之为"法律的中国经验"。① 这种经验未必是成功的,也不一定是可欲的,但首先是现实的和存在的,并且在这样的意义上是合理的。当然,现实的并不是永续的,合理的也不就是应然的。但是,若没有对现实的深切了解,我们对未来的想象便容易流于空幻,我们所确立的理想就可能失去坚实的基础。换言之,只有不但意识到并且不断追问法律是什么的问题,我们才能既摆脱对法律的迷信,又不至堕入法律虚无主义的迷津,而保有对法律与社会的现实感和[未来的]想象力。

【参考文献】

[1]陈桂棣,春桃:《中国农民调查》,人民文学出版社.2004。

[2]陈弘毅:《香港的宪政发展:从殖民地到特别行政区》,载《洪范评论》第12辑,

---

① "法律的中国经验"一词借自2008年洪范法律与经济研究所与台湾大学社会科学院共同举行的一次会议的主题。本文对该词的用法纯为描述性的,并无褒贬之意。

生活·读书·新知三联书店,2010。

[3]党国英:《劳动合同法》对人民代表是"试金石".载《新京报》2008年3月9日,A03版。

[4]邓瑾:《保卫劳动合同法》,载《南方周末》,2007年5月24日,C17版。

[5]郭光东:《搞定就是稳定,摆平就是水平,没事就是本事》,载《南方周末》2009年6月25日。

[6]胡舒立:《怎样与工人对话》,载《财经》2009年第16期。

[7]贾西津:《第三次改革——中国非营利部门战略研究》,清华大学出版社,2005。

[8]兰方:《薪资博弈》,载《新世纪周刊》2010年6月第24期。

[9]李清:《委员当然可替本群体代言,代表才不行》,载《南方都市报》2008年3月21日,A02版。

[10]梁晓晖、张旭:《〈劳动合同法〉对我国制造业的影响及对策研究——以纺织服装业为例》,载《洪范评论》第12辑,生活·读书·新知三联书店,2010。

[11]梁治平:《"法"辨》,载《中国社会科学》1986年第4期。

[12]梁治平:《寻求自然秩序中的和谐——中国传统法律文化研究》(修订版),中国政法大学出版社,1997。

[13]梁治平:《"民间"、"民间社会"和Civil Society——Civil Society概念再检讨》,载梁治平:《在边缘处思考》,法律出版社,2003/2010。

[14]梁治平:《被收容者之死:当代中国身份政治的困境与出路》,载《二十一世纪》2006年第6期。

[15]梁治平:《申冤与维权——在"传统"与"现代"之间建构法治秩序》,载《二十一世纪》2007年第6期。

[16]梁治平(2009b):《立法何为? 对〈劳动合同法〉的几点观察》,载梁治平:《法治十年观察》,上海人民出版社,2009。

[17]梁治平(2009a):《法治十年观察》"自序",上海人民出版社,2009。

[18]刘京京:《〈劳动合同法〉考验》,载《财经》2009年第1期。

[19]刘溜:《劳动立法应划清政企责任——专访劳动立法经济学专家王一江教授》,载《经济观察报》2008年1月14日,第41、42版。

[20]刘子倩:《工会的非常时刻》,载《中国新闻周刊》2010年第23期。

[21]卢彦铮等:《涨薪冲击波》,载《新世纪周刊》2010年6月第24期。

[22]罗昌平等:《通钢改制之觞》,载《财经》2009年第17期。

[23]欧阳洪亮等:《通钢"罪人"》,载《财经》2010年第9期。

[24]潘毅、卢晖临:《"新世界中国"地产公司工地调查——看建筑行业拖欠工资的根源》,载《领导者》2009年4月号。http://www.hongfan.org.cn/file/upload/2009/05/21/1243213992.pdf。

［25］清华大学社会学系社会发展研究课题组：《以利益表达制度化实现社会的长治久安》，未刊稿，2010。

［26］沈原、郭于华、卢晖临、潘毅、谭深、戴建中：《社会学家的呼吁：还建筑工人一份劳动合同，给劳动者一份尊严》，2009 年 12 月 21 日。

［27］孙麾：《打开政治学研究的空间——王绍光教授访谈录》，载《中国社会科学院报》2009 年 1 月 13 日。http://www.cass.net.cn/show_news.asp? ID＝215464，访问时间：2009 年 2 月 10 日。

［28］谭翊飞：《三个奇特现象的解读——珠三角农民工观察》，载《公民社会评论》第 1 辑，广东人民出版社，2009。

［29］王娇萍：《〈劳动合同法〉立法的背后　工会表现可圈可点》，载《工人日报》2007 年 7 月 10 日。http://law.cctv.com/20070711/100587.shtml，访问日期：2010 年 6 月 11 日。

［30］王涌：《中国式监管的困境与出路》，载《新世纪周刊》2010 年 2 月第 8 期。

［31］王哲等：《"黑砖窑"囚禁智障人做"奴工"》，载《湖北日报》2010 年 1 月 26 日。

［32］吴慧、张明扬：《张五常谈中国经济三十年》，载《上海书评》2009 年 12 月 6 日。

［33］吴思：《隐蔽的秩序：拆解历史弈局》，海南出版社，2004。

［34］吴玉章主编：《中国民间组织大事记（1978—2008）》，社会科学文献出版社，2009。

［35］肖华：《董保华：华为事件是第一个双输案例》，载《南方周末》2007 年 11 月 22 日，C14 版。

［36］肖雪慧：《替本群体代言真的天经地义?》，载《南方都市报》2008 年 3 月 19 日，A30 版。

［37］徐超、郭惟地：《毒奶粉重现》，载《新世纪周刊》2010 年 2 月第 8 期。

［38］叶逗逗、刘京京：《"三鹿事件"后遗症》，载《财经》2008 年 12 月第 25 期。

［39］叶逗逗：《中国司法机关应对经济危机》，载《财经》2009 年第 2 期。

［40］于建嵘：《中国基督教家庭教会合法化研究》，载《战略与管理》2010 年第 3—4 期。

［41］张军：《张五常的思想冲击波》，载《上海书评》2010 年 3 月 7 日。

［42］张瑞丹：《三聚氰胺"后遗症"》，载《新世纪周刊》2010 年 3 月第 1 期。

［43］张五常：《中国的经济制度》，中信出版社，2009。

［44］张有义：《三鹿索赔疑无路》，载《财经》2010 年 1 月第 2 期。

［45］朱景文主编：《中国法律发展报告》，中国人民大学出版社，2007。

约束条件下的刑事诉讼改革*

——从在场权移植切入

朱桐辉**

1996 年修改后的《刑事诉讼法》实施已过 10 年,在适用中已暴露不少问题,例如,嫌疑人与被告人的权利保护不充分,律师"会见难"、"阅卷难"、"调查取证难",庭审及控辩对抗流于形式等。因此,《刑事诉讼法》再修改已被列入规划,正在紧锣密鼓地进行。学界则在更早时就开始探讨新一轮改革。在此过程中,有一个主流思路——继续增强嫌疑人、被告人及律师的权利保护:赋予嫌疑人沉默权、讯问时律师在场权;[①]讯问时录音录像;建立以羁押为例外的强制措施适用体系;建立侦查阶段的司法令状、司法审查和司法救济制度;引入排除传闻、禁止双重起诉规则,等等。有不少学者为此还在局部地区进行了不少试点,但事实表明效果并不好,其可推广性更令人质疑。可以预料,即使强行推行,

* 本文是洪范法律和经济研究所"小额资助项目"之"公安检察绩效考核调研"的阶段成果,也是南开大学校内青年项目(NKQ09035)的研究成果。感谢梁治平先生对调研的支持、在申请会上的指导意见以及给予的写作宽限,感谢洪范研究所及其行政主管傅诚刚对本调研的支持,洪范研究所近年来坚持不懈召开的一系列交叉性研讨会让笔者开阔了视野,也在此表示感谢;感谢廖志敏、韩琪、何永军给本文的意见。当然文责自负。

** 朱桐辉,南开大学法学院讲师,法学博士。

① 下文简称为在场权。

其结果可能依然是权利失效和规则失灵。

其原因何在,又应当如何看待? 按照经济学的原理,每个主体都是在约束条件下求得利益的最大化的(张五常,2000:180)。无论制度改革研究分析还是制度改革本身,都离不开对事物的一连串"约束条件",包括自然条件(资源、技术、自然禀赋与自然规律等)与社会条件(规则及习惯等)的"发现"以及对条件转变时机的把握。[①] 而上述试验失败的原因可能正在于,忽视了这些制度与规则运行的"约束条件"。本文拟以对"在场权"试验的剖析以及对在场权确立的"约束条件"的分析为切入,对刑事诉讼改革条件论作一探讨。

一、在场权改革的进展

移植在场权的建议经历了论文分析、试验论证和学者建议稿吸纳这样一个过程。

首先,值得关注的是学者组织的在场权试验。[②] 第一阶段的

---

① 帕特南抓住意大利 20 世纪 70 年代将中央权力下放 20 个地区性政府的契机,抽取了其中民主成功与未成功的若干区,进行访谈、调查、统计和对比分析,以找出民主兴起的原因条件,共进行 20 多年。他通过内阁的稳定性、预算的及时性、统计和信息服务情况、立法情况、托儿所建设、家庭诊所分布及官僚机构灵敏度等 12 项指标衡量了不同地区的制度绩效。揭示了民主运转起来的重要条件有制度变迁、历史与社会背景及公民共同体。尤其指出,那些具有良好"互惠规范"与"公民参与网络",促进了信任、合作等社会资本积累的公民共同体,能超越"霍布斯式监督困境"与"集体行动困境",与好的民主绩效有正相关性。参见帕特南(2001:195—213)。而王绍光将"民主兴起的条件"作为与民主起源、民主运行机制及民主的实效与反思并列的四大问题,尤其对代议制民主兴起的条件进行了综合性实证研究,细致分析了一国现代民主兴起所需的条件:"经济发展"、"阶级结构"、"文化影响"、"市民社会"、"社会资本"及他所新引入的"国家能力"等六项"关键自变量"。参见王绍光(2008:71—136)。这些能让我们对民主的预期变得理性,也强烈地启发了我们,寻找制度运行原因与条件的重要性。

② 较早和较重要论文在下文分析时列明。

试验方案是律师只在嫌疑人被第一次讯问时在场。自侦案件的第一次讯问时在场及录音、录像试验自 2002 年 9 月始在珠海市检进行。该检察院为此培训了侦查人员并制订了讯问计划。珠海市律协培训了 70 多名律师参与。普通刑事案件的第一次讯问在场于 2003 年 1 月至 8 月在北京市海淀公安分局进行,给近 220 件 300 名嫌疑人以律师在场帮助。每天安排两三名律师在看守所值班,凡第一次讯问,即通知律师在场。在试验中,在场律师的定位是"见证人",享有了解涉嫌罪名,向嫌疑人告知身份、在场作用及提供法律咨询的权利。第二阶段的试验是每一次讯问均配以律师在场。继续与海淀公安分局合作,给 21 名嫌疑人安排了全程在场,共有 47 场,而每个嫌疑人得到的在场帮助,最少的有 1 场,最多的达 5 场。① 对该试验应给予一定的肯定。从照搬外国立法例到学术论证,再到试验论证,显然是个进步。在既往的国内的刑事诉讼研究中,还少有耗费如此精力和心思的。而以试验检验改革建议的功效,更能发现问题,减少改革措施的盲目性,节约立法和司法资源。而且,这一试验也确实给我们提供了不少经验教训。

其次,几部刑事诉讼再改革的学者建议稿均吸纳了在场权。例如,徐静村教授主持的《中国刑事诉讼法(第二修正案)学者拟制稿》第 216 条(徐静村,2005:159)、陈卫东教授主持的《模范刑事诉讼法典》第 240 条(陈卫东,2005:341)、陈光中教授主持的《中华人民共和国刑事诉讼法再修改专家建议稿》第 231 条(陈光中,2006:122)、田文昌律师和陈瑞华教授主持的《中国刑事诉讼法再修改律师建议稿》中"侦查中的辩护"第 3 条。②

为何在场权受到如此的重视? 这与实践中的一个严重问题——刑讯逼供及变相刑讯屡禁不止有关。侦查资源、装备、技

---

① 因这两阶段的试验也产出不少专著和论文:樊崇义(2005;2006);樊崇义、顾永忠(2007);林林(2004);顾永忠(2005);程滔(2006)。

② 田文昌、陈瑞华(2007:76)。该稿"侦查中的辩护"条文是笔者和撰写小组多次吸取律师意见起草而成,因此,本文也是对自己的反思。

术及社会控制手段的有限,导致了侦查人员获取物证等口供以外证据的能力受限。① 同时,各种办案压力与破案激励也使得他们为了尽早地获得线索与口供,而不惜使用威胁、引诱、欺骗乃至刑讯及变相刑讯的方法。这导致嫌疑人的身体与尊严在某种程度上沦为了证据搜集的对象。虽然检察机关与人大等监督机关也采取了不少规制措施,但效果仍然不佳。②

为解决此问题,学者们一直以自身责任感寻找治理之策。最早、最引人注目的治理措施是赋予嫌疑人以沉默权。当时,不少学者主张以沉默权遏制刑讯与变相刑讯。在他们看来,如果嫌疑人有了拒绝供述权利,就会促使侦查人员更多地依靠物证和其他证据,就可以减少口供依赖和强迫讯问。但这一主张的推行遭遇了不少障碍。公安机关、检察机关基本反对沉默权的引进(孙长永,2001;易延友,2002;房保国,2001;周洪波,2003)。即使学者内部,反对的也不少,或认为不具备可行性,或认为可能给侦查造成困难,危害社会安全。而一段时期的犯罪猖獗和全国范围内多起命案、恶性案件的发生,③也导致更多民众对之持保留态度。渐渐地,引进沉默权的热烈讨论变得悄无声息了。但是,实践中的刑讯与变相刑讯问题却依然存在。这样,在法治国家同样可以遏制强迫性讯问的录音、录像及在场权进入了学者视野。而在上述4 部学者建议稿的论证中,对在场权的主要功能预期正是遏制刑

---

① 社会控制手段与证据获得量、获得方法间的关系,参见左卫民、周洪波(2002);周洪波(2003)。

② 早在 2000 年,全国人大常委会对《刑事诉讼法》执法检查时,列明的第三个重点就是刑讯问题。参见"全国人大常委会刑事诉讼法执法检查方案",可见 www.fsou.com/html/text/bela/5704254/570425494.html,最后访问日期:2010 年 4 月 29 日。但直到今天刑讯及变相刑讯致人重伤、死亡的事件仍不断见诸报端。但需区分的是,2009～2010 年媒体揭露的各地看守所频发的各种离奇死亡事件,并不全是侦查人员造成的,有的责任可能主要在看守人员。这里指的是那些在看守所内外,因"讯问需要"而产生的受伤、死亡事件。

③ 几乎与学界热烈讨论沉默权的同时,2000 年前后,全国范围出现多起连续杀人、爆炸案件。2004 年底,公安部提出了"命案必破"要求,开始将警力、资源从经济侦查向刑事侦查倾斜。见刘忠(2008)。

讯及变相刑讯。①

那么,这些在场权的改革建议考察了在场权确立和运行的"约束条件"了吗? 在场权纳入我国的条件成熟了吗?② 尽管有不少文献涉及了这个问题,但相当多还是"感情用事"的,因果关系论证非常薄弱或者就没有论证:"能对我国现行刑事侦查结构的较小触动带来较大的功效,易为各方接受,变革成本低"(陈少林,2000)。"更适于我国目前的刑事诉讼价值取向"、"更适于我国目前的司法体制"、"更适于我国的社会治安状况以及刑事司法资源现状"、"更适于我国司法质效的提高"(刘丽娜,2002)。更有文献说,"即使侦查手段落后,也具有可行性,落后不能成为借口;律师素质不高,也应建立律师在场;律师在场并没有增加成本、降低效率;在场费用与成本不是问题。"③让人担心的是,这样的判断和相应的改革主张不仅无益于犯罪控制,同样无益于刑讯逼供的治理以及我国刑事诉讼的法治化改革本身。因为无视"约束条件"的激进改革反而会遭致失败。实际上,这方面已有前车之鉴:非法证据排除规则曾在刘涌案发挥作用,但因操之过急反使其背负了恶名,给民众和司法人员造成了心理阴影,导致其适用出现一定的停滞甚至是倒退。④

---

① 上述 4 部建议稿提到的其他功能还有:(1)提高嫌疑人防御能力;(2)提高律师辩护能力;(3)防止嫌疑人、被告翻供,保障侦查。学者最看重的当然不会是防止翻供功能,只是在说服警检部门支持和参与在场改革时会提到它。

② 从 1996 年《刑事诉讼法》运行效果的不尽如人意可汲取的经验和教训是,以简单的价值偏好带动改革,遭遇失败的可能性更大,它最终无法替代条件分析与利弊比较。

③ 许兰亭(2005)。也有部分文献提到在场权确立的困难与不利影响。有论者指出,律师在场需一定的经济基础,律师不享有豁免权和保守职业秘密权会给他们带来更多风险,而且讯问地点和时间由侦查人员掌握,在场权难以行使。参见佴澎(2004)。实务部门的专家也指出,口供在诉讼中仍占有重要地位,特别是贿赂等主要以言词证据定案的案件中,对在场权进入立法应持慎重态度。参见朱孝清(2006)。即使参与试验的部分学者,也毫不避讳地指出:"实行了律师在场制度后,律师可以在第一时间了解案情,掌握侦查机关的工作进程、侦查方法,进而更易于在私下进行串供,作伪证等违法活动,阻碍侦查活动的顺利举行。"见杨宇冠(2006:173)。

④ 有律师就《刑事诉讼法》再修改接受采访时,说:"由于各种原因使然,最终出来可能是不伦不类的,但是管他伦不伦类不类,能走一步是一步,重要的是推动立法改革的发展。"这与司法实践者需要的客观精神相悖,也不利于改革的推行。参见赵蕾(2007)。

二、影响在场权确立的"约束条件"

从在场权运行原理分析,欲使其确立并发挥功效,所需基本条件有:其一,侦查人员有较强的科学证据获取能力,以减少口供依赖而导致的律师介入讯问困难。其二,较为规范的强制措施适用体系与较为及时、中立的羁押决定制度,以保障嫌疑人被尽快地送到中立主体前决定是否被羁押,否则,长时间的"羁押前讯问"与迟迟不能结束的"第一次讯问",会使在场权的初衷与遏制功能反受到遏制。此外,中立性较强的羁押执行机关也可以保障嫌疑人羁押期间的权利,否则,羁押机关会被侦查机关支配,出现大量的"提出羁押机关讯问",同样使在场权的遏制功能失效。其三,较为充足的律师供给。其四,较为及时、有效的侦查监督体系(例如,检察官、法官对侦查合法性的审查与评价制度、讯问时的全程录音、录像制度等,以防在场律师被支配、被排斥)以及基本有效的权利救济途径。

据以上标准分析我国刑事诉讼过程,结论并不令人乐观。

(一)有限的科学证据获取能力

首先,我国大部分地区的侦查装备和侦查技术有限。相较刑事案件发生的高频度及案件的复杂化与隐蔽化,大部分地区的技术装备与技术人员供给不足。即使已配备较先进技术手段的侦查机关,也因运行费用的高昂而使用不足。技术设备与技术人才的配备基本属于一次性"投资",在不少地方还能得到较好的解决,但其运转、培训、使用与扩充却是耗费巨大的。指纹、痕迹、血迹、毛发、衣物纤维等现场微量元素的提取、入库、鉴定与对比,法医鉴定,指纹库、DNA 库的联网与维护,录音、录像与监听设备的运行和维修等,都是要耗费巨大资源的。因此,笔者在华南某市和西部某市调研时,就遇到不少办案机关负责人坦言,他们的专业设备往往因运转费用高昂而闲置,主要用于迎接上级检查和大案要案的侦查。

其次，即使那些装备与技术有所提高、维护费用有保障的侦查机关，也存在技术运用意识不足的问题，导致其科学证据获取能力依然有限。现阶段，也有不少地方已有不小进步，也能部分地缓解口供需求、减少口供依赖。在不少地方，重案中队、大队及派出所刑警们的侦查，都有技术中队或大队的勘查与鉴定作后盾，承办案件的侦查员会与技术人员共同展开现场勘查、访谈、分析甚至是重建工作。在不少情况下，是技术人员优先到达现场，展开先期勘查活动；在现场勘查、访谈及分析中，也会运用痕迹物证分析、弹道弹壳鉴定、指纹鉴别、DNA鉴别等手段；技术人员也要列席情案讨论会；侦查人员也会根据鉴定结果调整侦查方向；在大案要案中，上级专家乃至公安部专家也会参与"会诊"，给予指导；同时，即使几千元的入室盗窃案，一般情况下，中等城市区一级公安局的技术中队也会派员勘查、提取指纹、进行拍照。对这些令人欣慰的变化，当然不能视而不见。但仍需注意的是，如果侦查人员的办案思路不转变，技术侦查的意识与制度不成熟，这种装备上的变化反而会服务于口供办案和粗糙办案。不少侦查人员一旦通过技术手段确定了嫌疑人，又会将主要精力施于嫌疑人身上，以"尽早"地获得口供和线索。[1]

最后，制度上对口供的重视抑制了科学证据的获取。虽然《刑事诉讼法》第46条规定"没有被告人供述，证据充分确实的，可以认定被告人有罪和处以刑罚"，然而，实践中，辽宁抚顺市检

---

[1] 我在西南某单位的调研也能印证这一点。该单位的测谎仪一度很受欢迎，不断有侦查人员带着嫌疑人来测谎。其测谎部门负责人告诉我，那是因为现在不少地方的刑警开始有了进行测谎的意识。但也出现一种新趋势：对那些负隅顽抗的嫌疑人，一旦测谎显示其说谎，并拒绝交代的，就开始放心地加大审讯力度，以获取嫌疑人的供认。因此，杜培武之所以遭遇严重刑讯，法院之所以坚持对其定罪判刑也就在此。这与测谎结论、泥土成分分析、射击火药残留鉴定、警犬气味鉴别等技术结果均显示杜培武有重大嫌疑，有很大关系。实际上，当年云南的公检法对杜培武案还是非常谨慎的，法庭审理时，检方罕见地派出了11名刑侦技术员出庭作证。可参见王超、周菁（2003）。因此，我们需要相信技术但也不能迷恋技术、过度依赖技术，还需制度保障与之结合。

察院曾提倡的那种"零口供"办案方法并不多见,其他证据充足但没有口供而移送审查起诉的也不多见。实际上,现阶段侦查人员的口供依赖相当严重。案件发生后,相当多侦查人员的主要工作就是"尽早"地确定嫌疑人以获得口供或侦查线索。因为口供可与现场勘查、访谈所得对比、印证,以检测侦查结果,而侦查线索可引导侦查人员找到可供补强或印证的物证、人证乃至其他嫌疑人。侦查人员的"口供情结"还表现在:尽管他们也会用说服、教育等手段,但宗旨还是"尽早"地获得口供;尽管他们已掌握充足的其他证据,还是可能在荣誉感的驱使下、在实际的起诉证据标准和定案证据标准的要求下,以已有证据为依靠,进一步迫使嫌疑人认罪。据学者调研,目前检察系统有这样一个观念,"总认为嫌疑人不开口就定了,心里不踏实"。不少检察官依然认为"口供是证据之王",在有的检察院,如果因为无口供而被法院判无罪,还要承担错案责任。[①] 而据笔者在多处公安机关的调研,公安机关又何尝不是如此? 如此一来,一方面,口供依赖抑制了办案人员提高科学证据获取能力的动力;另一方面,科学证据获取能力的薄弱又进一步加重了他们的口供依赖,陷入恶性循环。[②]

---

① 刑事审前程序改革示范项目课题组(2006a:245)。这里还提到,当前的侦查手段称为"一张嘴,一张纸,一支笔"。

② 另外,监听等技术手段在职务犯罪侦查中的运用受到一定限制,导致自侦部门获取科学证据的能力受到进一步抑制。据笔者在华南某检察院的调研,现阶段职务犯罪案件有一种贪污案下降、贿赂案增加的趋势,而在贿赂案中,除口供外的其他证据更难获取。但同时技术手段却受到了限制,即使要监听,也需借助公安机关的执行。1989年最高检察院、公安部发布《关于公安机关协助人民检察院对重大经济案件使用技侦手段有关问题的通知》规定:"对经济犯罪案件,一般地不要使用技术侦查手段。对于极少数重大经济犯罪案件主要是贪污贿赂案件和重大的经济犯罪嫌疑人必须使用技术侦查手段的,要十分慎重地经过严格审批手续后,由公安机关协助使用。"不否认这个通知一方面是限制,另一方面也是授权。但也据笔者在该检察院调研,不少反贪部门的检察官指出,公安机关在监听设备、人员有限的情况下,往往会优先保证自己的监听,使得他们很被动。这无疑是对检察机关获取科学证据的能力的制度限制。值得注意的是,最近最高检察院副检察长朱孝清透露,新的司法改革可能会赋予检察机关职务犯罪侦查中直接监听的权力。可参见《法制时报》网站 http://fzsb. hinews. cn/php/20091125/64969.php,最后访问日期:2010年4月29日。

因此,现阶段有限的科学证据获取能力以及对口供的依赖,严重地制约着侦查辩护的展开以及相关改革的推行。为保障口供的及时、充分获取,侦查人员自然会给律师会见增加诸多障碍;自然会将羁押候审作为主要强制措施,拒绝取保候审,或以监视居住为名行变相羁押之实,以减少律师与嫌疑人的接触;也自然会对在场权及律师启动司法审查与司法救济等侦查辩护改革方案持保留态度。

(二)规范性不足的强制措施适用

现阶段,强制措施适用缺乏有力规制,侦查人员几乎可毫无障碍地适用法外强制措施与非法强制措施,以推迟将嫌疑人交付看守所的时间。即使遵照现行法对强制措施的适用要求,嫌疑人到案后、羁押前的时段也很长,因为我国并没有责令侦查人员在24或48小时内将嫌疑人交中立官员决定是否羁押的机制。这些就导致"羁押前讯问"或者说"交看守所前讯问"非常普遍,尤其在专案大案中。实践中,侦查人员更是普遍倚重侦查谋略上"闪电战"和"出其不意",以尽早突破嫌疑人的防线。[1] 他们缉获嫌疑人后往往会立即在办公室或其他"安全"、封闭场所展开讯问,以获得最佳效果。有来自检察院的调研说:"公安机关讯问一般在看守所,检察院讯问一般在办公室。"[2]其实,据笔者在多处公安机关的调研,警察讯问也主要在办公室。如此注定了围绕在看守所周围的值班律师的在场权即使建立,也将失去主要意义。

近年来,看守所的规范化有所提高,提讯场所的隔离设施也较为完善,但却带来更严重的问题,即导致侦查人员更加重视送嫌疑人进看守所前的时间,尽量推迟拘留措施的适用,以获得讯问的方便。不少刑警尽量使用留置后继续盘问、拘传甚至传唤手段控制嫌疑

---

① 讯问策略中的"攻心夺气"、"攻其不备",可参见王国民(2000:133—136)。
② 刑事审前程序改革示范项目课题组(2006b:263)。也有更多调研反映,各基层及中级检察机关都有自己的"办案工作区",内有询问室、讯问室等。

人,尽量将拘留、逮捕延后使用,以延长羁押前讯问的时段。自侦人员也存在类似情况,尽管他们没有留置与盘查的权力,但他们的案件不少是和纪委、监察部门合办或由后者转交的,因此,前置的"双规"和"双指"措施也可在实质上帮助自侦人员推延拘留、逮捕的使用。笔者在实践中甚至还发现,不少侦查人员控制嫌疑人后并不办理任何手续,直至获得主要口供后才开始申请拘留、延长拘留以及逮捕等措施的使用。近年来,刑讯逼供问题也受到社会和媒体的高度关注,羁押机关和检察机关对此采取了不少治理措施,但因办案人员还得依赖口供,也导致"所前讯问"激增。[①]

从组织设置上分析,作为我国主要未决羁押机关的看守所隶属于公安机关,其独立性与中立性并不强,这又导致侦查人员将嫌疑人"提出看守所外讯问"的普遍化。在此情况下,即使规定了律师在看守所的在场权,也不免被架空。暂且抛开我国的羁押决定无须中立审查不谈,现阶段羁押组织体制上很严重的一个问题就是羁押机关从属于公安机关,甚至羁押机关还要承担着"追逃"、"挖余罪"等破案任务。[②] 此外,还有破案指标的要求,这些都导致看守所与侦查机关协同作战的现象不可避免,也导致侦查机关能很方便地以各种名义将嫌疑人提出看守所,进而进行实质上的"所外讯问"。1990年制定的《看守所条例》对提讯的规定只有两条:"第 19 条,公安机

---

① 突袭讯问达不到效果,侦查人员就会开展"攻坚战"和"持久战"。因此,实践中的连续讯问与夜间讯问也较为普遍,尤其侦查人员掌握了一定证据或破案期限迫在眉睫时。据学者调研和笔者的了解,侦查人员普遍认为,夜间两三点讯问最易攻破嫌疑人防线。

② 对比 2007 年修订后的《律师法》第 33、34 与 35 条,第 33 条侦查阶段嫌疑人获得律师帮助权的规定将是这 3 条中最难实施的。所幸的是,对看守所划归司法行政机关,法学界已有不少呼声。这无疑有助于提高其中立性。人大代表梁慧星委员曾提出议案建议看守所脱离公安体系,周光权委员、政协委员侯欣一等也表示了相同意见。参见 www. caijing. com. cn/2009 - 03 - 12/110119738. html。2008 年 11 月 28 日,中央政治局通过的《中央政法委员会关于深化司法体制和工作机制改革若干问题的意见》已提到,将看守所移交司法行政机关的方案。可参见罗凯(2008)。但仍不可忽视,即使看守所划归司法行政系统,其追究倾向可能还会因为公检法司的紧密合作在较长时间存在。

关、国家安全机关、人民检察院、人民法院提讯人犯时，必须持有提讯证或者提票。提讯人员不得少于二人。不符合前款规定的，看守所应当拒绝提讯。第 20 条，提讯人员讯问人犯完毕，应当立即将人犯交给值班看守人员收押，并收回提讯证或者提票。"对讯问的时间、时段、次数及条件，并无规定。据笔者调研，实践中，将嫌疑人以辨认罪犯、罪证、起赃、指认现场等名义提出看守所讯问并不是什么难事。2007 年 3 月，公检法司《关于进一步严格依法办案确保办理死刑案件质量的意见》规定："提讯在押的犯罪嫌疑人，应当在羁押犯罪嫌疑人的看守所内进行。"这实际上从一个侧面揭示了实践中这一问题的严重性。①

如果"所前讯问"、"所外讯问"得不到较好的解决，律师在场权、录音录像等侦查辩护措施的应有功效将大打折扣。这就好比在广袤的无人地区修筑坚固长城、重兵监守，却对重要关隘疏于防范，并不能达到遏制刑讯与变相刑讯、维护嫌疑人权利的目的。而更严重的问题是，如前所言，如不能解决侦查程序和强制措施上的重大遗漏，律师在场、录音录像等"所内"规范化制度反而会"驱使"更多的讯问于羁押前进行、在看守所外进行。这将使刑讯与变相刑讯的遏制更加困难，使侦查辩护举步维艰。因此，与其过早地确立在场权，不如先解决好"所前讯问"和"所外讯问"问题。

（三）有限的刑辩律师供给

我国相当有限的律师供给也将制约在场权的建立和功能发挥。

---

① 据 1991 年发布的《看守所条例实施办法（试行）》，对提出看守所外讯问的约束并不强，漏洞较多。第 22 条规定："公安机关、国家安全机关、人民检察院、人民法院到看守所提讯人犯，必须持有加盖看守所公章的《提讯证》或者《提票》。看守干警凭《提讯证》或者《提票》提交人犯。看守所应当建立提讯登记制度。对每次提讯的单位、人员和被提讯人犯的姓名以及提讯的起止时间进行登记。"第 23 条规定："提讯人犯，除人民法院开庭审理或者宣判外，一般应当在看守所讯问室。提讯人员不得少于二人。因侦查工作需要，提人犯出所辨认罪犯、罪证或者起赃的，必须持有县级以上公安机关、国家安全机关或者人民检察院领导的批示，凭加盖看守所公章的《提讯证》或者《提票》，由二名以上办案人员提解。不符合上述两款规定的，看守所应当拒绝提出人犯。"

在场权运行需要大量律师,即使仅对全国某一类型案件的 1/10 安排一次在场,其人次要求也是现有律师无法满足的。以 2005 年为例,该年全国刑案立案有 464.8 万起,破获 263.6 万起。仅以破获数为准,如果一案只有一名嫌疑人,就需要约 263.6 万次到场;如果只给 1/10 案件安排一次,需要约 26.3 万次到场。该年生效判决涉及 844717 名被告人,如果都安排一次在场,就需要约 84 万次到场,如果只给 1/10 被告安排一次,也需要约 8.4 万次到场。① 那么,现有律师供给情况如何呢?

首先,数量不足、分布不均。截至 2009 年底,全国律师有 17.3 万余名(周斌,2010)。截至 2005 年 6 月,全国律师为 11.8 万余名,以 2005 年中数计算,"我国律师数量仅占人口总数的万分之 0.9,全国还有 206 个县没有律师,律师执业困难较多"(沈路涛、邹声文、张宗堂,2005)。这些有限的律师分布也不均匀,大中小城市间、城市与农村间差距很大,"超过半数的律师集中在大城市和东部沿海地区,广东、北京的律师人数都在万人左右;而西部 12 省区市律师总数不过 2.4 万人……北京城区集中着 1.2 万名律师,而到了远郊县延庆,只有 4 名律师"。② 在东部和大城市律师收益更高、需求更多的现实下,随着统一司法考试的推行,西部和小城市法官辞职而"东南飞"都不少见,更莫谈律师的东流和北上。③

---

① 立案数、破案数及被告数来自中国法律年鉴编委会(2006;111、116)。

② 在西安有律师 1500 多人,占全省 1/2;西安向西,15 分钟车程的咸阳,只有律师 90 多名;向西北,只需 1 小时车程的永寿县,律师为零;向西南,翻越秦岭的汉中市,有律师 150 多人;汉中往北的佛坪县和留坝县,律师数又为零。陕西相当一部分县律师不足 3 人,达不到法定建所条件。贵州、甘肃、宁夏、青海等省也有类似情况。参见张有义(2006)。

③ 陕西律师外流严重,自恢复律师制度以来,共有 6000 余人取得资格,但实际在此执业的不到 2500 人。截至 2004 年初,已有 400 多人到东部。近三四年,更以每年 50 名左右速度东流。宁夏自律师制度恢复以来,取得资格的不到 1000 人,但近 5 年有 150 多名外流。甘肃、青海律师流失也很严重。参见张有义(2006)。另据全国律协统计,中东部地区律师增长明显,到 2009 年底已达 10 万人,比 2002 年增加 4.8 万人,增长超过 92%。参见周斌(2010)。

其次,法律援助律师的供给更为匮乏。在不少法治国家,尤其英国和法国,在场服务主要由公益律师与值班律师提供。[①] 但我国的法律援助人员稀缺。据 2005 年统计,我国法律援助律师只有 4768 人(于呐洋、王宇,2005),现今最多 1 万名。通过他们提供全国范围在场服务的可能性为零,而且民商权益维护、妇女与未成年人的维权等也需要他们。据统计,全国平均每件法律援助案件办案补贴费仅为几百元。[②] 经费的捉襟见肘可见一斑。因此,法律援助对在场律师供给短缺的改进,也值得质疑。那么,让律师助理、实习律师承担更多的在场任务能缓解这一问题吗?考虑到每年通过司法考试的人数,数目上还是不够。即便能解决数目问题,在场人员的报酬又从何来?有学者还设想从退休警察中选考值班律师,该类值班律师只能提供在场服务,不能从事其他业务。即使这一方案能解决人数问题,也同样面临如何选拔、管理,补贴何来等问题。

最后但更重要的是,在我国,刑事辩护投入高、风险高、效果不佳,辩护律师地位不高,进一步削弱了侦查辩护的律师供给。其一,刑事辩护较民商事代理既琐碎劳动量又大,让不少律师避之不及。不少律师反映,仅会见嫌疑人、有限的调查、出庭及辩护词撰写就已让他们忙碌不堪,何谈将来的讯问时在场。其二,现实中的侦查辩护权利有限、效果不佳,抑制了律师对侦查的参与。

---

① 日本也有在看守所的值班律师制度,但其值班律师并不提供在场服务,其辩护人也不享有讯问时在场权。参见田口守一(2000:93);松尾浩也(2005:127—137)。

② 2005 年,司法部、财政部发布《中央补助地方法律援助办案专款管理暂行办法》,提高并不明显。据 2007 年《重庆市法律援助办案经费补助标准》,补贴从 400 到 1500 元不等。据 2007 年《湖南省办理死刑第二审法律援助案件补贴暂行办法》,从 1000 到 3500 元不等。内蒙古也只是 400 到 3000 元而已。参见任会斌(2010)。据司法部统计,2009 年上半年,法援机构工作人员、社会律师、基层法律工作者、社会组织人员和注册志愿者补贴分别为 2011.41 万、4637.55 万、2138.09 万、90.34 万、118.13 万元,平均办案补贴为 324、650、334、248 和 568 元。见司法部网站,www. moj. gov. cn/flyzs/content/2009 - 08/27/content_1144496. htm? node = 7674,最后访问日期:2010 年 4 月 30 日。

现阶段的律师辩护权有限并受限,其施展空间很小,①而取保率、不批捕率、不起诉率及无罪判决率偏低,更影响着律师的成就感及参与刑案的积极性。其三,辩护环境不理想。调查取证难、会见难、阅卷难。检察官常在法庭上向律师发出威胁和警告,而庭审后跟踪、监控甚至"抓"律师的也不是没有发生过。而辩护律师走向被告席、银铛入狱或亡命天涯的例子也时有耳闻。《刑法》第306条还悬在刑辩律师的上方,以至有学者讽刺性地感叹到:"刑事案件是否可取消律师?"②不少地方出现的职业报复,已导致相当多律师对刑事辩护惟恐避之不及。③其四,辩护律师的社会地位与社会境遇也影响着律师对侦查的参与。不少社会民众将刑辩律师视为"魔鬼辩护"、"替坏人说法",进一步增加了刑事辩护的困难。这些导致更多律师被房地产、金融、保险、证券、大型工程等业务吸引,进一步削弱了本就有限的侦查辩护律师的供给。

(四)相对薄弱的侦查监督与权利救济

按照现行法,上一级侦查机关以及本级或上级检察机关是法定的侦查监督者与救济者,④但这些监督主体因为与侦查的利益关联,并不能形成有力的监督与救济。即使检察机关肩负着法律监督之责,但因为他们也有打击犯罪的任务,其监督职能也呈天然的弱化势态,其内部能对侦查机关有所制约的侦查监督部门、

---

① 现阶段,律师进行证据合法性及程序合法性辩护的空间较小。有论者会说,正因为现阶段刑事辩护难度较大,会激励一些律师迎接这一挑战,但这不具普遍性,铤而走险的毕竟是少数。特殊情况不足以支持一项权利的增加和一项改革措施的运行。

② 冯象(2004:268)。该书还提到:70%以上生死攸关的案件没有律师辩护;1997～2002年共有500名律师被滥抓、滥拘、滥捕、滥诉和滥判;刑案数量在飙升,但北京律师却开始避开刑案的办理,人均办案数从10年前的2.64件下降到0.78件。

③ 2010年发生的李庄案件更引发了学界和司法界对刑事辩护风险的大讨论。当然,李庄案的复杂处还在于,其还涉及律师自身如何遵守执业规范、恪守律师职业伦理。

④ 特别是,最高检察院于2009年9月2日印发《关于省级以下人民检察院立案侦查的案件由上一级人民检察院审查决定逮捕的规定(试行)》规定,省级以下(不含省级)检察院立案侦查,需逮捕嫌疑人,应报请上一级检察院决定。

控告申诉部门及驻所检察部门的监督,也概莫能外。例如,实践中,在公检法的内部指标管理和绩效考核规则的影响下,不少检察机关为照顾侦查机关对不批捕率、捕后不诉率的控制,也对不批捕、不起诉进行了严格控制,导致了批捕监督的权利保护功能弱化。在检察机关提前介入或者公检两家联合办案时,所谓"监督"与"制约"更被"协调"与"配合"替代。

在这种侦查构造下,由于主持司法审查与司法救济以维护嫌疑人及律师权利的中立主体与审查监督程序的缺乏,给侦查辩护的进行和刑事诉讼改革方案的落实均造成较大的障碍:一方面,无法实现对违法侦查人员及时、有效的监督与制裁,导致侦查侵权愈演愈烈;另一方面,更使得嫌疑人及律师遭遇侦查侵权后无处寻得及时、充分的救济。在缺乏中立主体评价、审查和监督侦查行为的现有制度框架下,即使现已全面铺开的检察系统的全程录音录像也会因为侦查人员的"选择性使用"和实质性监督的缺乏而被架空。

因此,在侦查监督依然存在重大缺陷、权利救济渠道存在制度缺陷的前提下,过早推出的在场权及其他激进的侦查辩护改革措施,反而会使嫌疑人的权利保护与救济更加困难,也将使律师的执业环境更为恶化。因为敢于在讯问时行使这些权利的嫌疑人及律师,可能会遭致那些基本不受监督的侦查机关的更多报复。①

---

① 现阶段,侦查人员绝不允许他人干扰讯问,破坏讯问气氛。笔者在西部某公安机关长期调研时,一位技术中队队长告诉我,"讯问时绝对要关掉手机",开口前,先甩一大摞材料砸在桌子上,无论从哪里抱来的。绝对要关掉手机,否则快到吃饭时手机响个不停,这个同事、那个家属喊你吃饭,嫌疑人会立刻失去被压迫感,又得给他重新"培养情绪"。所以,一定要关着手机,不吃饭、不休息的讯问,如同胜券已在握。关机讯问和关门讯问的道理一样,都是为了构筑讯问的封闭空间和讯问的"场域",以强化侦查人员的支配权。而"场域"是指"各种位置之间存在的客观关系的一个网络",这些关系形成的小世界有"自身特有的逻辑和必然性",也有各种或多或少制度化的"进入壁垒"。见布迪厄(1998:133—138)。在讯问这个侦查人员享有支配权的"场域"中,其逻辑和"进入壁垒"必然会排斥他者,包括律师,以维持"场域"的运作与效率。另外,自讯问角色、讯问情景角度,也能对封闭讯问、连续讯问的惯性有很好的解释。参见吴丹红(2006)。

三、条件问题的普遍性与持久性

那么，又是什么制约着这些基本条件的完善，是哪些变量导致了科学证据获取能力的有限、口供依赖、羁押机关的追究倾向、强制措施的滥用、刑辩律师的供给不足以及侦查监督的乏力、权利救济的有限呢？检诸实践调研与理性分析，可发现，这些是多种因素共同导致的，但主要是公检法内部的不合理的管理与考核、公检法间的紧密关系、公检法之上的有待调整的刑事政策以及有限的科技水平与司法资源这四项变量。当然，这四项因素既影响着上述的"约束条件"，是这些条件的"约束条件"，也可能直接影响在场权的确立与刑事诉讼改革。

近年来，不少公检法机关内部采取目标管理或绩效考核方式管理办案人员，或明或暗地规定了不少指标或考核要求，例如，"立案数"、"人头数"、"破案数"、"追逃数"、"大案数"、"挽回损失数"、"批捕数"、"起诉数"、"追捕数"、"不批捕率"、"不起诉率"、"定罪率"、"实刑率"、"上诉率"、"上访数"、"调解率"、"结案率"、"发回重审率"等。另外，还有"命案必破"、"限期破案"、"大要案侦破基金"、"执法质量评查"、"办案能手竞赛"等各种样态的专项考核与专项激励。据笔者的多点调研，这些指标与考核并不完全是协调相容、科学法治的。即使有案件质量考核，但往往也会被"破案数"、"大案数"、"批捕数"、"起诉数"、"结案数"等打击要求和效率要求掩盖。对那些抑制程序违法的指标与考核，一般情况下，被考核者和考核者均不甚重视，除非侦查侵权与程序违法造成了嫌疑人的死亡，或者因"真凶浮现"、"被害人复活"、无罪判决生效确定了错案的发生。

这些不当考核与不合理激励，既对刑事程序法的落实造成障碍，也直接导致公检法人员对刑事诉讼改革措施的排斥：其一，加重了办案人员的口供依赖，抑制了他们获取、使用科学证据的能力和积极性。在这些指标与考核下，公检法人员的破案压力加重,破案激励强化,导致他们对口供这一"快捷证据"更加倚重,也导致"所前讯问"和"所外讯问"的普遍化。其二,使得强制措施适用的规范化、羁押机关的中立化、对侦查的监督和嫌疑人的权利救济更加困难。公检法的考核要求使得侦查人员更加依赖批捕人员、起诉人员,批捕人员、起诉人员更加依赖审判人员,一审法官更加依赖二审法官:前者都希望后者做出有利于自己的决定与裁判,后者也要照顾、体谅前者在考核下的处境。在不少检察院、法院自己的指标和考核规定中,都主动抑制那些对前置的侦查机关、检察机关不利的决定与裁判。这最终使侦查人员与检察人员,检察人员与审判人员,侦查人员、检察人员与审判人员,一审法官与二审法官因公因私的往来更加频繁。而在提前介入案件、大案要案专案中,三家的协调与配合更加紧密,不少地方的公检法三家会因为这些具体案件召开"三长会议"——公安局长(或刑侦队长)、检察长(或起诉科长、处长)、法院院长(或刑庭庭长)的联席会议。其三,造成了刑辩律师供给的短缺。这些指标与考核还直接造成侦查与司法人员对律师的排斥,使刑事辩护环境更为恶化,使得噤若寒蝉的律师们对侦查辩护更加避而远之。其四,直接制约侦查辩护改革与刑事诉讼改革。具体到本文的切入点,在这些考核与激励机制下,侦查人员与检察人员对引进极可能影响其指标与绩效完成的在场权的排斥,可想而知。①

现阶段过于紧密的公检法关系,也造成了强制措施的使用缺乏有效规制、羁押机关的追究倾向、对刑事辩护律师的排斥以及侦查监督和权利救济的有限。如前文所揭,现阶段,公检法三机关关系依然密切,共同展开"流水作业"与"联合作业",其侦查程序依然缺乏中立机关的控制,呈"非诉讼形态"。这也影响

---

① 所列考核项及所得,来自笔者在洪范所资助下对多处公检法机关的调研,包括对华南 YL 市两个区检察院和一个区公安局、西部 DC 市一个派出所、ZL 市一个区公安局的长期调研,沿海 ZS 市两个区检察院、一个区公安局,北方 JT 市一中院与一个区检察院、西部 CY 市交警支队的调研。可参见朱桐辉(2009a:264—290;2007:253—273;2010)。

了上述各项在场权确立条件的成熟,尤其是侦查监督与权利救济的有效展开,也可能直接影响在场权的确立与功效发挥。

我国建国后的刑事政策已经历了不小的变化,先后有"镇压与宽大相结合"、"惩办与宽大相结合"、"严打"、"社会治安综合治理"、"宽严相济"、"坦白从宽、抗拒从严"等,但实践中,或明或暗一直依赖的主流政策仍是严打与"抗拒从严"。这不仅强化了口供依赖,促进了公检法在犯罪打击上的紧密合作,也抑制了刑事辩护律师的供给,将直接影响在场权等侦查辩护改革方案的确立与运行。[①]

有限的技术供给与司法资源也有类似的间接和直接影响。特别值得一提的是,物证、痕迹、信用记录、消费记录等科学证据的获取和使用,离不开整体上的、完备的社会控制手段的支持。但现阶段的社会控制手段尤其是日常性社会控制手段并不完备,这导致了侦查技术手段缺乏有力支援,其效益并未得到最大化的发挥。随着城市化的加快、人口流动的加速,原来借助城市中的"单位"、乡村中的"基层组织"、户籍、档案等组织与制度建立起来的社会控制体系逐步式微,而新的社会监控体系并不完备。信用联网、信用等级制、储蓄实名制、手机实名制、各省侦查机关间的违法犯罪记录、指纹库等信息的联网和共享,还需假以时日。这些都严重地限制了侦查机关获取、使用科学证据的能力。另外,如果社会监控体系足够强大和严密,侦查人员及管理层对轻度违法和轻度犯罪的恐惧和担心也会弱化,其追究倾向也能得到显著缓解,但在社会监控手段不严密的现阶段,的确还需保持高度的权力炫耀和高度的警惕与犯罪打击,以抑制潜在犯罪、维护社会的稳定。这自然会影响我国刑事程序法和刑事司法中的一系列要素的运行,包括我国强制措施的适用、羁押机关的定位、刑辩律师的供给以及侦查监督和侦查救

---

① 自经济学"委托—代理"视角对"严打"政策的后果的分析,可参见周长军(2003:62—74)。而我国刑事政策的变化、核心及其对侦查辩护改革的影响,可参见朱桐辉(2009b:229—230)。

济体制等要素的运行和调整。①

　　仔细辨析,这四项变量间也有复杂的互动关系:其一,公检法的内部考核和激励会影响公检法间的关系、刑事政策的调整以及技术供给和司法资源配置。其二,公检法间的紧密关系也会反作用于公检法的指标管理和绩效考核以及刑事政策,影响后两者落实和调整。其三,公检法之上的"严打"、"抗拒从严"等刑事政策也影响着公检法内部的考核以及公检法间的关系。其四,技术供给与司法资源更是深刻地影响着公检法内部的考核、公检法间的关系以及公检法之上的刑事政策的调整和践行。这四项要素与变量除了有上述的相互影响、对在场权"制约条件"的间接影响,还对在场权的确立和其他改革方案的推行有直接影响。

　　这些相互影响、间接影响与直接影响,一方面,揭示了刑事诉讼改革发展背后的诸种"约束条件"间的复杂关系;另一方面,也凸显了刑事诉讼改革条件问题的顽固性与持久性。实际上,面临类似条件考验的改革措施非常多:在场权、沉默权等改革方案无法脱离制约条件而运行;1996 年《刑事诉讼法》增加的律师会见权、调查取证权、阅卷权、申请取保权的举步维艰也说明,刑事诉讼改革不能不考虑条件问题;非法证据排除、证人出庭及控辩对抗等庭审改革措施被规避的原因很多,但也不可忽略这些根本性的制约条件的影响。② 因此,那些脱离现实条件与"约束条件"太远的"制度拉动",遭遇碰壁的可能性不小。

　　刑事诉讼改革条件问题的普遍性,也显示了刑事诉讼改革条件论的学术意义与解释力。例如,探讨我国刑事程序法"失灵"的原因时,如果能以刑事程序的"约束条件"(例如,这里的公检法的管理与考核、公检法关系、刑事政策、日常性社会控制能力及司法资源等)为基点进行解释,将会得到丰硕回报。而着眼于未来的

----

① 具体分析,可参见朱桐辉(2009b:232—233)。而进一步的科技与法制发展间的关系,可参见苏力(1999;2006:138—154)。

② 具体而言,庭审对抗又需其他制度条件的支持,例如证据开示。

刑事诉讼与司法体制改革方案,尤其会受到这些深层因素的制约,更需要对它们有准确认识。

四、条件建设的思路

在刑事诉讼立法赋予的权利还未普遍落实的情况下,贸然增加新的权利不明智,因为权利虚置给改革的损害更大。有论者会说,规定在场权具有象征意义与符号意义,这也许有一定的道理,但对它们的实质作用及相应的代价却不可不察。而直接的法律移植给刑事诉讼改革带来的损害更值得反思。[①] 相较而言,继续着眼于已规定权利的落实,继续改善既有权利的制约条件,使其更为成熟、妥当,才更易取得好功效,因为会见权、阅卷权的落实要比极高要求的在场权的确立要现实和容易得多。能解决让大部分律师感到头疼的这两个问题,已是了不起的进步。

从条件论出发,那些激进化的改革思路需要反思。[②] 其一,不能不承认,法治的进步也需要考量时间因素,[③]随条件的推进而推进。这就要求用系统论观点权衡各项改革主张,找到与支持条件相关的突破点,成熟一些推进一些。而且并不是社会条件有了变化,权利、规则和制度就会紧跟着变化。法治积累与建设本身是具有相当保守性的事业。为增加制度的可预期性、形式理性甚至是实质理性与稳定性,只有当条件变化足够大,规则和制度严重滞后时,推动权利与制度的改革才最有效。其二,需将重点放在能促成条件成熟的改革上,放在改革手段和改革能力的提高上,包括侦查能力的提高、公检法司关系的调整、公检法内部管理的改革、司法资源的增加

---

① 对法律移植的反思,可参见苏力(2005;2000)。
② 对侦查改革激进化的反思,可参见刘仲一(2006)。
③ "法治不仅仅是一个逻辑化结构的社会关系,它还需要时间这个内生变量。"见苏力(1998)。

等,而不是一味地增列权利却换来更多的虚置。刑讯逼供的遏制与侦查法治化的实现,需从促成其发生的深层因素着手进行改革,因此,对"命案必破"、"限期破案"以及不甚科学协调的公检法的目标管理和绩效考核进行一定的调整,或许能比增加沉默权、在场权更有效地解决刑讯问题。强制措施适用的进一步规范化、讯问时间与讯问时段的规范化、看守所归属的调整以及侦查资源与技术的提高,包括赋予检察机关职务犯罪侦查的监听权,其减少刑讯的功效也将比增加沉默权、在场权明显。①

从条件论出发,"以权利制约权力"的改革思路需要反思。侦查制度的改革重点和突破点应当是权利增加,还是权力配置? 本文认为,与其采取前者而碰壁,不如理智地多从权力配置入手。依福柯观点,也许国家权力对社会的监控和训诫策略的改变,才是刑事司法走向现代化的真正原因。如果这个观点具有解释力的话,尽管让人感到悲观,但也启发了我们应当如何选择刑事司法现代化的路径。设法让国家权力改变"严打"、"命案必破"、"限期破案"等不当思维,实现"严而不厉"等审慎合理的国家权力运用方式,比增加沉默权与在场权明智。

有论者会说,一个一个的权利开拓不就构筑成了体系化改革了吗? 这当然不错,但一个个增加的权利是一个个的权利失效的话,也就谈不上体系化改革,而且体制角度和权利角度是截然不同的思路,连续的权利构筑并不能替代权力配置改革,否则,增加的权利会被后者吞没乃至利用。有学者甚至指出,权利增加使得人变为"权利动物",但也变为权力的奴隶。人的权利被国家认可,意味着人的权利被国家垄断,人的权利的增加,也就是国家治理、训诫个人的身体与灵魂的手段的增加。因此,增加一个权利,就是增加一个枷锁,增加一层国家对个体的控制(谢鸿飞,2001:139—140)。

---

① 在香港,尽管并不是所有案件都录音和录像、所有讯问都有律师在场,但刑讯与变相刑讯却能得到有效遏制,原因就在于,羁押与讯问的分离、嫌疑人流转的全程监控、对夜间讯问和连续讯问的限制。见郝宏奎(2004)。

在本文看来,在权力配置改革中,最主要的是刑事政策的调整,即以"严而不厉"为核心,调整现有的刑事政策乃至社会控制政策。① 现阶段正在热炒的所谓"宽严相济"的刑事政策其实还是"轻轻重重"、"以轻为主"、"以和解为主"的刑事政策,并没有作好防范严密与惩罚从轻的结合,有限的司法资源并未得到有效配置,不利于形成对犯罪的大范围严密控制。这样,也就无法适当地减缓犯罪打击和惩罚的力度,还是会给刑事诉讼中的人权向度的改革造成障碍。而在侦查体制重塑中,有可能实现的是,暂不触动宪法的"公诉引导侦查"的建立。"公诉引导侦查"可有效实现侦查行为的规范化、提高侦查与公诉的质量并便利侦查辩护的救济。② 当然,这也会非常艰难,需有长期改革的准备。但无论如何,如前所言,在各项约束性的体制条件还未得到合理调整的情况下,对单方面推行在场权与沉默权的恶果需有足够的心理准备。

五、条件论的方法意义

刑事诉讼改革条件论蕴含的"阶段性推进"与"区别对待"的改革思路,一定程度上是对现有刑事诉讼改革知识与方法的重组。它的哲学基础是经验主义哲学与历史唯物主义哲学,③其法学方法基础来自现实主义法学,同时,它的基调并不保守,而是积极的,只不过属于谨慎性改革思维。

语境论和条件论一样强调条件:"把法律制度和规则都视为

① 关于"严而不厉"刑事政策,参见储槐植(2004:197—213)。
② 警检一体化的争论,可参见陈卫东、郝银钟(1999);龙宗智(2002);苏凌、冯保卫(2002)。有论者对"检察引导侦查"提出批评,认为不合法。这种主张脱离对事物的直接观察,不能不说是教条主义的表现。参见黄龙(2003)。
③ "权利永远不能超出社会的经济结构以及经济结构所制约的社会的文化发展。"见马克思(1972:12)。

在诸多相对稳定的制约条件下对于常规社会问题作出的一种比较经济且常规化的回应。"但二者也有诸多不同:其一,语境论似乎更侧重对历史制度的评价和"同情理解",侧重"远去的制度"(例如,早婚、媒妁之言、包办婚姻、"七出、三不去")的历史正当性,目的是"力求语境化地理解任何一种相对长期存在的法律制度、规则的历史正当性和合理性",而"其最根本的弱点就在于适于这一进路研究的对象往往是一些比较长期存在且稳定的制度或规则。因此,它或许不那么适于对当下制度的研究或未来制度的精细设计",尽管作者自己认为并不必然。这篇论文60多次使用"条件"二字,但为何作者不将自己的这一研究进路称为条件论呢?原因恐怕就在于语境论重在理解"历史上的制度"。因此,对现有改革的分析和预测,直接用"条件论"可能更为贴切与明了。其二,语境论不便于普通人掌握。它对历史制度的分析能让人看到事物间的复杂联系,但这要求学习者具有广博深厚的历史知识,"这一进路的另一学术弱点在于它对于其他学科乃至社会的知识的高度依赖,它要求'无情的渊博学识',而这对任何时代的任何人都是一个太高的要求,因此,它实际是一个无法彻底贯彻的方法,尤其对于从事实务的律师而言"。而条件论无需这样的渊博。它也是我们大部分都不渊博的"常人"①——无论研究者还是决策者——用得起的方法。其三,"语境论"这一称呼本身易让人产生误解。过于强调事物背后的联系容易导致人们的无所适从("面对语境,战战兢兢,不知从哪里入手,甚至不敢越雷池一步"),而"条件论"与"语境论"称呼上的不同、感情色彩的不同,给人们带来的信息与立场就不同,它给人以更积极的感觉。其四,语境论作者是将语境论作为与"法条主义"、"价值论"和"文化论"相对的概念使用的,因此,它更侧重于理论解释和学术研

---

① 语境论"要求法学家有法律职业者的眼光和切入问题的角度,同时又要求他们注意常识,注意'常人'(reasonable man)的标准",而条件论恰恰更适合常人掌握。这一自然段的引文均来自苏力(2000)。

究,尽管作者也强调了语境论是行动者和实践者的进路,但条件论似乎更适合成为实践者的改革方法和行动策略。

"相对合理主义"也强调条件论是其内涵之一(龙宗智,1999)。这样,本文似乎没有必要再单独提条件论,但"相对合理主义"给人留下深刻印象的还是"相对"这一范畴。相对化、折衷论(储槐植,2005)和中庸论可以增扩其内涵、提高其包容性,也可能因此失去更有意义的思想棱角甚至立场。它们确实能缓解人们在社会转型与法治转型中的焦虑,也能解决实践中的部分问题,但不能否认,它们的改革向度要弱一些。仅将条件论作为"相对合理主义"的一部分,可能会淹没条件论蕴含的改革因素。

辩证唯物主义者强调条件制约,经济学在强调"约束条件"的同时,并不否认改革,甚至还会是改革的积极推行者。因此,条件论者也不反对条件成熟地区的部分在场权的实施。如前文所揭,现阶段,我国的北京、上海、广州、深圳等部分经济发达地区的律师供给基数还是不小的,而且不少民众对嫌疑人人权保障及抑制冤假错案,也较为认同。因此,在部分条件已成熟的情况下,可考虑在上述经济发达地区"可能判处死刑"案件的讯问中,准许律师在场,以保护嫌疑人人权,并为将来在更大范围和更多层面推行在场权奠定基础。因此,条件论者在条件成熟的情况下,会坚决大胆地推进改革,不会坐等环境的成熟,也不会过分迁就所谓合理的现实。① 而且条件论者一旦认准了条件所在,更会大胆作为,大力促进条件本身的成熟。

当然,不同的条件论者对条件的认知可能不同。哪些是制约条件,哪些是关键条件,条件成熟与否的标准是什么? 这些都可能成为争议问题。对此,本文的解决思路是通过对话和沟通,以达成人们对改革条件的共识。条件论者往往也回答不好"怎样促

---

① 语境论有相同观点:"如果某个制度所针对的问题由于其他社会条件的变化消失了,那么这个制度就有废除的必要;如果由于社会的变化出现了新的问题,就需要并且也一定会建立或形成新的制度来解决。"见苏力(2000)。相对合理主义者也不忘对"底限正义"的追求,也认可国际最低标准与法律的普适性,参见龙宗智(1999)。

成条件建设"这一颇费脑筋的问题。但无论如何,能认识到改革要恪守条件论本身就值得肯定。因为条件问题在改革脱离了原有轨道、产生了更多消极功效或遭遇困难时给人的启迪明显,但在改革似较为顺利时,一般让人无法察觉,甚至有所忽略。随着刑事诉讼改革的推行及问题的逐步暴露,相信条件问题会得到更多重视。当然,条件论也含有一定消极性,需要警惕。它也有适用边界,在条件成熟、需要抓住时机时,不能过分地顾忌条件,那时一味强调条件恪守,往往会成为保守力量。

条件论的实质是用社会科学的基本方法——因果关系考察法,进行社会改革与法治改革的研究。社会科学方法的一个原则就是"直接面对事实本身",并且将社会事实"作为物来研究",因为只有认识到自己面对的是实实在在的物,才不会以功利计算或价值推论解释这些事物,才会重视对事物推动力量与原因力量的寻找:"为了说明社会事实就得寻找能够产生这种事实的各种力量。"①而条件论者正是着力于查找事物的"约束条件"及其背后的因果关系。②因此,无论学术讨论,还是刑事诉讼改革,如果能注重"约束条件"分析与原因变量寻找,都会因为遵循了人类认知的科学方法而得到丰厚的收获,否则,得到结实的教训的可能性更大。

【参考文献】

[1][法]布迪厄:《实践与反思》,李猛、李康译,中央编译出版社,1998。

[2]陈光中主编:《中华人民共和国刑事诉讼法再修改专家建议稿与论证》,中国法

---

① 此段引文均来自迪尔凯姆(1995:155)。

② 在与北大中国经济研究中心韩琪讨论此文时,他也提出,法律国家政策、内部管理、技术条件等一样,也是"约束条件"的一部分。立法者修改法律也是为了让其施行后能使社会主体和整个社会有更多增益。但因法律修改只能改变部分"约束条件",行为主体自然会衡量不同"约束条件"牵涉的不同利益,在衡量监督成本与预期损失的基础上,选择遵守或违背。因此,立法者也需考虑行为主体的"约束条件",判断其在新法下的行为转变,这样才能准确预测法律施行的效果,制定更适宜的法律。

制出版社,2006。

[3]陈少林:《论辩护律师的在场权》,载《法学评论》2000年第5期。

[4]陈卫东主编:《模范刑事诉讼法典》,中国人民大学出版社,2005。

[5]陈卫东、郝银钟:《侦检一体化模式研究》,载《法学研究》1999年第1期。

[6]程滔:《论律师的在场权》,载陈光中编:《诉讼法论丛》第11卷,法律出版社,2006。

[7]储槐植:《刑事一体化》,法律出版社,2004。

[8]储槐植:《提倡折衷——法学研究范式检讨》,载《浙江社会科学》2005年第3期。

[9][法]迪尔凯姆:《社会学方法的准则》,狄玉明译,商务印书馆,1995。

[10]樊崇义编:《刑事审前程序改革实证研究——侦查讯问程序中的律师在场(试验)》,中国人民公安大学出版社,2006。

[11]樊崇义编:《刑事审前程序改革与展望》,中国人民公安大学出版社,2005。

[12]樊崇义、顾永忠编:《侦查讯问程序改革实证研究——侦查讯问中律师在场权、录音、录像制度试验》,中国人民公安大学出版社,2007。

[13]房保国:《你有权保持沉默》,上海社会科学院出版社,2001。

[14]冯象:《政法笔记》,江苏人民出版社,2004。

[15]顾永忠:《关于建立侦查讯问中律师在场制度的尝试与思考》,载《现代法学》2005年第5期。

[16]郝宏奎:《侦查讯问改革与发展构想》,载《法学》2004年第10期。

[17]黄龙:《关于"检察引导侦查"的冷思考》,载《广西公安管理干部学院学报》2003年第2期。

[18]林林:《侦查程序律师在场权辨析》,载《法律适用》2004年第12期。

[19]刘丽娜:《我国应建立律师在场权制度——兼谈沉默权的理性选择》,载《中国律师》2002年第9期。

[20]刘忠:《"命案必破"的合理性论证》,载《清华法学》2008年第2期。

[21]刘仲一:《论侦查制度改革的激进主义倾向》,载何家弘编:《公安论丛》第2卷,法律出版社,2006。

[22]龙宗智:《司法改革的相对合理主义》,载《中国社会科学》1999年第2期。

[23]龙宗智:《评警检一体化兼论我国的警检关系》,载《法学研究》2002年第3期。

[24]罗凯:《政治局通过司法改革报告 加强权力制约成重点》,载《21世纪经济报道》2008年12月9日。

[25]马克思:《哥达纲领批判》,载《马克思恩格斯选集》第3卷,人民出版社,1972。

[26]侔澎:《律师在场权研究》,载《法学杂志》2004年第5期。

[27][美]帕特南:《使民主运转起来》,王列、赖海榕译,江西人民出版社,2001。

[28]任会斌:《内蒙古提高法律援助案件办案补贴标准》,载新华网 2010 年 3 月 17 日。可参见新华网,http://news.xinhuanet.com/legal/2010 - 03/17/content_13188922.htm,最后访问日期:2010 年 4 月 29 日。

[29]沈路涛、邹声文、张宗堂:《全国还有 206 个县没有律师 律师执业困难较多》,载新华网 2005 年 8 月 25 日。可见新华网,http://news.xinhuanet.com/legal/2005 - 08/25/content_3404404.htm,最后访问日期:2010 年 4 月 29 日。

[30][日]松尾浩也:《刑事诉讼法(上卷)》,丁相顺译,中国人民大学出版社,2005。

[31]苏力:《二十世纪中国的现代与法治》,载《法学研究》1998 年第 1 期。

[32]苏力:《科技与法律问题的法理学重构》,载《中国社会科学》1999 年第 5 期。

[33]苏力:《语境论———种法律制度研究的进路和方法》,载《中外法学》2000 年第 1 期。

[34]苏力:《这里没有不动产——法律移植问题的理论梳理》,载《法律适用》2005 年第 8 期。

[35]苏力:《法律与文学——以中国传统戏剧为材料》,生活·读书·新知三联书店,2006。

[36]苏凌、冯保卫:《检警一体化与检察指导侦查机制比较研究》,载《国家检察官学院学报》2002 年第 5 期。

[37]孙长永:《沉默权制度研究》,法律出版社,2001。

[38][日]田口守一:《刑事诉讼法》,刘迪等译,法律出版社,2000。

[39]田文昌、陈瑞华主编:《中华人民共和国刑事诉讼法再修改律师建议稿与论证》,法律出版社,2007。

[40]王超、周菁:《杜培武案的证据学思考》,载《汕头大学学报》(人文社科版)2003 年第 1 期。

[41]王国民:《现代刑事侦查学》,中国人民公安大学出版社,2000。

[42]王绍光:《民主四讲》,生活·读书·新知三联书店,2008。

[43]吴丹红:《角色、情境与社会容忍——法社会学视野中的刑讯逼供》,载《中外法学》2006 年第 2 期。

[44]谢鸿飞:《现代民法中的"人"》,载《北大法律评论》第 3 卷第 2 辑,法律出版社,2001。

[45]刑事审前程序改革示范项目课题组(2006a):《刑事审前程序改革赴华北地区调研报告》,载樊崇义主编:《刑事审前程序改革实证研究——侦查讯问程序中的律师在场(试验)》,中国人民公安大学出版社,2006。

[46]刑事审前程序改革示范项目课题组(2006b):《刑事审前程序改革赴西部地区调研报告》,载樊崇义编:《刑事审前程序改革实证研究——侦查讯问程序中的律师在场(试验)》,中国人民公安大学出版社,2006。

[47]徐静村主编:《中国刑事诉讼法(第二修正案)学者拟制稿及立法理由》,法律出版社,2005。

[48]许兰亭:《侦查人员讯问律师在场——律师在场制度比较研究》,中华律协刑委会调研论文,2005。

[49]杨宇冠:《律师在场权研究》,载樊崇义编:《刑事审前程序改革实证研究——侦查讯问程序中的律师在场(试验)》,法律出版社,2006。

[50]易延友:《沉默的自由》,中国政法大学出版社,2002。

[51]于呐洋、王宇:《我国执业律师达11.8万人》,2005年6月13日。可见司法部网站,http://www.moj.gov.cn/lsgzgzzds/2005-06/14/content_154886.htm,最后访问日期:2010年4月29日。

[52]张五常:《经济解释》,商务印书馆,2000。

[53]张有义:《中国:206个县无律师》,载《法制早报》2006年12月25日。

[54]赵蕾:《刑诉法修改能改变什么?》,载《南方周末》2007年4月19日。

[55]中国法律年鉴编委会:《中国法律年鉴2006》,中国法律年鉴社,2006。

[56]周斌:《全国律师达17.3万,年办诉讼案196万》,载《法制日报》2010年3月28日。可见司法部网站,www.moj.gov.cn/lsgzgzzds/content/2010-03/29/content_2097774.htm?node=275。

[57]周洪波:《沉默权问题:超越两种理路之新说》,载《法律科学》2003年第5期。

[58]周长军:《博弈、成本与制度安排——严打的制度经济学分析》,载陈兴良编:《刑事法评论》第12卷,中国政法大学出版社,2003。

[59]朱桐辉:《绩效考核与刑事司法环境之辩》,载陈兴良编:《刑事法评论》第21卷,北京大学出版社,2007。

[60]朱桐辉(2009a):《刑事诉讼中的计件考核》,载苏力主编:《法律和社会科学》第4卷,法律出版社,2009。

[61]朱桐辉(2009b):《在场权的功能预测与制约因素》,载《南京大学法律评论》2008年春秋合卷,法律出版社,2009。

[62]朱桐辉:《数目字管理下的刑事诉讼》,载《中国社会科学报》2010年4月26日第10版。

[63]朱孝清:《侦查讯问时律师在场权之我见》,载《人民检察》2006年第5期。

[64]左卫民、周洪波:《从合法到非法——刑讯逼供的语境分析》,载《法学》2002年第10期。

从《丛林》到《黑客帝国》

——从消费者保护的过去看消费者保护的未来

诺曼·希尔博[*]

消费的退步艺术

1914 年,社会评论家瓦尔特·利普曼(Walter Lippmann)写道,美国的消费者不再有时间、信息或设备来"对着光检查鸡蛋、检验牛奶……探究次品(或)查看新闻是否报道虚假事实"。[①] 他和其他一些人认为,企业组织、生产技术和销售实践方面的变革形成了前所未有的市场状况,需要制定新的法律来保护消费公众。[②] 20 世纪早期的现代化营销方法使所有用于评估质量和节省价格的传统消费者技能变得彻底不恰当。

让我们来看一下食品的情况。机械化的种植和收割设备以

---

* 诺曼·希尔博(Norman Silber),霍夫斯特拉大学法学院教授。

① Lippmann(1914:53)。对光验蛋涉及使用光源确定鸡蛋的质量。北卡罗来纳州农业和消费者服务部,http://www.ncagr.com/agscool/commodities/eggkid.htm(最近一次访问时间:2005 年 3 月 3 日)。20 世纪初,对着光源检验鸡蛋的方法不仅费时且经济效率低下,而且对于城市杂货店消费者是不可行的。

② 见 Lippmann(1914:53);另见 Silber(1983:ch 1)。对改善美国消费者地位的需要作出评估和宣传的其他有影响力的人士的不完整作品列表包括:Sinclair(1906);Wells(1909);Veblen(1899);Chase(1925);Kallet & Schlink(1932);Campbell(1949);Packard(1957);Galbraith(1958)以及 Nader(1965)。

及更为科学的采种方法大大提高了农作物产量并增加了可用数量。铁路及后来的公路运输使得农作物和家禽从收割地和圈养地运往比以往更远的食品加工厂和屠宰场变为可能。加工厂内的蔬菜、羹汤和肉类加入添加剂进行保存。这些食物被大量装在罐子或瓶子里,置于全国各地的商店货架或家里的食品储藏室中几个月、几年甚至更长的时间。[①]

进步时期后期,店主们也提出了新的推销方法:大型商店、"现购自运"支付系统和自选购物。这些方法允许消费者"随意搜寻、查看商品,并自己从货架上取下要购买的商品"(Halper,1979:Sec. 9Λ.03[3])。从而将成本和费用削减到最低限度。产品在距离购买点较远的地方适时地消耗,距离其生产地点就更远,而且品种和品牌也比以往更多,同时也减少了传统的非制造商中间人的引导。

企业通过企业联合及其他合并形式进行横向和纵向兼并,为的是避免出现商品供过于求和数量短缺,对成本进行控制,减少竞争并最大限度地增加价格。截至1899年,公众对生产质量和价格遏制的关注变得越来越普遍且更加强烈。报纸记载了人们对油气价格,对食糖、玻璃、铜、橡胶和煤,对抛煤机、拖拉机和其他收割机械,对导轨和钢轨的操控的抱怨;也记载了对锻铁管、铁螺母和火炉,对画石板、蓖麻油和牛肉,对手表、地毯、棺木和壁纸,牙科工具、面粉和火柴操控的抱怨。很多企业联合并不稳定,但更为重要的是,短期的垄断行为可摧毁较小的企业,而对于消费者来说却造成了长期的个人困苦。

生产商面临着这样一个难题,即大规模生产在不能以可获利的价格大量消耗的情况下是无法维持的,然而,合并不能够对需求曲线产生较大影响。刺激大规模生产的货物的需求,并延长对消费者的赊欠期(例如,通过担保交易和分期付款购货),以便按

---

① 例如,大西洋与太平洋茶叶公司,成立于1869年;1876年,在南至巴尔的摩、北至波士顿、西至圣保罗的区域内,有67家"A&P"商店在经营。1930年时,销售额超过了10亿美元,收益超过3100万美元。参见Mahoney & Sloan(1966:184)。

照延期付款条款直接购买价格较高的物品,也变得势在必行。

全国范围内的品牌宣传以及专业广告公司的出现开始于19世纪后期。企业开始花费大量的金额在妇女家庭杂志、报纸和广告牌上宣传其产品。他们也花钱获取名人和专家的证言和签名。对于个人消费者来说,市场上的有效选择和有效保护成为了一项不可能实现的目标,人们对于这一事实的认识在不断地增长;通过鼓吹自己是"消费的工程师",广告者对这一事实作出了并不完美且经常是不负责任的回应。品牌推广保证了标准化的质量、安全性、状态和经济。然而,更多的保证却是虚伪的。①

瓦尔特·利普曼、索斯托·维布兰(Thorstein Veblen)和其他一些人认识到,现代化的生产和销售方法,一方面,比以往资本化程度更高、更加高度专业化且从心理学角度看更加复杂。另一方面,虽然大家都明白这个事实,除了那些早年出生且崇尚自由主义契约论的人外,坚持家庭是美国生活的基本购买单位却慢慢地成为了一种"消费的退步艺术"②并且是巨大的"浪费"。③ 消费者和卖方之间讨价还价的能力和知识的差距也越来越大,亚当·斯密早年的著名评论《国富论》从未这样准确过。他写道,尽管"生产的惟一目的是消费,但消费者的利益也几乎在生产者的利益面前不断地消失殆尽。④ 尽管个人也作出了最大的努力,但是,现在

---

① 参见 Pease(1958:87—115);Sullivan(1927:507)。

② Mitchell(1912);参见 Silber(1983:ch.1)。

③ 对经济"浪费"造成的社会成本的担忧在政治和知识分子之间广泛传播并得到了共鸣。参见 Hoover(1921);Veblen(1899)("为了满足无保留的赞同,任何经济事实必须在客观有用性试验下验证自己——从一般的人类观点看有用性。");Chase(1925)("随着更加深入地查阅统计研究、政府报告、特定调查的结果……获得令人震惊的证据,证明变得越来越明显的是——营火晚会上的疯狂和愚蠢行为在大工业社会中总体上看是正常的且没有引起争议。")。1936 年至 1980 年消费者联盟的主席 Colston E. Warne 评论道:"当 Stuart Chase 和 Fredrick Schlink 于 1927 年写《你的钱值多少》(Your Money's Worth)一书时,他们实际上是在间接暗指另一位美国作家——当今整个消费者运动的创始人——的作品。我指的是 Herbert Hoover 和他题为《工业浪费》(Waste In Industry)的研究。"(Warne,1993)。

④ Smith(1776);另见 Silber(1983)。

已不再有时间、信息或设备来"对着光检查鸡蛋"。[①]

美国人面临的新市场风险中的一个显著方面是风险的普遍性。新的家庭消费形式所附带的一些风险可由具有更多特权的社会部门来加以防范;但是,这些新风险的分布范围比较广泛,跨越不同的种族、年龄、阶级、收入和性别。例如,一些掺有次品的糖果产品特别针对儿童销售;一些具有成瘾性的专利药品是针对老年人和较富有的女性销售的。

与拥有许多新的罐装商品和其他产品同样令人兴奋和有价值的是,一般的食品供应附加了比以往更多的不可估计的风险。很少有人知道他们买回的肉类和蔬菜中所含的添加剂和防腐剂是否对身体有害。1903 年的一篇关于广泛使用有害和未经测试的食品添加剂的评论性报告中包含下列每日菜单,"如美国任何家庭可能使用的菜单":

早餐

香肠,炼焦油染料和硼砂
面包,明矾
黄油,炼焦油染料
樱桃罐头,炼焦油染料和水杨酸

---

① 另外,冷藏增加了臭鸡蛋的数量。随着制冷技术的发展,20 世纪初制造的冷藏设施可以将鸡蛋保持在 17℃的温度范围内。这样就可以在全年内供应鸡蛋。然而,保存期结束时,鸡蛋已不再具有最好的质量。因此,1928 年 USDA 制定了第一个鸡蛋检验法规,来帮助提高冷藏蛋的质量。北卡罗来纳州农业和消费者服务部,http://www.ncagr. com/agscool/commodities/eggkid. htm(上一次访问时间:2005 年 3 月 3 日)。制定法规后,又研制出了比以往更为精密的自动质量扫描设备,并被大多数鸡蛋包装工人用来"检查蛋壳破裂和内部有质量问题的鸡蛋"。在对光验蛋的过程中,鸡蛋沿着传送带传送并经过一个光源,在光源处可以看到鸡蛋的问题。移除劣质鸡蛋,仍然使用手动对光验蛋——将带壳的鸡蛋直接置于光源前,来进行抽查并确定品级的精确度。参见美国农业部食品安全及监督服务局网址,http://www. fsis. usda. gov/OA/pubs/shelleggs. htm,上一次访问时间:2005 年 3 月 3 日。

煎饼,明矾

糖浆,亚硫酸钠

正餐

西红柿汤,炼焦油染料和苯甲酸

卷心菜和咸牛肉,硝石

干贝罐头,亚硫酸和甲醛

豌豆罐头,水杨酸

调味番茄酱,炼焦油染料和苯甲酸

醋,炼焦油染料

黄油面包,明矾和炼焦油染料

肉馅饼,硼酸

泡菜,绿矾、亚硫酸钠和水杨酸

柠檬冰淇淋,甲醇

晚餐

黄油面包,明矾和炼焦油染料

牛肉罐头,硼砂

桃罐头,亚硫酸钠、炼焦油染料和水杨酸

泡菜,绿矾、亚硫酸钠和甲醛

调味番茄酱,炼焦油染料和苯甲酸

甜点

柠檬蛋糕,明矾

烤猪肉和豆子,甲醛

醋,炼焦油染料

醋栗冻,炼焦油染料和水杨酸

乳酪,炼焦油染料

国会听证会显示,除了已知添加剂的问题外,含有未公布成分的无标签掺假货到处都是:"菠萝冻"主要由葡萄糖制成并添加苯甲酸防腐;"橄榄油"大部分都是棉籽油和芝麻油;辣椒粉大部分都掺有研磨木粉和玉米粉。①

消费者改革势在必行

上百篇杂文和报纸文章暴露了新的美国市场所引起的灾难和不幸。进步时代的很多"扒粪"小说将文化和政治评论包含在娱乐性小说中。该时期以及(就此而论)有史以来真正意义上的揭露式消费者小说是厄普顿·辛克莱的《丛林》(The Jungle)。小说最初在发行量为 50 万份的社会主义周刊 The Appeal to Reason 中连续发布。第二年《丛林》的小说随即问世,并连续 6 个月成为美国和英国最畅销的书籍(Ginger,1958:314)。该书在此后一直再版出售。

辛克莱小说中的主人公约吉斯·路德库斯(Jurgis Rudkus)面临着在最初的几年内可能降临在"包装城市"(芝加哥)中的美国工人和消费者身上的艰难和欺诈。为了得到工作,约吉斯不惜渎职,为了保住工作,他必须收受更多赃物。他住在寄宿公寓里,房东将同一床位租给上两班的人。他被一个地产商骗了,按照分期付款计划依据一份立陶宛人看不懂的合同卖给他一座危楼;他和他的家人患上了可怕的疾病。他越来越无法忍受"科学管理"的从业者。他发现他所工作的公司通过暗管和贿赂盗用城市用水。约吉斯被勒索以高价购买掺假的啤酒。他因未曾犯过的罪或无正当理由而入狱。由于银行倒闭他失去了存款。

使公众最为惊恐的是辛克莱对香肠灌制程序的描述以及其

---

① Sullivan(1927:507)提及的一些添加剂仍在使用,且被认为对于一般用途是安全的。目前,推测其他添加剂可能会导致健康问题;少量的甲醛会致癌;经确定水杨酸有一定的危险性,除非切实按照监督剂量进行注射,但很多非处方痤疮药中都含有水杨酸;明矾或硫酸铝仍然经常用于发酵粉中,但最近有人提出这是罹患老年痴呆症的一个可能因素;FDA 已经禁止了一些煤焦油基色素添加剂的使用,尽管一些这样的添加剂是可以接受的。参见美国食品和药物管理局 1995 年发布的"需要认证的色素添加剂清单"(21 C.F.R §74)。

暗指的受污染食物。实际上,辛克莱使用毫无感情色彩的方式描述了巨大的堆料场中的独特气味:这是一种"你轻易就能闻到的奇怪的刺鼻臭味,你可以从字面上感受并闻到那种难闻的气味——你完全可以控制它并且可以在有空的时候检验它……这是一种自然的臭味,原始而天然;气味浓重、腐臭、世俗而强烈"(Sinclair,1906)。接着,他更深入地描写了一群不敢为了公众的利益有效地监督食品行业的无用且腐败的政府肉食品检查员(Sullivan,1927:476—477)。

辛克莱讲述了一名政府检查员,他把进行检查的时间花在与一位来访者讨论食用感染了结核病的猪肉的后果上,而没有注意到实际上从其身边经过的动物尸体因而未对其进行检验。作为对比,辛克莱描述了一名更有责任心的检查员,他要求对感染了肺结核的动物尸体注射煤油以防止公司使用,不久,这位检查员便因此退出了政府的检查工作。《丛林》展示了在芝加哥和全国市场上购买几乎所有商品所面临的较大问题的阴暗现实:生产者赢得了隐瞒消费者其产品中的潜在危害的能力,同时,积累了巨大的政治影响力以便使其摆脱地方当局的麻烦干扰。

如果州和联邦政府有意对这些行为加以控制,它们能做得更好。他们可以调用更多的适当资源并通过更适当的法律来解决受害消费者的问题。通过很多可效忠于政府的不同机构,美国进步党的政治议程中的核心方面以及进步运动更加广泛的宗旨,开始代表消费者干预市场。此类干预可以抵消复杂和专业的生产方法方面的发展与持续分配给小家庭单位(尤其是未接受过教育的家庭主妇)的购买责任之间所固有的不平衡性。

进步时期颁布的基础性、开拓性、最持久的典型消费者保护法有:建立美国食品和药物管理局的 1906 年《纯净食品和药品法》;命令更好地检查肉制品和相关农产品的 1906 年《联邦肉类检验法》;1914 年的《联邦贸易委员会法案》,该法授权联邦贸易委员会促进市场竞争并在随后获得管辖针对消费者的不公平和欺诈行为和实践的权力。从那时起,很多机构都采取措施改善对消费者至关重要的市场状况——制定标准、遏制不公平做法、批准披露规则并制定检查和其他强制执行计划。

诸如《丛林》、艾达·塔贝尔的《标准石油公司的历史》以及妇女杂志《世纪》、《妇女家庭杂志》和《好主妇》等书籍为这些立法的通过做好了准备；但为此做准备的还有其他新闻报道以及科学家和进步党的突出努力。在颁布这些法律的过程中，同样重要的还有商业企业的"开明的自利"，这些企业在更加公平和安全的贸易中获得了经济投资并有机会进入国外市场。

建立了独立的管理机构的法案只是对不同反对意见作出直接立法响应的很多个立法中的少数几个。继利普曼（Lippmann）的相对普通的鸡蛋照验之后，1928 年美国国会要求制造商（而不是消费者）对光检查鸡蛋。[①] 随着时间的过去，法院也确认了消费者所面临的新问题，并对消费者利用更为广泛的理论以便从较远的制造商处获得合同行为和产品责任的赔偿。[②] 美国的很多举措得到了国外的赞扬和效仿。

新政时期，全国人民对消费者保护立法的兴趣尤为高涨。经济大萧条（The Crash）的出现将富兰克林·罗斯福送上台，驱使制定法律以保护消费者—存款人不受银行倒闭的影响，并防止消费者—投资者受到有关其投资性质的虚假索赔。新政后期出现了揭露式文学的一种新形式，它不仅强调潜藏在每日的食品、药品和化妆品中的安全隐患，同时也强调制造商在标签和广告方面的虚假陈述，以及通过缩小美国食品和药物管理局和联邦贸易委员会管理机构之间的差距可以避免的悲剧。

自 20 世纪 20 年代末期开始，产品检验机构尤其是消费者研究及其分支机构消费者联盟（非营利性消费者产品检验机构）提出了独立的购买建议并且不接受广告者的费用（Silber，1983：ch. 1）。这

---

① *Egg Products Inspection Act*, 21 U. S. C. § 1031—1056.

② 参见 MacPherson v. Buick, 111 N. E. 1050（N. Y. 1916）；Greenman v. Yuba Power Products, 377P. 2d 897（Cal. 1963）；参见 Silber（1997a：359）。

些团体和相关个人出版了杂志和"实验性"（guinea pig）书籍，煽动了有关制造商提供的信息的怀疑论以及对政府监督不力的不满情绪。

例如，在《伪钞——指的是它买下的东西而不是你的钱》一书中，亚瑟·卡雷特（Arther Kallet）设计了一项思想实验。在这个实验中，他想要验证反欺诈的法律是乱七八糟的：

> 如果你试图通过伪币交换假货，你就得进监狱，即便伪币的价值与假货的价值相等；但是，如果某人向你提供假货以换取良币，他将不会进监狱；相反他可以用这些钱买一艘游艇或另一辆汽车，而且你对这桩欺骗性交易无能为力（Kallet，1935：9）。

接着作者揭露了很多隐藏的诡计和陷阱：丝绸中常常会混有锡来增加重量；最低级的芦笋可以合法地被称为"特级芦笋"；药品氨基比林的制造商可在不标注药物对某些人有潜在致命性损害的情况下出售镇痛药；允许诸如 Pebeco 牙膏的制造商在牙膏管中加入足的毒药以便多次杀死细菌（Kallet，1935：14—43）。与卡雷特类似的讨论有助于形成支持"二战"前颁布的美国食品和药物管理局商品标示法和反托拉斯法的普遍观点。[①]

对联邦消费者保护立法的关注的最近时期出现在 20 世纪 60 年代并一直持续到 70 年代。在很多方面，相关的首创性和代表性书籍是拉尔夫·纳德（Ralph Nader）的非虚构性描述《任何速度都不安全，美国汽车设计中的安全隐患》。纳德将其法律技术和愤怒的情绪结合在一起，叙述了制造商以公路上的流血事件为代价而未公布的已知的和潜在的致命性设计缺陷。纳德写道"交通事故为……创造经济需求，维修费用达亿万美元"，"但是，人类社

[①] 参见 *Food Drug and Cosmetic Act*（1938）；*Wheeler-Lea Amendment to the Federal Trade Commission Act*（1938）。

会的真正目标必须是防止因交通事故而受伤,而不是在事后进行清理"(Nader,1965:viii)。美国国家公路安全管理局成立后不久,国会通过了解决这一问题的立法。

随后的书籍、调查性报告、电视特辑和国会听证会纷纷专注于揭露汽车和其他产品和服务市场的问题,由于很多不同的原因,消费者并未被适当地告诫和通知这些问题,因而不能适当地保护他们自己。其中,最突出的响应措施有:要求披露与消费者的债权交易有关的成本信息的《诚实借贷法》(1986 年);允许政府监督儿童玩具市场的《儿童玩具安全法案》(1969 年);控制消费者信用报告中包含的信息以及信息发布条件的《公平信用报告法》(1970 年);《消费品安全委员会法》(1972 年);禁止贷方在延长信贷期限方面的某种歧视行为的《平等信用机会法》(1974 年);管理披露和被担保人的某些实质性方面的《马格纳森 – 莫斯保证法案》(*The Magnuson-Moss Warranty Act*)(1975 年);阻止过分的催收行为的《公平债务催收实践法案》(1978 年)。[①] 从这些法案所控制或甚至完全禁止的某些私人商业行为的范围以及为个人消费者提供的可强制执行的私有权上看,其中一些措施超越了进步时期以及新政时期消费者保护响应的范围。很多措施为私方创造了通过法庭和行政机构强制执行的新可能。

消费者权益保护法的价值:索赔与反索赔

索赔

40 年来,学术界展开了对 20 世纪消费者保护方法的评论,这在很大程度上受到了法律的经济分析的刺激,并得到受影响的商业利益

---

① 参见 Nadel(1971);Pertschuk(1982)。与联邦相比,州和地方更难发现消费者改革立法的影响方式,因为从那时到现在实际上已经颁布了上百个消费者保护条例和法规——如果视为州和地方动议则有上千个。另见 Meyer(1989)。

集团的机构通常所支持的政治批判的推动。① 有些人提议许多被标注为消费者保护法的法律和规章适得其反,产生了意料之外的负面影响②;许多法律规章并不能从本质上缓和其声称要解决的问题;③市场的力量并不支持消费者权益保护规则,因为在某些情况中这些力量是不可控制的④,而在其他情况中又是自我矫正的;且消费者权益保护法经常把自己伪装成特殊利益立法。⑤ 对于参与法律的经济分析的某些人来说,尝试以各种方式来证明用心良苦的消费者法规是无效的,是一种寻求经济利益的行为,是危险的,耗资很大的,或已失去了其存在的意义,或者以上皆是,这在某种程度上是一种消遣。

比如说,曾经有人认为,可以依赖政治考虑和独立行政机构的内部动态来保护消费者的利益——但是,作为一个普遍性的问题,其正确性尚未得到证实。曾经也有人认为,对信贷价格指定限制的法律,例如,对信用卡利息批准的下限,通常对消费者的利益有利;但是,这种观点甚至也受到许多消费者团体的质疑,这些团体认为应当限制费用和其他收费。⑥ 在过去几十年中,在改善消费者福利这一旗帜下,取消了对许多经济部门的管制。取消管制,消费者是否就能过得更好,这仍然是学术界持续激烈争论的问题,但不需要更加注重市场力量,并让其在建立规则和标准中发挥更大的作用。⑦

---

① 学术界对价格控制和契约自由限制的总体批判可以追溯到对合作和社会主义市场方法的厌恶。然而,对主要的进步消费者改革动议的批判至少开始于 Gabriel Kolko 的《保守主义的胜利》(1963)(记载了受到管制的公司夺得了几个监管机构)之后;对监管方法的怀疑论一直延续到今天。有关统一法规和示范条例应当容纳消费者保护条例的那些范围的学术之争开始于起草和采纳 UCC 第二条的过程中,并一直持续到今天。另见 Epstein(2006a)。

② 参见"Chemicals and Sleep."*The Washington Post*,Apr. 13,1977,at A23(《易燃织物法》中规定使用的阻燃剂随后发现有致癌作用)。

③ 参见 1965 PL 89—92 *Federal Cigarette Labeling and Advertising Act*(指定为"公共卫生法",尽管如此,还是禁止州政府对烟草强加标识要求并豁免制造商的诉讼责任)。

④ 参见 DeMuth(1986);Bender(1994)。

⑤ 参见本页注释⑦和下页注释①及随附文字。

⑥ 参见 Peterson(2003)。

⑦ 参见 Geewax(2002)。

"虚假"消费者保护立法或"推定"消费者保护立法的问题也是确实存在的。例如,在著名的"卡罗琳制品"(Carolene Products)一案中,①涉及的威斯康辛州法律要求人造黄油应使用染色剂上色,使其与黄油区分开,声称是为了保护该州的消费者,但实际上却帮助了威斯康辛的奶农。② 所谓的2005年"破产滥用预防及消费者保护法案"(该法案是信用卡公司强烈游说的产物),与曾经如此命名的任何立法相比,对经济贫苦的消费者提供保护的力度是最小的。③

反索赔

然而,该案并不是要藐视每项由立法机关制定的、行政和立法机构颁布的法律,这些法律自称是要解决广泛存在的隐瞒并利用消费者的现象。政府通过的许多保护消费者的法律却在某些时候伤害了消费者的利益,这种现象已不是什么新闻了。然而,特殊法律的缺陷仅仅表明健全的消费者保护法规很难制定,更难颁布,实施起来也更加困难。

有几家独立机构的行为已使许多消费者事务专家丧失了信心;许多提议用于解决消费者问题的方案实际上却是漏洞百出的,或者是不合逻辑的。电视新闻故事和调查报道仍然吸引观众注意着重大的消费者安全缺口和经济损失。例如,1999年福特探险者(Ford Explorer) - 费尔斯通轮胎(Firestone Tire)汽车设计故障酿成的全国性灾难,以及2001年安然公司(ENRON)操纵能源价格上涨都是近年来最著名的例子。④

①　United States v. Carolene Products Co. ,304 U. S. 144(1938).

②　参见Miller(1987)(概述导致美国诉卡罗琳产品公司案的事件)。

③　参见2005年3月11日破产和商业法教授给参议员Specter和Leahy的有关《2005年破产滥用预防及消费者保护法案》的信件(H. R. 685/S 256),http://www. youcanfixyourcredit. com/professors. htm(最近一次访问时间:2005年7月8日)。

④　参见Vlasic(2000);"Enron'manipulated energy crisis'."BBC News,Tuesday,7 May,2002,http://news. bbc. co. uk/1/business/1972574. stm,最近一次访问时间:2005年7月11日。

但是,我却了解到,文献中没有任何内容来证实以下这个更一般的命题:利普曼和其他人描述的关系差异(relational disparities),作为社会和经济发展的一个普遍问题,并未由于最近的商业发展和更新的信息技术的出现而得到削弱或大幅收窄。相反,却有确凿的证据表明,法庭、立法机关和独立机构所采纳的合法且构思周详的消费者保护法规产生了持续有益的影响。[1]

对于每一项虚假的消费者立法,例如,"卡罗琳制品"一案中涉及的法律或当前的《反垃圾邮件法》(Can-Spam Act)[2]——通过鼓励更有效的披露信息,并劝诱市场中的产品和服务变得更安全、更廉价、更能反映真实的需求和需要,其他已在消费者福利方面产生了净增长。《证券交易法》、《诚实借贷法》、《公平包装及标识法》、《营养标识法》、《马格纳森－莫斯保证法案》、《公平信用报告法》和《电话推销隐私法》(Telemarketing Privacy Act);联邦贸易委员会的正当持票人规则的规章;麦克弗森诉别克汽车公司[3]的法院判决等,当然属于这一范畴之内。本文关注的重点是,考虑作为一个普遍问题,这些工作活动中包含的方法在这个新的电子商务世界中是否已经过时。

评估现代环境

我们将之与这个信息时代相联系的,在商业和文化中由特定技术驱动的转变是否推翻了我们过去赖以进行消费者保护性干预的那些假设?我们是否应该认为从总体和单独方面来看,市场比以往更加有效也可带来更多公平性?

许多美国消费者目前的境况比他们以前的境况要好,很少有人

---

[1] 参见 Hilts(2003);Averitt & Lande(1997)。

[2] Hricik(2004)。他们称其为"亲垃圾邮件"法,我称其为"我有权兜售垃圾邮件"法。该法案可能(其他法案一定是)实际上是打着反垃圾邮件法案招牌的亲垃圾邮件法案;Blanke(2004)。

[3] MacPherson v. Buick,111 N. E. 1050(N. Y. 1916).

会否认互联网市场对于生产力、增长和消费者效率而言,是一种强有力的新手段。① 技术变革、科学发明和创业精神所带来的收益,毫无疑问,对于国家提高生活水平是至关重要的。② 伴随着这些收益,新的商业环境可能已降低了对于涉及政府强制实施行为的传统消费者权益保护规则的必要性。有了诸如企业自行监管、自愿设定标准、私人立法等方法的补充,受到企业私利和企业家长式作风的启发,以及对受市场驱使的消费者需求所产生的媒介和技术的使用,最终,消费者可能通过在互联网市场中的"尽职调查"来保护自己。

互联网已经使得许多类型的购物变得更加容易、快速且更具有竞争力,可能不易受到某些欺诈和歧视的影响。例如,一些研究表明,在出现网上抵押经纪商和网上股票市场交易机构后,住房抵押市场和股票交易市场的竞争变得更加激烈。③

可以通过很多方法来探究以下这一假设:由于电子交互成为主要的商业模式,基础市场的不完善,如我们一直关注的那些缺点,现在就能够得以纠正,而不需要政府干预。一种方法是从法律 – 分析角度来看。举个例子来说,儒宾(Rubin)教授解释,尽管消费者可获得的技术援助的数量在增加,情绪感染对消费者决策仍具有持续影响。④ 因此,胡夫纳格尔(Hoofnagle)先生透露,在制定《电话推销隐私法》的"谢绝来电登记名单"(这产生了一些有益的影响)之前,自行监管是一种令人失望的方法⑤。其他人解释了在最近的版权案件中,消费者在很大程度上被忽视或受到挫败。另一种方法是对在消费者签订的合同中,消费者可用的消费者做法和合法选择权的实证检验。⑥ 儒宾教授和我以及其他人,已在其他地方对消费者利益

---

① 参见 Uchitelle(2005)。

② 参见 Uchitelle(2005)。

③ 参见 Sullivan, Warren & Westbrook(1989:143,146 n. 19)(注意:由于缺乏经验数据,就给购买者额外的抵押保护是否可能导致更高利率而言,是"各方的诚信问题");参见 Schill(1991)。

④ 参见 Rubin(2006b);Hanson & Kysar(1999)。

⑤ 参见 Hoofnagle(2006)。

⑥ 参见 Braucher(2006)。

和生产者利益之间的不平衡进行了讨论,在《统一商法典》(UCC)起草会议中制定付款规则时有时候发生过这种情况。①

互联网本身充满着消费问题。将通过互联网网站进行网上购物与该问题联系起来进行考虑。报告指明:几百个允许在不就医的情况下购买处方药物的网站加剧了使用危险药物进行自我药疗的问题。② 身份盗窃,即一个人欺诈性地使用另一个人的姓名和身份数据来获得信贷、商品或服务——2003 年这种事件在美国有 700 万受害人,并且这个数字还在增加。③ 由于商业市场上各种名单的刺激,侵犯消费者隐私的行为变得更加令人烦恼。④ 消费者使用不同的互联网付款方式(有时不能选择付款方式),导致自身要遵守不同的法律机制和不同的责任规则,而他们往往不了解如此行为所产生的后果。⑤

其他欺诈性活动也很常见——消费者网络观察,这是一个由消费者联盟出资并运营的非商业性组织。近年来,基于美国联邦调查局和美国国家白领犯罪中心(National White Collar Crime Center)提供的数据,该组织已连续报道了对互联网欺诈行为的投诉。⑥

表 1 中数据的量值几乎是很难定论的,当然,这并不能表明欺诈的频率或其在不同经济群体或社会群体之间的分布情况。但是,自从记录此类事件以来,公众和检查部门对互联网欺诈的关注有所增加。⑦

---

① 参见 Rubin(1993);Silber(1997b)。

② "Prescription for Trouble", *Consumer Reports*, Feb. 2001.

③ "Stop Thieves from Stealing You", *Consumer Reports*, Oct. 2003.

④ 参见 Levy & Silber(2004)。

⑤ 参见 Ramasastry(2006)。

⑥ 参见 http://www. consumerwebwatch. org/top-10-internet-scams. cfm,最近一次访问时间:2005 年 7 月 11 日。

⑦ 全国消费者联盟网站显示,目前的少数网络欺诈阴谋在四处行动:暂付款贷款、伪造信用卡提供商业机会、购买者俱乐部、慈善欺诈、计算机设备和软件、信用卡损失保护、信用修复、假支票骗局一般销售、身份盗用、信息-审计服务、互联网接入服务、投资骗局、工作骗局、杂志销售、处方药优惠卡骗局、尼日利亚钱物捐赠、在线拍卖、网络钓鱼获利和彩票、传销和多层次直销、奖学金骗局和旅游骗局。

表 1　互联网消费者欺诈投诉

投诉类型	在总投诉中所占比例	平均损失
拍卖欺诈	71.2%	$200
未交付(商品和付款)	15.8%	$264.95
信用卡/借记卡欺诈	5.4%	$240
支票欺诈	1.3%	$3 600
投资欺诈	0.6%	$625.57
信任欺诈	0.4%	$1 000
身份盗窃	0.3%	$907.30
计算机欺诈	0.2%	$391.20
尼日利亚信件诈骗	0.2%	$3 000
金融机构欺诈	0.1%	$968

本文的目标是从历史比较的角度进行讨论。若要说过去几十年的技术进步从根本上降低了消费者作为非专业化的、分化的、受广告驱使的家庭购买者所遭受的损失,这显得似乎非常不实际。关于这一点,应该思考的是,互联网新手或是相对的老行家,是否与 100 年前初到芝加哥的人就完全不同? 我们是否要相信通过互联网、网上银行、博客和拍卖等宣告来临的信息时代已经消除了这种差异?

上述存在于当代的问题以及许多著名的其他事件,与辛克莱所指出的存在于世纪之交的芝加哥的消费者问题具有普遍的相似性。冒着说教性和过于简单化的风险,表 2 列出了一些令人痛苦而难忘的事件,是辛克莱的《丛林》中描述的问题;与其并列的"千禧年网络空间"中确定的问题,正如当今的报纸文章、电影和消费者群体的网站中呈现的那样。

出于种种原因,将表 2 解释为暗示由于与食物、衣物、住所和健康有关的消费者问题已经增加而不是消失了,美国市场的消费状况问题并未得到改善,这样的推断可能是错误的。我们缺少与这些问题的频率和严重性有关的比较数据。然而,至于目前消费

表 2　消费者受害的连贯性(1990～2000 年)

厄普顿·辛克莱的芝加哥(大约 1900 年)	消费者网络空间(大约 2000 年)
未细读的且压制性的契约条款	未细读的且压制性的契约条款
伪造慈善计划	伪造慈善计划
无法分辨的信贷条件	无法分辨的信贷条件
高利贷性质的信贷条件	不合理的费用和罚金
伪造商机	伪造商机
不真实、不间断的夸张广告	不真实、不间断的夸张广告,垃圾邮件
食品(香肠、罐装食品)中的不明危害、结核病牛肉	不明食品危害(肉、鱼、家禽、添加剂)、疯牛病
住房抵押诈骗	预付款贷款诈骗
公司侵犯私人生活	公司侵犯隐私
危险的工作环境	污染的户外环境
假药	无用的营养补剂
无用的医疗护理	无用的健康建议
危险药品	测验不充分的药品
肺结核和传染病	软件病毒
直销欺诈	网上拍卖欺诈
诈骗、盗窃和抢劫	网上金字塔欺诈、身份盗窃、抢劫
垄断定价的必需品、不合标准的住房	垄断定价的基本必需品、无家可归

者对市场不公正状况的投诉的类型,"万变不离其宗"(plus ça change, plus c'est la même chose)[①]并不是一种不合理的情绪。

当今与《丛林》相对应的版本在哪里? 近年来是否存在反映或刺激对信息时代不满情绪的文化产品? 粗略浏览一下目前的科幻小说,表明社会对我们的市场中存在的危机及文化与市场的隔绝的关注仍在继续。

---

① "The more things change, the more things stay the same."

思考一下电影《黑客帝国》在大众和评论界的成功①。《黑客帝国》讲述的并不是关于市场中的欺诈,而是关于依赖传统的人类认知和感知能力来理解信息时代的真实性的徒劳。正如 20 世纪早期现代营销方法的出现使所有用于评估质量和节省价格的传统消费者技能变得彻底不恰当一样,信息时代的到来已使得传统的人类感知能力彻底不能适应现代的生活目标。②

《黑客帝国》的情节至少在一个层面上围绕人类抵抗受到其最初开发用以服务自身的技术的控制这一人们熟知的观念。矩阵世界(Matrix Universe)本身就是赛博空间(cyberspace):它由以太(ehter)组成,以太由矩阵(Matrix)自身设定的算法进行管辖。

为支持自身的运转,矩阵依靠着作为生物电能的电池的人类。控制着赛博空间的存在并吸取人类能量的,是网络的命令,而不是人类欲望的满足。为了安抚这些人类电池,矩阵创造了一个 1999 年虚拟现实,并提供了一个自由选择的幻觉:"让黑客帝国的居民认为自己过着开心、有创造性的、富有成效的生活。"这

---

① 《黑客帝国》(Warner Bros. 1999);由 Andy Wachowski 和 Larry Wachowski 兄弟导演并担任编剧;由 Keanu Reeves、Laurence Fishburne、Carrie-Anne Moss 和 Hugo Weaving 领衔主演。影片的官方网站:http://whatisthematrix. warnerbros. com,上一次访问时间:2006 年 1 月 20 日。两个续集不如第一集深受欢迎。

② 近期的其他不太具有哲理的反映消费者剥削或困惑的影视批判作品包括:《搏击俱乐部》(21 世纪福克斯公司,1999 年)(影片中,男主角产生了精神分裂的另一个自我,在他因发现他的地下组织兄弟的最终目标是要毁坏全世界的所有信用卡数据库而感到窒息时,他下决心要消除所有的颓废、荒谬的消费主义文化残余);《超码的我》(塞缪戈温电影公司,2004 年)(一部引人注目的纪录片,讲述消费者喜爱的食物——快餐食品的潜在危害,制片人强迫自己不食用其他食物,坚持吃 1 个月的麦当劳,来说明这些食品对人体和心灵的毒害作用);《辣妹世界》(哥伦比亚电影制作有限公司,1997 年)(一场无意义的喧闹盛会,展示了前乐队"辣妹组合"的天才,主要以一部较长的音乐视频片的形式进行演绎,并对被称为"女孩权力"的措辞和态度的继续商业化进行了宣传)。《谋杀绿脚趾》(宝丽金公司,1998 年)(片中吸锅烟的嬉皮士反英雄角色必须向传统社会的影响妥协,包括不断求职并试图"融入"而不是享受有朋友的无忧无虑的生活、懒惰、打保龄球,包括一个难忘的场景:他的朋友 Walter 拒绝殡仪馆负责人的宰割——以 300 美元的骨灰瓮来装其已故朋友 Donnie 的骨灰,相反,他把 Donnie 的遗体放在从山姆会员店买的福尔杰咖啡罐中——奇妙且贴切地象征着一直围绕着我们到死的消费者文化)。

与现代信息时代的消费者经济的相似性几乎不明显:

> 当然,影片中使用人类作为电池是我们无意识地屈服于消费者经济的强有力象征。我们通过购买我们不需要的东西,向市场屈服,作为电池为机器添加能量——并被消费者文化所束缚,从一个大型媒体娱乐一窝蜂地转向另一个,让我们自身着迷,梦幻与当下情况的分离,确保我们像奴隶一样处于无意识状态,以此来驱动经济。(Shirley,2003:55)

另一个批评家将我们的注意力引向"《黑客帝国》传达了由感知组成的虚幻世界的恐怖性[并且]基于现实是一个由邪恶力量控制的梦境这一假设……"这个事实。①

与《丛林》很相似的是,《黑客帝国》的剧本类似于对普遍默许存在一个充满谎言的世界的一种争议——然而,在这种情况中,是反对接受赛博空间中表面的、视觉性的和字面性的陈述。正如哲学评论的出版商所吹嘘的那样,《黑客帝国》"激励[我们]透过欺诈的面纱瞥见现实的愿望"。(Marinoff,2005)

以存在主义科幻小说为基础的论据并不能确定以下这一主张的经验效度:在纠正个人消费者和新世纪卖方之间的不平衡中,政府的协助依旧非常重要。但是,是否存在这样一种疑问,即由于处在消费者改革的早期,消费者没有所需的工具来避免被信息时代的不完美诱骗而面临或大或小的个人危险,且遭受对我们有限的时间和精力的可悲误导?

不适当的过时

我将过时理解为从其适当的历史时间取出,并插入到另一个不适当的历史时间中的做法。我希望到目前为止我所讲述的内

---

① Publisher's Comments in William Irwin ed. ,*The Matrix and Philosophy*:*Welcome to the Desert of the Real*. Illinois:Carus Publishing Company,2002.

容足够向您提出我的中心论点,即信息时代并未改变自利普曼和维尔斯利·米歇尔(Wesley Mitchell)在世纪之交提出后尚未消失的市场中存在的根本差异。

让我回到文章的最开始,提出瓦尔特·利普曼的常见例子的最新情况。法律强制要求生产者或政府检查员照蛋(egg candling)的时期早已过去。"对光检查"本身从技术上而言确实是一种过时,已不复存在。但是,若基于消费者权益保护法律的陈旧性而断言消费者权益保护法本身不合时宜,这将是一种范畴错误。[①] 事实上,如今法律要求生产者检查鸡蛋,而消费者不用拿着蛋对着光进行检查。

制定有效的、可用于合法适时目的的消费者保护规则,永远不会是一种过时行为——永远,也就是说到进步时期(Progressive Era)中确定的基本关系差异已消散为止。互联网或其他电子商务途径并未缩小卖方和买方之间的不平衡;对消费者保护的纯粹私人的自愿的响应仍然不适当。在根本方面,消费者权益保护的未来应类似于过去的干涉主义者的最佳部分。

【参考文献】

[1] Averitt, Neil W. & Lande, Robert H. "Consumer Sovereignty: A Unified Theory of Antitrust and Consumer Protection Law." 65 *Antitrust L. J.* 713 (1997).

[2] Bender, Steven W. "Rate Regulation at the Crossroads of Usury and Unconscionability: The Case for Regulating Abusive Commercial and Consumer Interest Rates Under the Un-

---

① 其他种类的消费者保护的一般需求并未减少,甚至是鸡蛋。参议员 Tom Harkin 和 Dick Durbin,涉及公共利益科学中心,提议 S. 1868,《1999 年鸡蛋安全法》(*Egg Safety Act*)。该法以带壳鸡蛋"既没有经过充分检验也没有贴上标签以防止每年使成千上万的美国人患病并使几百个美国人丧命的有害细菌如沙门氏菌"的经验证据为前提,提出的解决方案是政府更加严格地监督蛋品行业,包括更好的检查机制和额外的公开原则。参见公共利益科学中心,http://www.cspinet.org/foodsafety/support_s1868.html,最近一次访问时间:2005 年 2 月 6 日;参见"Of Birds and Bacteria." *Consumer Reports*. Jan. 2003;"Designer Eggs: Best Way to Get Your Omega-3 Fatty Acids?" *Consumer Reports*. Aug. 2004。

conscionability Standard. " 31 *Hous. L. Rev.* 721 (1994).

[3] Braucher, Jean. "New Basics: Twelve Principles for Fair. Commerce in Mass-Market Software and Other Digital Products. " in Jane K. Winn ed. . *Consumer Protection in the Age of the " Information Economy"*. Burlington: Ashgate Publishing, 2006.

[4] Campbell, Persia. *The Consumer Interest*. New York: Harper, 1949.

[5] Chase, Stuart. *The Tragedy of Waste*. New York: McGraw-Hill, 1925.

[6] DeMuth, Christopher C. "The Case Against Credit Card Interest Rate Regulation. " 3 *Yale L. J. on Reg.* 201 (1986).

[7] Galbraith, John Kenneth. *The Affluent Society*. London: Hamish Hamilton. 1958.

[8] Geewax, Marilyn. "Deregulation Harms Public, Group Claims. " *The Atlanta Journal-Constitution*, June 11, 2002, at 1C.

[9] Ginger, Ray. *Altgeld's America*. New York: Funk & Wagnalls Co. , 1958.

[10] Halper, Emanuel. *Shopping Center and Store Leases*. New York: Law Journal Seminars, 1979.

[11] Hanson, Jon D. & Kysar, Douglas A. "Taking Behavioralism Seriously: Some Evidence of Market Manipulation. " 112 *Harv. L. Rev.* 1420 (1999).

[12] Hilts, Philip. *Protecting America's Health: The FDA, Business, and One Hundred Years of Regulation*. New York: Alfred A. Knopf, 2003.

[13] Hoofnagle, Chris Jay. "Privacy Self-Regulation: A Decade of Disappointment. " in Jane K. Winn ed. , *Consumer Protection in the Age of the " Information Economy"*. Burlington: Ashgate Publishing, 2006.

[14] Hoover, Herbert. "Industrial Waste. " 6 *Taylor Society Bulletin* 77 (1921).

[15] Hricik, David. "Symposium: The Internet: Place, Property, or Thing—All or None of the Above? (transcript)" 55 *Mercer L. Rev.* 867 (2004).

[16] Kallet, Arthur & Schlink, Frederick. *100000000 Guinea Pigs: Dangers in Everyday Foods, Drugs, and Cosmetics*. New York: The Vanguard Press, 1932.

[17] Kallet, Arthur. *Counterfeit: Not Your Money But What It Buys*. New York: The Vanguard Press, 1935.

[18] Levy, Ely & Silber, Norman. "Nonprofit Fundraising, Consumer Protection, and the Donor's Right to Privacy. " 15 *Stan. L. & Pol'y Rev.* 519 (2004).

[19] Lippmann, Walter. *Drift and Mastery*. New York: Mitchell Kennerly, 1914.

[20] Mahoney, T. & Sloan, L. *The Great Merchants*. New York: Harper and Rowe, 1966.

[21] Marinoff, L. "The matrix and Plato's Cave: Why the Sequels Failed. " in William Irwin ed. , *More Matrix and Philosophy: Revolutions and Reloaded Decoded*. Chicago: Open

Court,2005.

[22] Meyer, Robert. *The Consumer Movement: Guardians of the Marketplace*. Boston: Twayne Publishers, 1989.

[23] Miller, Geoffrey. "The True Story of Carolene Products." *Sup. Ct. Rev.* 397 (1987).

[24] Mitchell, Wesley. *The Backward Art of Spending Money*. New York: A. M. Kelley,1912.

[25] Nadel, Mark V. *The Politics of Consumer Protection*. Indianapolis: Bobbs-Merrill,1971.

[26] Nader, Ralph. *Unsafe at Any Speed: The Designed—In Dangers of the American Automobile*. New York: Grossman Publishers,1965.

[27] Packard, Vance. *The Hidden Persuaders*. London: Longmans,1957.

[28] Pease, Otis. *The Responsibilities of American Advertising*. New Haven: Yale University Press,1958.

[29] Pertschuk, Michael. *Revolt Against Regulation: The Rise and Pause of the Consumer Movement*. Berkeley, CA: University of California Press,1982.

[30] Peterson, Christopher L. "Truth, Understanding, and High-Cost Consumer Credit: The Historical Context of the Truth in Lending Act." 55 *Fla. L. Rev.* 807 (2003).

[31] Ramasastry, Anita. "From Consumer to Person? Developing a Regulatory Framework for Non-Bank E-Payments." in Jane K. Winn ed. , *Consumer Protection in the Age of the "Information Economy"*. Burlington: Ashgate Publishing,2006.

[32] Rubin, Edward. (2006a) "Contract, not Regulation: UCITA and High-Tech Consumers Meet Their Consumer Protection Critics." in Jane K. Winn ed. , *Consumer Protection in the Age of the "Information Economy"*. Burlington: Ashgate Publishing,2006.

[33] Rubin, Edward. (2006b) "The Internet, Consumer Protection and Practical Knowledge." in Jane K. Winn ed. , *Consumer Protection in the Age of the "Information Economy"*. Burlington: Ashgate Publishing,2006.

[34] Rubin, Edward. "Thinking Like a Lawyer, Acting Like a Lobbysit." 26 *Loy. L. Rev.* 743 (1993).

[35] Schill, Michael. "An Economic Analysis of Mortgagor Protection Law." 77 *Va. L. Rev.* 489 (1991).

[36] Shirley, L. "The Matrix: Know Thyself." in Karen Haber ed. , Exploring the Matrix: Visions of the Cyber Present. New York: St. Martin's Pres, 2003.

[37] Silber, Norman I. (1997a) "Law, Consumer." in Brobeck ed. , *Encyclopedia of the Consumer Movement*. Santa Barbara, CA: ABC-CLIO,1997.

［38］Silber, Norman I. (1997b) "Substance Abuse at UCC Drafting Sessions." 75 *Wash. U. L. Q.* 225 (1997).

［39］Silber, Norman I. *Test and Protest: The Influence of Consumers Union.* New York: Holmes & Meier,1983.

［40］Sinclair, Upton. *The Jungle.* Doubleday, New York: Jabber & Company,1906.

［41］Smith, Adam. *The Wealth of Nations.* London: W. Strahan & T. Cadell,1776.

［42］Sullivan, Mark. *Our Times*, vol. 2. 1927.

［43］Sullivan, T. , Warren, E. & Westbrook, J. *As We Forgive Our Debtors: Bankruptcy and Consumer Credit in America.* Oxford: Oxford University Press, 1989.

［44］Uchitelle, Louis. "Were the Good Old Days that Good?" *N. Y. Times*, July 3, 2005, at Sec. 3. col. 1.

［45］Veblen, Thorstein. *The Theory of the Leisure Class*,1899.

［46］Warne, Colston E. *The Consumer Movement: Lectures by Colston E. Warne.* ed. , Richard L. D. Morse. Manhattan, Kans. : Family Economics Trust Press,1993.

［47］Wells, H. G. *Tono-Bungay.* London: Macmillan,1909.

劳动合同法实施情况研究

——以珠三角纺织企业为考察对象

夏 楠[*]

一、前言

2007 年 3 月,《劳动合同法(草案)》向社会公开征求意见,据人大官员透露,一个月内收到针对该法的社会意见 19 万余件。该法自 2008 年 1 月实施后,至今热议未止,风波不断。称其为 60 年来最富争议的法律,亦不为过。

按照我国惯例,重要立法在实施之前有一个试点及评估的时期。而直接关涉中国数亿劳动者的《劳动合同法》,从全国人大常委会首次审议至通过并颁布,不过一年半的时间;既未进行试点评估,也没有调查论证,可谓匆忙潦草,有闭门造车之嫌。

而新法颁布后,学界、商界、政界与工会都不同程度参与了论争。论者大致分成两派,一派认为,新法"规范了用人单位和劳动者双方的权益,总的实施情况是好的"(中国人力资源和社会保障部部长尹蔚民);另一派则认为,"不仅本身约束了市场的合约自

---

[*] 夏楠,北京传知行社会经济研究所研究员,北京华一律师事务所律师。

由,大幅提升产出成本,而又因为有人民币升值等局限转变在前,在新法带动下变得多管齐下,加起来是中国的伟大经济改革的致命伤"(张五常)。

遗憾的是,在经济不景气的环境下,对这部法律的讨论,越来越走向极端及政治化的趋势。"拥护"与"反对"的双方,被简单划分成"劳方代言人"与"资方代言人";利益权衡变成了"政治正确"的比较;新法实施至今,论争各方均尚无可信的一手资料来支撑自身论点。

在立法之先,法学界内对《劳动合同法》的地位就有争议:它应该参照《合同法》,还是参照《劳动法》?

这个问题似乎学术性很强,但却是必须首先说清楚的问题。民法的原则是平等、公平、意思自治;而经济法的原则是资源优化、社会本位与国家适当干预。《劳动合同法》的学科分类问题,直接影响到其立法目的。《劳动合同法》的立法目的是什么?其第1条的回答很明确:"为了完善劳动合同制度,明确劳动合同双方当事人的权利和义务,保护劳动者的合法权益,构建和发展和谐稳定的劳动关系,制定本法。"

可见,《劳动合同法》最终偏向了经济法一边。目前论者的批评,多是认为该法对劳资双方不够公平;事实上,该法本身已经作出回应:立法目的并非为了公平,而是为保护劳动者(雇员)一方。其潜台词可能是:因为双方地位不平等,所以,对议价能力较弱的一方实行保护性倾斜。

但是,批评该法"不够公平"的论者,也并非没有正当性依据——因为该法第3条又规定:"订立劳动合同,应当遵循合法、公平、平等自愿、协商一致、诚实信用的原则。"这一条与第1条,从立法技术而言是矛盾的。相比之下,1994年《劳动法》第17条规定劳动合同的订立原则,就没有使用"公平"二字。

仅"劳动合同法"中的"合同"二字,就具有相当强烈的误导性——因为合同的成立,必然是建立在公平基础之上的。而这部法律中的许多强制性条款,使得用人单位与劳动者之间既不"合"

也不"同",只是不得已而签之。综观各国各地区规范劳资关系的法律,美国称为《国家劳资关系法》,我国台湾地区称为《劳动基准法》,香港称为《雇佣条例》,澳门称为《劳动关系法》……均不使用"合同"的称谓。这部法律的文不对题、概念含混、自相矛盾,从它的题目和前三条就开始了。自然,这也反映出立法者内部意见的不统一。

笔者无意介入"是否应当对劳动者进行倾斜保护"的道德争议。本报告的写作目的,是站在《劳动合同法》第 1 条预设的价值立场上,审视其立法手段与立法目的是否具有一致性。

学力有限,本报告错漏之处难免,如读者能够不吝赐教,幸甚至哉。

二、概述

(一)本报告的主旨

如前所述,本报告的写作目的,是站在《劳动合同法》第 1 条预设的价值立场"保护劳动者的合法权益"上,检讨审视其立法手段与立法目的是否具有一致性。

本报告力图在第一手调查的基础上,对**几个重要、基本、不乏争议的问题**,作出明确的回应:

其一,新法出台至今,其执行效率如何? 受到了多大的阻力?

其二,新法中关于劳动合同订立、解除的新规则,如无固定期限劳动合同、任意解除权、违约金条款等,应作何评价?

其三,颇为人诟病且被称为《劳动合同法》"后门"的劳务派遣制度,有何作用、对谁有利? 新法实施后这一行业如何变化?

其四,**中国的**最低工资制度是否妨碍了就业?

其五,新法实施后劳动争议和维权方式是否有变?

其六,近两年来我国制衣业以及整个制造业普遍出现的低迷状态,以及工人的失业浪潮,是否真如论者所称,与《劳动合同法》增加用工成本有莫大关系?

(二)我国的劳动立法体系及本报告的涉及范围

我国劳动立法采专篇式、单行法规模式,并无专门法典。在立法层级上层次较复杂,除居于核心地位的《劳动法》之外,尚有劳动部若干规章、最高院发布的若干司法解释;地方政府及法院另有具体规定。以广东省为例,重要文件有《广东省劳动合同管理规定》、《广东省工伤保险条例》、《广东省工资支付条例》、《广东省高级人民法院关于进一步加强劳动争议案件审判工作的若干意见》,等等。

而在我国,社会保险向来与劳动关系挂钩。最早对社会保险范围作出原则性规定的,是 1994 年《劳动法》;重要文件,尚有1997 年国务院《建立城市居民最低生活保障制度的通知》、1999年国务院《失业保险条例》和《社会保险费征缴条例》。鉴于我国尚无独立的《社会保险法》,社保制度在一定程度上依附于劳动制度。我国社会保险制度区域性明显,实践中主要依靠地方性法规、规章实施。

本报告以《劳动法》、2003 年《广东省劳动合同管理规定》、1998 年《广东省社会养老保险条例》及 2000 年《广东省社会养老保险实施细则》、2002 年《广东省失业保险条例》为参照对象,讨论《劳动合同法》作出的制度变化。而《劳动合同法》出台之后,国务院在此基础上制定《劳动合同法实施条例》,意在对《劳动合同法》中的模糊概念进行进一步解释,其内容并未逾越《劳动合同法》,故不单独赘述。

(三)本报告的考查对象

必须慎重地处理"《劳动合同法》是否能保护劳动者的利益"

这一问题,因为"劳动者"、"利益"这两个概念都十分宏大。

其一,《劳动合同法》并不是对所有劳动者都有利。依据劳动者职业岗位的可替代性不同,收入状况不同,企业所有制形式不同,《劳动合同法》对其的利益影响也不一样。

其二,劳动者的利益倾向存在差别,《劳动合同法》对高福利偏好、高收入偏好、高稳定性偏好的不同劳动者,利益影响不一样。

其三,《劳动合同法》所确立的劳动关系,在不同市场中、不同经济环境下,可能发生变化;

其四,《劳动合同法》对人力资源市场格局的影响是持续性的,它已经发生、正在发生、未来还会发生影响。在将来的一二十年内,或许如一部分人所言,它或者能造成"产业结构整体升级",或者能造成"中国市场经济的陷阱"。对它所造成的短期效应、长期效应的评价不同,甚至可能是截然相反。

如果说《劳动合同法》是经济法,它就必然与市场有紧密的关联。而该法第2条规定:"中华人民共和国境内的企业、个体经济组织、民办非企业单位等组织(以下称用人单位)与劳动者建立劳动关系,订立、履行、变更、解除或者终止劳动合同,适用本法……"也就是说,**这部法律对于它所调整的对象不加任何区分**。对企业高管和农民工、对国有企业和私营企业、对跨国企业和小作坊、对金融业和家政业、对广东企业与河南企业……都在采取相同手段进行非常具体的干预。

"从来不存在两个相同的市场"。市场与行业的复杂性,决定了本报告的局限性。精力所限,无法一一评价该法针对各种市场主体的实施效果。**本报告研究范围,是在《劳动合同法》第2条规定的无数市场主体中,选择珠江三角洲地区的部分企业——主要是小型纺织企业进行调查,研究《劳动合同法》从颁布至今,对这些企业及其员工——主要是农民工所带来的影响。**

为何选择这一群体作为调查样本?大致有以下几个原因:

其一,这一群体能够体现最典型的劳资关系,即"资本雇佣劳动"，劳动者普遍不享有企业股权和经营权，双方利益格局明显；

其二，纺织行业是最典型的劳动密集型行业，对人力成本的变化相当敏感；

其三，纺织行业是微利行业，对于成本变化在数据上应有明显体现；

其四，这一地区的纺织企业分布集中，同质化程度较高，统计学意义较强；

其五，这一地区的纺织企业多为出口导向型，资本来源集中，适当选择研究时间跨度，有利于分离金融危机等其他经济因素对调查结果的干扰；

其六，各种劳动者之中，以农民工地位最为弱势，而纺织行业的岗位可替代性强，农民工多集中在这一地区、行业中，劳动力市场的变化对这一群体影响最甚。

（四）本报告的基本内容与写作方法

权利冲突——规范，是传统法律分析的基本方式，有关《劳动合同法》，其法律层面的分析已有众多。关于《劳动合同法》及配套法律的文本，本报告择出其中重要条款进行解释、分析。为方便读者阅览，将法律文本在各章中单独引述。

笔者希望在此基础上，借助企业理论及管制理论，从管制——交易费用变化——合约选择变化角度，借助数据与案例的支持，对《劳动合同法》的法律后果与经济后果进行解读。

本报告定位为描述、解释性研究而非预测性研究，力图描述《劳动合同法》作为行为规范之一种，致使市场主体的市场行为发生了何种变化。本报告希望对这种变化的行为动机作出尽量简洁、清晰的阐释。在大部分问题上，本报告并不作出价值判断。

如前所述，《劳动合同法》将全部产业中的全部劳资关系囊括于内，使其成为一部牵一发而动全身的法律，将来进行的任何变动，都将涉及庞大的利益相关群体。有鉴于此，**本报告不欲提供**

法律改革的针对性意见,而希望成为诸多研究者与立法者的素材之一种。诚愿这项抛砖引玉的工作,能够引起进一步的讨论。

三、调研背景

(一)调查问卷的简要说明

本次调查主要通过实地发放问卷的形式进行,**调查时间为2009 年 4 月,调查地域包括广州、佛山、东莞、江门、中山 5 地**,以上地区除广州外均为纺织重镇,纺织企业与工人大量集中。

我们针对劳资双方设计了 A、B 两套问卷。**A 卷调查样本为纺织行业普通工人,不包括具有企业管理职权的人员。**因问卷问题较多,为保证问卷质量,采用了付费调查的方式,问卷发放为随机发放。A 卷共发放 1300 份,回收有效问卷 813 份;**B卷调查样本为纺织企业负责人,包括企业所有者及高级管理人员,但不包括人力部门的负责人。**B 卷共发放 57 份,回收有效问卷 57 份。

问卷问题围绕研究核心问题所设计,问题之间注重可比性,如《劳动合同法》不同时间的影响比较、AB 两卷同一问题不同意见的比较等。考虑到受调查对象的文化水平不一,两份问卷均采取全封闭形式,且每份问卷均有调查人员予以讲解说明。

为弥补问卷信息开放性的不足,我们在珠三角地区进行了大量的访谈。访谈对象包括工人、企业负责人、劳务派遣企业管理人员、劳动中介组织工作人员等。访谈记录涉及大量细节问题,对本报告的撰写具有极为重要的参考意义。

为阅读便利起见,调查人员遵循原义,对访谈记录进行了必要的语言加工。

（二）受调对象基本情况

以下 7 个问题针对工人进行，涉及问卷对象的个人基本情况，包括性别差异、年龄分层、学历分层、户籍划分、工薪级别、劳动时间等。

问卷对象的基本情况，将用于以下各章中，与其他问题进行交叉比对。

A-1-1　您的性别？

A-1-2　您的年龄是？

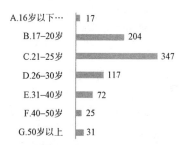

A-1-3　您的学历是

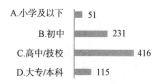

A-1-4　您的户籍在

A-1-5 2007 年,您的月平均工资大概是(未工作请不填)

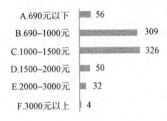

A.690元以下　56
B.690-1000元　309
C.1000-1500元　326
D.1500-2000元　50
E.2000-3000元　32
F.3000元以上　4

A-1-6 2008 年,您的月平均工资大概是

A.770元以下　103
B.770-1000元　469
C.1000-1500元　174
D.1500-2000元　42
E.2000-3000元　17
F.3000元以上　8

A-1-7 您每月加班多少小时?(标准劳动时间是每月 174 小时)

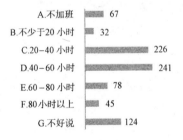

A.不加班　67
B.不少于20 小时　32
C.20-40 小时　226
D.40-60 小时　241
E.60-80 小时　78
F.80小时以上　45
G.不好说　124

(三)劳动合同的签订情况

《劳动法》第 17 条,对劳动合同的签订仅作了原则性规定: "劳动合同是劳动者与用人单位确立劳动关系、明确双方权利和 义务的协议。建立劳动关系应当订立劳动合同。"

《广东省劳动合同管理规定》将此规定具体化。其第七条规定,"用人单位招用劳动者必须在 30 日内签订书面劳动合同。用人单位招用劳动者在 30 日以上不签订劳动合同,对劳动者造成损害的,用人单位应当承担赔偿责任。"

《劳动合同法》与《广东省劳动合同管理规定》相若,不仅规定"已建立劳动关系,未同时订立书面劳动合同的,应当自用工之日起一个月内订立书面劳动合同",而且进一步规定了未签订劳动合同的补救措施与罚则。一是"用人单位自用工之日起超过一个月不满一年未与劳动者订立书面劳动合同的,应当向劳动者每月支付二倍的工资";二是"用人单位自用工之日起满一年不与劳动者订立书面劳动合同的,视为用人单位与劳动者已订立无固定期限劳动合同"。

2008 年 8 月,作为《劳动合同法》起草人之一的董保华教授在 CCER 中国经济观察年会上发表题为"新《劳动合同法》将在实践中得不到执行"的演说。**其主要理由是这部法律刚性太强,不合实际,将受到强烈的反弹。**这代表了相当一部分学者的意见,包括笔者在内,都认为该法执行起来难度相当高。

为调查劳动合同的签订情况,我们在问卷中提出了以下问题:

A-1-8　您是否签订了劳动合同?

A-1-9　2007 年,您是否签订过劳动合同?

A-1-10　您觉得跟老板签劳动合同重要吗?

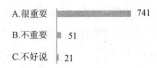

A-1-11 2008 年以前,您的老板跟您签合同时主动吗?

A-1-12 2008 年以后,您的老板跟您签合同时主动吗?

我们同时向企业负责人员提出了以下问题:

B-1-1 2007 年,您的企业与工人签订劳动合同的情况怎么样?

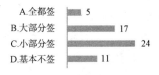

B-1-2 2008 年,您的企业与工人签订劳动合同的情况怎么样?

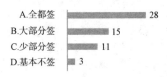

B-1-3 您认为和工人签劳动合同重要吗?

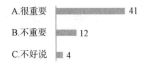

A.很重要　41
B.不重要　12
C.不好说　4

B-1-4　您和工人签劳动合同最主要是因为：

A.劳动部门的要求　11
B.工人的要求　12
C.不签会有损失　28
D.其他　6

B-1-5　您认为 2008 年以来，劳动部门对您企业进行监察的力度

A.增加了　41
B.没变化　16

　　问卷的一个清晰结果：《劳动合同法》实施以来，劳动合同的签订率大大增加了，并且大多数工人与企业负责人均认为签订劳动合同很重要。问卷中可得出的另一信息是：劳动合同签订率大量增加的主要原因，是企业一方态度变化，企业负责人开始将签订劳动合同作为自我防卫的手段。这说明《劳动合同法》中所规定的罚则产生了效果。

　　此外，劳动部门的监察力度确有增加。多数企业负责人认为"比以前管得严了"，访谈中有企业负责人称，劳动部门"主要是为了罚款，罚完就不管你了"。新法赋予了劳动部门更多职权，同时也扩大了其寻租空间。

　　总的来说，《劳动合同法》在珠三角地区确有一定的实施力度，并不如此前我们想象的形同空文。这一结论在以下诸章中，可得到更具体的呈现。

四、无固定期限劳动合同

（一）无固定期限劳动合同概述

《劳动合同法》出台之后，最为人诟病的是无固定期限劳动合同的规定。无固定期限劳动合同被指为"铁饭碗"、"养懒人"。这类的评价是否合适，姑且不论；但无固定期限劳动合同的规定并非《劳动合同法》首创，早在 1995 年《劳动法》当中就有。该法第 20 条规定："劳动者在同一用人单位连续工作满 10 年以上，当事人双方同意续延劳动合同的，如果劳动者提出订立无固定期限的劳动合同，应当订立无固定期限的劳动合同。"

《广东省劳动合同管理规定》原文吸收了这一规定，并且增加后段，"无固定期限劳动合同，适用于常年性技术岗位和工种。签订无固定期限劳动合同，必须明确终止和解除合同的条件"。

而《劳动合同法》之中，针对无固定期限劳动合同，增加了大量的条款予以规范。其第 14 条作了如下规定：

> 用人单位与劳动者协商一致，可以订立无固定期限劳动合同。有下列情形之一，劳动者提出或者同意续订、订立劳动合同的，除劳动者提出订立固定期限劳动合同外，应当订立无固定期限劳动合同：
>
> （一）劳动者在该用人单位连续工作满 10 年的；
>
> （二）用人单位初次实行劳动合同制度或者国有企业改制重新订立劳动合同时，劳动者在该用人单位连续工作满 10 年且距法定退休年龄不足 10 年的；
>
> （三）连续订立二次固定期限劳动合同，且劳动者没有本法第 39 条和第 40 条第一项、第二项规定的情形，续订劳动合同的。
>
> 用人单位自用工之日起满一年不与劳动者订立书面劳动

合同的,视为用人单位与劳动者已订立无固定期限劳动合同。

将该条第(一)款与《劳动法》进行对比,可以发现几个显著的不同。《劳动法》中,订立无固定期限的劳动合同有 3 个条件:一是劳动者在同一用人单位连续工作满 10 年以上,二是劳动者主动提出,三是双方均同意续延劳动合同。

《劳动合同法》里则将主动权完全赋予了劳动者:即使用人单位不愿续延合同,也必须与劳动者续签无固定期限劳动合同。

结合《劳动合同法》第 37、38 条,劳动者单方解除劳动合同的成本很低,仅需提前 30 日通知用人单位即可。我们似乎可以认为:**无固定期限劳动合同从订立到解除的过程中,劳动者一方都掌握着主动权。**

(二)无固定期限劳动合同条款的立法目的

无固定期限劳动合同的立法目的何在?《劳动合同法(草案)》课题组组长常凯教授给出了如下说法:

> "我们不用讲法律,一个人在你这儿干了 10 年,最好的年龄都在你这儿干完了,到了 40 岁以后你不要人家了,你觉得这事做得地道吗? 从中国的总体看,即便是劳动力资源丰富,也不至于只用 35 岁以下的人。中国劳动力市场上 45 岁以上的人就很少有再就业的机会了。事实上,40 岁时,人们的职业生涯还只到一半。"(《和谐劳资关系才是立法目的》,人民日报 2008 年 8 月 15 日)

按照此说法,《劳动合同法》中上述规定,立法目的似乎是为了鼓励劳动合同长期化。主要是为了保护因年龄问题导致劳动技能下降,又未到退休年龄的劳动者。更进一步来讲,是为了保护可替代性强的体力劳动者。

(三)关于无固定期限劳动合同的签订情况

我们试图在问卷当中,对无固定期限劳动合同的签订情况进行统计,问卷结果显示:

A-2-1 您签订的劳动合同什么时候到期?(没签的请不填)

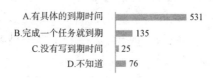

A-2-2 您或者您工友的劳动合同一般每次签多久?

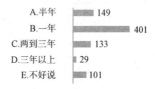

A-2-3 您愿不愿意在一个厂一直干下去?

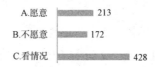

对企业负责人所作的问卷,涉及无固定期限劳动合同的问题如下:

B-2-1 您了解《劳动合同法》中"无固定期限劳动合同"的规定吗?

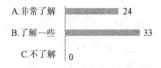

B-2-2 您愿意和工人签订无固定期限劳动合同吗?

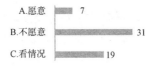

A.愿意　7
B.不愿意　31
C.看情况　19

B-2-3　《劳动合同法》规定的两种应当签订无固定期限劳动合同的情况，一种是"劳动者在该用人单位连续工作满10年的"，一种是"已经连续订立了二次固定期限劳动合同的"，您更加反对哪一种？

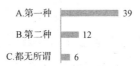

A.第一种　39
B.第二种　12
C.都无所谓　6

综合两卷的信息，最主要的结论是**无固定期限合同并不多见，现存的无固定期限劳动合同数量与愿意签订的工人数量存在较大反差**。这种情况可能有三方面的原因：一是这个受调查群体可替代性强、流动性大；二是企业方面在想办法规避；三是《劳动合同法》实施时间还不够长，其规定的几种情况尚未能满足，这应是最主要的原因。

另一个明显的问卷信息是，**以完成一定工作任务为期限的劳动合同，并未如分析人士所估计的大量产生**。究其原因，如果将其与固定期限劳动合同相比较，其中的工人权利并无多大差别。以前的"临时工"，在身份与工薪两方面都与"正式工"不平等；而《**劳动合同法》打破了企业中"编制"的存在，对劳动关系划一规定，企业使用"临时工"和"正式工"的成本是相差不远的**。

而**第(三)款中"连续订立二次固定期限劳动合同……"的规定，立法目的似乎是为了鼓励劳动合同长期化；但从问卷结果来看，本条款作用不大**。

(四)无固定期限劳动合同条款如何规避

虽然该款后段有例外规定，即如果劳动者一方出现法定的几种情况,用人单位可以拒绝续签无固定期限劳动合同;但是,一旦因此发生劳动争议,用人单位需承担较重的举证责任。故用人单位能够选择的规避方式,就是**签订一次固定期限劳动合同后不再续签**。

在访谈中我们发现,有企业采取了**固定期限劳动合同与临时工合同交替签订的方式**,即固定期限劳动合同到期后,续签以完成一定工作任务为期限的劳动合同,试图对该条款进行规避,实际上是钻该款当中"连续订立"的空子。

(五)企业规避无固定期限劳动合同的动机

大多数企业负责人不愿意签订无固定期限劳动合同。**如果仅从法律文本上考察,无固定期限劳动合同与固定期限劳动合同其解除条件是一致的**,即《劳动合同法实施条例》第 19 条"有下列情形之一的,依照《劳动合同法》规定的条件、程序,用人单位可以与劳动者解除固定期限劳动合同、无固定期限劳动合同或者以完成一定工作任务为期限的劳动合同……"**可见,无固定期限劳动合同的解除成本并不比固定期限劳动合同的为高**。

对纺织行业而言,无固定期限劳动合同本身的杀伤力并不强;**但与最低工资制相结合,可能发生很严重的后果。**纺织业以及大多数加工制造行业将计件工资制作为主要的计酬形式,按照《劳动合同法》的有关规定,实行计件工资制的企业中,即使达不到劳动定额,同样可以获取最低工资。从 A-1-5、A-1-6 的问卷数据来看,**大多数受调查工人的工资水平与当地最低工资相近。如果仅考虑工资收益,工人尽职工作的边际收益不高。**

也就是说,工人尽职工作的激励很少来源于工资,而大多来源于岗位竞争。对于工人怠工的情况,企业虽然难以援引《劳动合同法》有关规定解除劳动合同,但可以通过到期不再续签劳动合同的方式来淘汰绩效低下的工人。**连续签订固定期限劳动合同的交易方式,实质上是一种重复博弈**:工人在上一合同期间内的工作表现,成为下一阶段交易是否进行的依据。**无固定期限劳动合同打断了这一博弈过程,一旦工人与企业签订无固定期限劳动合同,岗位竞争所能提供的激励就立即下降了**。在这种情况下,《劳动合同法》的无固定期限劳动合同条款导致企业预期收益减少。

进一步的可能性是,因为岗位竞争所能提供的工作激励下降,企业被迫提高工资标准以维持工作激励。在这种情况下,企业的用工成本上升。

(六)无固定期限劳动合同使哪些劳动者获益

以上是针对制造业等劳动密集型产业的简要分析。对于其他类型的产业,特别是在技术更新较快的产业,更加年轻化、知识结构更新的劳动者,相对于工作了一定时间、知识结构陈旧的劳动者,往往占据竞争优势。**无固定期限劳动合同条款无疑保护了后者,且并没有增强后者的竞争能力。在企业能够提供的人力支出不变的情况下,这些条款只是限制了前者的竞争机会。**

五、任意解除权与违约金条款

(一)劳动合同任意解除权概述

劳动合同的单方解除,包括单方约定解除和单方法定解除。单方约定解除是指当事人双方在合同中约定了某种解除情形,当这种情形出现时,享有解除权的一方以单方意思表示即可使合同消灭,不必征得对方同意。单方法定解除是指法律上有明确规定,当某种情形出现时,享有解除权的一方可依据法律规定直接行使解除权,以达到消灭合同的目的。而单方法定解除权又可分为3类:一般法定解除权、违约解除权、任意解除权。

一般法定解除权,即出现法定情形致使合同目的客观上无法达到时,用人单位可依法行使的解除权。《劳动合同法》第40、41条规定了若干法定情形,第42条则是对一般法定解除权的限制。

违约解除权,即合同一方出现违约情节时,另一方可行使的解除权。《劳动合同法》第38条规定了用人单位违约时劳动者享有的违约解除权,第39条规定了劳动者违约时用人单位享有的违约解除权。

任意解除权,则是当事人双方或一方享有的、对生效合同不附条件地、根据自己的意愿作出单方解除的权利。《劳动法》第31条规定了劳动者的任意解除权:"劳动者解除劳动合同,应当提前30日以书面形式通知用人单位"。《劳动合同法》中第37条则规定:"劳动者提前30日以书面形式通知用人单位,可以解除劳动合同。劳动者在试用期内提前3日通知用人单位,可以解除劳动合同。"

《劳动法》与《劳动合同法》中的规定,因语序的不同有细微的意义差别。《劳动法》第31条的规定,容易引起一个阅读歧义,即"预先通知"仅是劳动者任意解除劳动合同的必要条件,而非充分条件;以致原劳动部在《关于〈劳动法〉若干条文的说明》中强调,"本条规定了劳动者的辞职权,除此条规定的程序外,对劳动者行使辞职权不附加任何条件。但违反劳动合同约定者要依法承担责任"。《劳动合同法》则调整了语序,明确了"预先通知"是"任意解除"的充要条件。

(二)劳动合同任意解除权的争议

一个法理及司法实践上的争议是,《劳动法》中的法定任意解除权属于强行性规范还是任意性规范？所谓强行性规范，系指法律强令当事人应为或不为一定行为的法律规定，强行性规范不得依意思自治的原则排除；所谓任意性规范，指的是允许当事人在法律规定的范围内自由作出约定的规范。

例如，若劳动合同中约定了"合同双方必须按照合同约定的期限履行合同，不得提前解除合同"的条款，而劳动者在劳动合同期限未满时，仍然行使了任意解除权。此时应当裁定劳动者违约，还是裁定劳动合同中这一条款因改变《劳动法》的强行性规范而无效？

支持后一种说法的理由是，《劳动法》第 17 条规定："劳动合同依法订立即具有法律约束力，当事人必须履行劳动合同规定的义务。"在这里，**《劳动法》开始自相矛盾**：劳动者既有按合同期限履行合同的义务，又有提前解除合同的权利。**《劳动合同法》第 3 条和第 31 条，又延续了《劳动法》这个矛盾之处。**

这个问题暂且搁置，留给立法者去改进。而**对企业而言更迫切的问题是，按照《劳动合同法》第 3 条，劳动者在合同期限未满的情况下行使任意解除权，明显未履行合同义务，企业能否对此请求违约金？**

原劳动部在《关于企业职工流动若干问题的通知》中只简单地规定："用人单位与劳动者可以在劳动合同中约定违约金。"《广东省劳动合同管理规定》第 41 条规定："由于当事人一方的过错，造成劳动合同不能履行或者不能完全履行，由过错的一方承担违约责任。"虽然违约责任不完全等同于违约金，但在劳动者任意提前解除劳动合同的情况下，承担违约责任似乎也只有违约金一种方式。

比较著名的案例，有 2004 年的嘉陵集团与殷旭汶违约纠纷一案。因嘉陵集团员工殷旭汶行使任意解除权，嘉陵集团申请仲裁，要求殷旭汶支付违约金 20 万元。重庆市劳动争议仲裁委员会最后认为：聘用合同中的违约金条款属于有效条款，对双方均具有约束力。殷旭汶的辞职行为已足以造成聘用合同的解除，属于违反聘用合同的行为,应当依据聘用合同约定支付违约金。

《劳动合同法》则彻底改变了这一规定。其第 25 条规定:"除本法第 22 条和第 23 条规定的情形外,用人单位不得与劳动者约定由劳动者承担违约金。"第 22 条是用人单位付出了培训费用的情况,在本报告的研究目标群体中比较常见;第 23 条是违反竞业禁止的情况,常见于掌握企业商业秘密的雇员。

前期访谈显示,**为限制劳动者的任意解除权,用人单位经常采取扣押证件、收取保证金等方式**。《劳动合同法》第 9 条规定,"用人单位招用劳动者,不得扣押劳动者的居民身份证和其他证件,不得要求劳动者提供担保或者以其他名义向劳动者收取财物";第 84 条则规定了责令限期退还、并处罚款的罚则。

(三)关于任意解除权的行使及保证金的收取情况

为测试劳动者的劳动合同任意解除权行使情况,我们在问卷中设计了如下问题:

A-3-1 2008 年以后,您觉得招工时扣押证件或者收保证金的情况比以前

A-3-2 您参加过企业的技术培训吗?

A-3-3 如果您参加过企业技术培训,是否交培训费?(是否从工资里扣培训费?)您觉得培训费是否过高?(没参加过的请不填)

A.交，觉得太高　412
B.交，比较合理　73
C.不交　200

B-3-1 2008 年以后，您觉得员工提前解除劳动合同的情况是否比以前增加了？

A.增加了很多　21
B.增加了一点　2
C.没有变化　11
D.减少了　23

B-3-2 您认为员工提前解除劳动合同的原因是什么？

A.别家条件更好，跳槽　14
B.要挟企业提高待遇　32
C.其他　11

B-3-3 员工提前解除劳动合同时，会提前通知企业吗？（劳动合同法规定为提前 30 天）

A.多数会　11
B.很少会　46

B-3-4 2008 年以后，您企业的技术培训活动有变化吗？

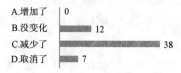

A.增加了　0
B.没变化　12
C.减少了　38
D.取消了　7

（四）违约金条款规避方式

笔者在调研中发现这样一个案例。

为规避《劳动合同法》中的违约金/保证金条款,东莞寮步塘厦东区工业园的几所企业联合组建了一个空壳培训学校。新工人入厂前要和工厂、培训学校之间签订三方协议,协议内容大致如下:

1. 新工人作为学校的学生在工厂里"实习",向学校缴纳2000元左右的培训、食宿费(大部分可欠),到培训结束合格后,可与工厂签订劳动合同并领取工资。

2. 每月工资由工厂扣除一部分"代还"培训费,工人与工厂的劳动合同期满后,"学校"将培训费退回给工人。

3. 工人若提前解除合同,则培训费不再退还。

这无疑是一种聪明的规避方式。其一,按照《劳动合同法》,一经签订劳动合同就要开始发放工资(《劳动合同法》规定试用期工资不少于劳动合同约定工资的80%,并不得低于用人单位所在地的最低工资标准)。这种方式避开了"学徒工"的工资支出。其二,虽然按照《劳动合同法》第9条用人单位不得要求劳动者提供担保,但学校与用人单位是两个独立法人,其收取培训费是天经地义的;这里的培训费实际上充当了保证金的功能。

(五)任意解除权与违约金条款的影响

如果将法定违约解除权和法定任意解除权分开来看,**行使任意解除权是一种"合法的违约"**。虽然问卷调查显示2008年以后此种行为有所下降,但访谈中,企业负责人普遍认为,这是近来不断恶化的就业形势所致,工人跳槽的难度增加,辞职或不辞而别的情况才有所减少。

有企业负责人称,2006年经历过一段"民工荒"时期,各家企业普遍提高工人待遇争抢工人,许多工人"拿到工资第二天就跳槽";而遇到订单多需要赶工的时候,则经常以辞职威胁,要求提高工资福利。在这一段时期,各家工厂在招工时曾普遍提高保证金的标准。

《劳动合同法》规定的行使任意解除权的程序,即30天预告期,是为了解决用人单位此种困扰,使其有一定时间调整生产与人员配置,不至于造成生产停滞。但是,目前的《劳动合同法》,虽然规定此种情况"给用人单位造成损失的,应承担赔偿责任",但同时限制用人单位收取保证金。对大量使用流动人员的用人单位而言,员工不辞而别之后根本找不到人,更遑论要求赔偿。故而,对相当一部分劳动者而言,《劳动合同法》对其没有任何硬性约束力,是否履约完全取决于其道德品质。

访谈中发现,部分厂家制订了加薪计划,**用定期加薪的方式挽留熟练工人及技术工人。**但是,在经济不景气的背景下,许多加薪计划难以执行。

《劳动合同法》的本项变化延伸出的另一后果是,使得企业对**工人进行培训的投资动力不足。企业正缩减培训以减少员工跳槽带来的损失,这代表着熟练工人的身价进一步提高,而新工人的求职机会在降低。**

六、劳务派遣

(一)劳务派遣的概念

劳务派遣起源于上世纪20年代的美国,在美国称为"租赁劳动"(employee leasing),在日本和我国台湾地区多称为"劳动派遣",在欧洲国家多称为"临时劳动"(temporary work)。90年代进入我国并开始发展,先有此行业,后有相关法律规定。《劳动合同法》实施之前,个别地方针对这一行业出台过一些地方性规定。笔者所考,最早的是1998年南京市《南京市人才租赁暂行办法》;在广东地区,最早的是2002年《深圳经济特区人才市场条例》。该条例将劳务派遣称为"人

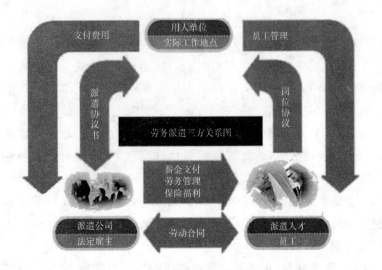

才租赁";其他尚有"人力资源代理"、"劳动外包"等称呼。

这些有关劳务派遣的立法,多数比较简略,仅原则性规定了派遣企业、用人单位、劳动者三方的法律关系。以《深圳经济特区人才市场条例》为例。该条例第三章"人才租赁与转让"中共5条:

第17条　人才所属单位可以依照本条例,将人才出租或者转让,并从中取得收益。

第18条　本条例所称人才租赁是指人才与其所属单位劳动关系不发生变更,所属单位将人才外派至人才承租单位工作,人才承租单位支付人才租赁费的行为。本条例所称人才转让是指人才所属单位与人才解除劳动关系,将其转让至人才受让单位,人才受让单位支付人才转让费的行为。

第19条　人才所属单位出租或者转让人才时,应当与人才承租或者受让单位签订人才租赁或者转让协议。人才租赁协议应当载明被出租人才的租赁期限、工作任务以及人才租赁费的支付等内容。人才转让协议应当载明被转让人才原劳动合同的解除、新劳动合同的订立以及人才转让费的支付等内容。

第20条　出租或者转让人才应当尊重被出租或者被转让人才的人格和意愿,并有其本人的书面同意。

第21条　出租或者转让人才应当依法保障被出租或者被转让人才在工作条件、待遇、社会保险及其他方面的合法权益。

实行劳务派遣后,实际用人单位与劳务派遣组织签订《劳务派遣合同》,劳务派遣组织与劳务人员签订《劳动合同》,实际用人单位与劳务人员签订《劳务协议》,双方之间只有使用关系,没有聘用合同关系。

(二)《劳动合同法》带来的劳务派遣制度变化

《劳动合同法》出台之后,劳务派遣企业的经营形势发生了较大变化。新法专章规定了劳务派遣制度,对劳务派遣企业资质、经营方式做了大量规制。

首先,是新法第61、63条的**异地同酬、同工同酬**制度。

"劳务派遣单位跨地区派遣劳动者的,被派遣劳动者享有的劳动报酬和劳动条件,按照用工单位所在地的标准执行。**被派遣劳动者享有与用工单位的劳动者同工同酬的权利**。用工单位无同类岗位劳动者的,参照用工单位所在地相同或者相近岗位劳动者的劳动报酬确定。"

其次,是新法第58条对**派遣工无工作期间仍享有工资**的规定:

"劳务派遣单位应当与被派遣劳动者订立二年以上的固定期限劳动合同,按月支付劳动报酬;被派遣劳动者在无工作期间,**劳务派遣单位应当按照所在地人民政府规定的最低工资标准,向其按月支付报酬**。"

"被派遣劳动者在无工作期间",一般称为"**内部失业**"。

(三)用人单位使用劳务派遣的理由

在《劳动合同法》实施之前,企业倾向使用派遣工大致有如下理由:

一是用工方式灵活。因企业生产波动,常引起临时性的劳动力需求,特别是服装制造业以接单生产为主,按照订单进行生产,产量季节性变化明显;而企业在忙季要增加支付工人加班费,在淡季收入减少时仍要承担工人工资;企业在忙季时使用劳务派遣工,淡季时将派遣工退回派遣公司,避免了新招或辞退工人的成本。

二是降低招工成本和人事成本。通过劳务派遣的方式试用劳动者,不受1个月试用期限制,企业可以比较从容地进行用工筛选,可避免招进不合格人员;而劳务派遣公司为员工的工作期限提供担保,降低了工人行使任意解除权给企业造成的经营风险;用人单位减少了用于人力资源管理的支出。

三是降低争议风险。用工单位使用劳务派遣员工,由于双方之间不是劳动关系,因此,彼此之间发生的纠纷不属于劳动争议,劳动者若提起劳动仲裁申诉,应以劳务派遣企业为被申诉人,实际用工单位只是在必要时可以第三人的身份参加仲裁活动。

四是降低社保费用。主要是通过异地派遣,从社保标准较低的地区向社保标准较高的地区派遣员工。因为劳务派遣人员的劳动关系在派遣公司所在地,社会保险缴费基数和比例一般低于企业正式合同制职工,而且安置下岗失业人员还可以享受相应的补贴等优惠政策。

五是规避补偿金。用人单位与劳务派遣企业的劳务协议到期,如企业不准备续签,只要将员工退回派遣单位,无需支付补偿金。

(四)劳务派遣的用工情况

为调查劳务派遣的用工情况及变化,我们在问卷中设计了如下问题:

A-4-1　您和现在工作的这个企业的关系是?

A-4-2　您觉得2008年以后,您身边劳务派遣的工人

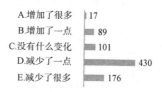

A-4-3　如果您是劳务派遣工,和您企业的正式合同工相比,如果岗位和工作量一样,工资和福利一样吗?(不是派遣工请不填)

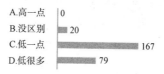

A-4-4　如果您是劳务派遣工,您觉得劳务派遣公司有优点吗?(不是派遣工请不填)

A-4-5　如果您是正式合同工,老板想要把您转成劳务派遣工,您觉得(派遣工请不填)

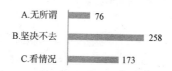

针对企业负责人的问卷如下：

B-4-1 您企业现在使用劳务派遣工吗？

B-4-2 2008 年以后,您企业使用的派遣工比例比以前(没有用派遣工的请不填)

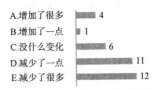

B-4-3 您企业使用的派遣工,和您企业的正式合同工相比,如果岗位和工作量一样,工资和福利一样吗?（没有用派遣工的请不填）

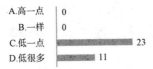

B-4-4 2008 年以后,您的企业使用 1 个派遣工的成本(工资、福利以及劳务派遣公司管理费等)比以前(没有用派遣工的请不填)

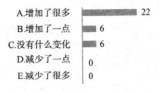

B-4-5 您企业使用劳务派遣工最主要的原因是?（没有用派遣工的请不填）

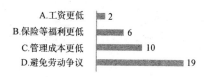

A.工资更低　2
B.保险等福利更低　6
C.管理成本更低　10
D.避免劳动争议　19

（五）劳务派遣的本质

劳务派遣的本质，就是以派遣工相对合同工更低的福利，换取派遣工比合同工更高的竞争力。尤其是对于低端产业中可替代性强的劳动者而言，参加劳务派遣的好处，一是增加了找到工作的机会，二是可获得临时性的失业救济，三是可以在户籍所在地参加社会保险。劳动派遣工相对合同工而言，一般来说工资和福利等较差。

多数工人看重劳务派遣对就业竞争力的作用，而多数企业最看重劳务派遣解决劳动争议的作用。

（六）劳务派遣新规使企业成本增加的一个案例

试引用以下为佛山某纺织企业与洛阳某劳务派遣公司东莞分公司签订的《劳务协议》中的一个条款（签订时间为 2007 年 12 月），与新法对照：

甲方按照乙方用人需求，推荐符合条件的劳务人员供乙方择优使用。甲方输出给乙方的劳务人员，为甲方员工，由甲方与劳务人员签订劳动合同，发放工资，并办理各项社会保险。

1. 劳务费用的构成：劳务工劳务费（基本劳务费、考核劳务费）、社会保险费和输出劳务服务费。

2. 劳务费用各项标准：按实际发生费用结算，甲方按照每人每月 55 元标准收取输出劳务服务费。

3. 结算时间和方式：乙方每月 15 日前从银行足额划付到甲方账户，并提供各项费用结算清单。劳务人员工资应由甲方每月 20 日前支付。

　　4. 乙方支付给甲方的劳务费及相关费用,甲方必须开具正式劳务费发票。

　　按照这条规定,以佛山市的劳务派遣企业为例,粗略计算一下劳务派遣企业的营收情况:

　　当劳务派遣企业中出现一个无工作的工人时,劳务派遣企业每月需向其付出最低工资 770 元;(2008 年 2 月后,东莞、佛山、中山最低工资线为 770 元);

　　另,这部分人员社会保险费仍需要劳务派遣企业承担,以最低工资标准为缴费下限计算养老、医疗、工伤三险,合计以最低工资的 22% 计算,每个工人需缴纳 169 元的保险费。

　　也就是说,该派遣企业需向其每个无工作工人每月支付 939 元的固定开支(扣除保险费后的所得工资不得低于最低工资,所以,社保中应由个人缴纳的部分也需劳务派遣企业缴纳)。

　　在前述《劳务协议》中,劳务派遣公司每派出 1 名工人,每月可得 55 元服务费。假设其中 25 元是管理成本,30 元可成为企业净利润。在有工人失业的情况下,公司要以其他在职工人创造的利润来填补其开支。设该公司所有记名工人中,无工作人员的百分比(内部失业率)为 P,在企业收支相抵的情况下:

$$30 \times (1 - P) = 939P,$$

　　得到 $P = 0.031$。

　　也就是说,假设该洛阳劳务派遣公司对派出员工的人均管理成本为 25 元/月时,其**必须将没有工作的工人比例控制在月均 3.1% 以下,才能保证收支相抵**。

(七)劳务派遣新规所引致的利益格局变化

　　假定一家企业在《劳动合同法》实施前边际成本与边际收益

均衡,《劳动合同法》实施后用工的边际成本升高,企业必须削减人力。当用人单位发生经济性裁员时,**如果派遣工和合同工绩效相当,显然合同工的辞退成本更高,企业会优先裁汰派遣工。故劳务派遣企业的"内部失业率"一定高于所服务的行业失业率。**2008 年,由于经济形势对纺织业的沉重打击,纺织业的工人失业率急剧上升。

在这种形势下,为应对工人找不到工作造成的亏损,劳务派遣企业只有三个选择:一是向用人单位要求更高的服务费;二是克扣有工作工人的工资,内部转移支付给无工作工人;三是将"库存积压"的无工作工人辞退,支付补偿金了事。

问卷 A-1-6 显示,2008 年度普通工人不计社保的月均工资为 1038 元;企业若采用合同工方式,最少要付出 1038 元月均工资及 169 元社保金,即 1207 元。

可以看到,**因纺织工人相对其他行业劳动者本就收入更低,再加上最低工资制的存在,用人单位使用合同工与劳务派遣工的成本差距被压缩到了 200 元以内。**提高服务费的可能性不大,内部转移支付的空间也很小。面对低端产业的劳务派遣企业要生存下去,惟一的方式是用最快速度淘汰派遣不出的工人。

按照珠三角地区的社保制度,非本市户籍不可参加失业险。**在《劳动合同法》实施之前,用人单位裁员时,被解聘的合同工既无补偿金,也无失业险;而被退回的劳务派遣工,在短时期内仍能得到部分收入,此时劳务派遣承担着短期替代失业险的功能。**

但是,《劳动合同法》实施后,其第 58 条的规定,将工人无工作期间的薪酬从最低生活保障线提高到最低工资线,这自然是劳务派遣企业难以承担的。

有学者称,"因为劳务派遣适用于辅助性、替代性的岗位,劳务派遣人员绝大多数分布在低端制造业"。这是想当然的判断。**事实是,合同工与劳务派遣工的用工成本差距,只有在工资相对更高的产业中才能体现出来,在目前也只有面对这些产业的劳务派遣企业才有盈利能力。**这也正是问卷结果显示最近一段时期纺织行业劳务派遣人员大减的原因。换句话说,**由于目前《劳动合同法》、最低工资制、社保制度的共同作用,低端产业工人一部分转为正式合同工,工资福利等有所改善;另一部分则丧失了劳动派遣提供的就业机会。**

七、最低工资制

(一)最低工资制与失业

严格来讲,最低工资制并非《劳动合同法》所规定的新内容。早在 1994 年《劳动法》之中,便有如下规定:"用人单位有下列侵害劳动者合法权益情形之一的,由劳动行政部门责令支付劳动者的工资报酬、经济补偿,并可以责令支付赔偿金……(三)低于当地最低工资标准支付劳动者工资的;……"但是,《劳动合同法》中,相当一部分条款与最低工资制相挂钩,因此,仍需要对最低工资问题作一简要述评。

诺贝尔奖获得者斯蒂格勒在其于 1946 年发表的《最低工资立法经济学》中指出:旨在帮助穷人而制定的最低工资法,不仅无助于减轻贫困,而且还扭曲了市场的资源配置功能。作为政府人为干预劳动市场的一种方式,最低工资若高于劳动力市场上的均衡价格(工资),从而引起对劳动力需求的减少,导致失业人数的急剧增加;此外,从社会政策角度来看,制定最低工资的目的是为了保护社会中弱势群体的权利和利益,尤其是非熟练工人如妇女、青年人的劳动权益,但实施的效果却适得其反,在执行最低工资法规后,非熟练工人首先遭到解雇的厄运。对于熟练工人而言,最低工资法发挥的效用极其有限,因为他们的劳动力价值一般高于设定的最低工资标准,所获得的报酬在满足基本的生活需要和日常开支后,往往还有边际利润,因此,在实施最低工资法后,为了保持原有的利润不变并不断地增加利润,以在激烈的市场竞争中立于不败之地,雇主常会充分利用熟练劳动力的价值,用熟练劳动力替代非熟练劳动力,导致非熟练劳动力的就业状况进一步恶化。

(二)最低工资制在中国

笔者意图在这里做一个提醒:**我国的最低工资制,其立意和其他国家的最低工资制,尤其是美国的最低工资制完全不同。**

如美国罗斯福时代的《公平劳动标准法》(《工资工时法》),是工会推动立法,并在政府价格管制的庇护下,有效地阻止非工会成员的竞争,从而在劳动力市场上处于占优地位,其本质是工会对劳动市场的垄断。**而我国最低工资制的立法本意,并非是要"保障劳动者的议价权利"**或者"劳动者的剩余价值索取权";无论采取比重法或恩格尔系数法计算,都与就业者的赡养系数直接相关。**它的本质是最低生活保障制度的延伸。**简而言之,政府希望有劳动力的贫困家庭可以自食其力,家庭中劳动力的回报可以保证家庭的生活必需,**其本质是以工代赈。**我国最低工资制的支持者和反对者,都被西方的政策实践导向了一个错误的讨论方向。

我国最低工资制的计算标准,依照 2004 年劳动和社会保障部《最低工资规定》,确定最低工资标准一般考虑城镇居民生活费用支出、职工个人缴纳社会保险费、住房公积金、职工平均工资、失业率、经济发展水平等因素。可用公式表示为:

$$M = f(C、S、A、U、E、a),$$

其中:

M = 最低工资标准;

C = 城镇居民人均生活费用;

S = 职工个人缴纳社会保险费、住房公积金;

A = 职工平均工资;

U = 失业率;

E = 经济发展水平;

a = 调整因素,主要是劳动者应缴纳的社会保险,以及就业状况、经济发展水平等。

确定最低工资标准的通用方法,有比重法与恩格尔系数法两种。**比重法即根据城镇居民家计调查资料,确定一定比例的最低人均收入户为贫困户,统计出贫困户的人均生活费用支出水平,乘以每一就业者的赡养系数(家庭人数/家庭中就业者人数),再加上一个调整数**;恩格尔系数法即根据国家营养学会提供的年度标准食物谱及标准食物摄取量,结合标准食物的市场价格,计算出最低食物支出标准,除以恩格尔系数,得出最低生活费用标准,再乘以每一就业者的赡养系数,再加上一个调整数。

某地区最低收入组人均每月生活费支出为 C 元,每一就业者赡养系数为 $t1$,最低食物费用为 n 元,恩格尔系数为 $t2$。

则按比重法计算得出该地区月最低工资标准为:

$$M = C \times t1 + a(\text{元})$$

按恩格尔系数法计算得出该地区月最低工资标准为:

$$M = n/t2 \times t1 + a(\text{元})$$

这里的最低工资是名义工资。由于调整数 a 主要是劳动者负担的社会保险费,劳动者的实际收入应该是 $C \times t1$,即人均最低生活费用 × 赡养系数。

(三)最低工资制的广东标准及对广东就业率的影响

自 2008 年 4 月 1 日起,广东省最低工资执行标准如下:

一类 860 元/月,折算的小时标准 4.94 元/小时;非全

日制职工小时最低工资标准 8.3 元/小时　广州

　　二类　770 元/月,折算的小时标准 4.43 元/小时;非全日制职工小时最低工资标准 7.4 元/小时　珠海、佛山、东莞、中山

　　三类　670 元/月,折算的小时标准 3.85 元/小时;非全日制职工小时最低工资标准 6.5 元/小时　汕头、惠州、江门

　　四类　580 元/月,折算的小时标准 3.33 元/小时;非全日制职工小时最低工资标准 5.6 元/小时　韶关、河源、梅州、汕尾、阳江、湛江、茂名、肇庆、清远、潮州、揭阳、云浮

　　五类　530 元/月,折算的小时标准 3.05 元/小时;非全日制职工小时最低工资标准 5.1 元/小时　执行四类市的部分县(县级市)

以执行一类最低工资标准的广州市为例。2008 年 1 月 1 日起,广州市城镇居民最低生活保障标准为每人每月 365 元($C =$ 365);低收入困难家庭认定标准人均月收入 430 元(这一标准在全国省会城市中是最高的)。2008 年 4 月 1 日起,其最低工资标准提高到 860 元,按最低标准缴纳三险 138 元(劳动者本人负担的部分),实际所得为 722 元。

这个数字意味着什么? 一个家庭中若有一个劳动力参加工作并领取最低工资,与所有家庭成员均领取最低生活保障的经济回报是基本相同的。(赡养系数 $t =$ 家庭人口数)

按照这样的最低工资标准,劳动者不会有任何劳动积极性。故而,政府必须对这部分人群实施强制就业。如《广东省城乡居(村)民最低生活保障办法》规定:

　　(二)申请者有下列情形之一的不批准救济……3. 家庭有劳动能力的成员无正当理由拒绝就业或参加劳动的……

其他省份也大多如此,如《吉林省城市居民最低生活保障对象管理办法》规定:

城市低保对象有下列行为之一的,由县(市、区)政府民政部门给予批评教育或者警告,追回其冒领的最低生活保障款物;取消城市低保对象资格;……(七)有劳动能力且尚未就业,无正当理由连续两次以上不参加社区(居民)委员会或街道组织的公益性劳动、就业培训或学习的;(八)有劳动能力且无正当理由半年内两次以上拒绝街道、社区劳动服务组织或有关部门、单位介绍工作的……

需要注意,政府要求这部分人群就业,不等于政府有能力为他们提供工作岗位。就广东省而言,因为城乡居(村)民均能够享受最低生活保障,最低工资线上的就业竞争,主要是与外来农民工之间的竞争。

对外来农民工而言,广东省的最低工资,甚至是比最低工资更低的工资,也高于他们在家乡投资土地的回报。**和本地人相比,外来农民工有着更强烈的就业意愿;假设二者具备同样的劳动技能,外来农民工索取的价格比本地人更低;换句话说,企业以同样的价格雇用的外来农民工,劳动技能将较本地人更高,企业当然会优先选择前者。**

问卷 A-1-4 显示,在 813 名工人中,仅有 142 名工人系本省户籍,占受调人数的 17.4%。与问卷 A-1-6 比对,这部分人群的收入显著高于平均水平。这印证了我们的理论结论。

因为最低生活保障标准与最低工资标准之间存在这样的换算关系,劳动市场若要将本地人口纳入劳动力供给,就必须提供比最低工资标准更高的均衡价格。这导致最低工资制没有任何意义。

另一个统计数据是:广东省 2008 年末全省城镇登记失业率 2.56%,为全国各省区最低。(《广州日报》2009 - 02 - 16)

这个数字不代表真实失业率,但可以代表领取低保的劳动者数目。既然本省人不愿接受最低工资线附近的劳动岗位,又保持了如此之低的失业率,我们只能得出这样的结论:**广东本省的劳动力素质(而非要求)较高,劳动市场向他们提供的均衡价格远高**

于最低工资线。

笔者的数据计算与广东省提供的失业率统计指向同一结论：**目前广东执行的最低工资标准，不会降低该省劳动力的就业率。**

(四)最低工资制对外来工人的影响

广东省珠海、佛山、东莞、中山4市最低工资标准为770元/月，4.43元/小时，这个数字是按月标准劳动时间174小时计算的。按照问卷A-1-5，受调群体月均工资约为1038元。

表面上看，月均工资似乎比最低工资标准高出一截，但如果结合问卷A-1-7的数据，即每位工人月均加班41小时，假设加班时薪为正常时薪的150%(《劳动法》第44条)；在此基础上计算工人时薪(设为n)

$$174n + 41n \times 150\% = 1038$$

得 $n = 4.40$

这也就是说，**按照时薪计算，目前企业已经在最低工资线**(广东省最低工资执行标准中为4.43元/小时)**上给工人付酬。**最低工资线已经达到或超过了这一市场的均衡价格，并给就业带来了影响。可以预料，如果最低工资线再次上调，企业的边际成本将再次上升。由于**劳动技能更低的工人提供的边际利润更低，这一劳动者群体将首先被裁汰。**

在访谈中，企业主提到，生产线上的制衣工人，大致分裁床、平车、打边、坎车、剪线、大烫、杂工7类。其中，以平车、坎车工的工资最高，剪线和杂工工资最低，二者差距达到3~4倍；**工资差距主要是因为工种技术含量不同，而非因为工作量。**一般一个剪线工或杂工做满1年，企业会提供其他工种的学习机会。**政府主导的最低工资制，对技能不足的低层次劳动者形成市场壁垒，这部分劳动者既无力进行教育投资，也无法通过低端就业增进劳动技能。**

在探讨最低工资制时,**必须注意到省份之间巨大的地区经济差异,以及城乡二元体制。**如前所述,广东省最低工资标准是根据本省城镇居民的最低生活保障标准制定的,而这一标准却主要应用在外来农民工身上。

笔者不欲质疑最低工资制本身,但是仅对广东省或其他富庶省份而言,这一计算方式是否合理?

一直以来,最低工资制被认为是牺牲效率换公平的做法——虽然这里的公平只是部分人的标准,但是,情况在我国发生了变化。**如果站在广东省的立场上,既然最低工资制不会增加本省劳动者的失业率,那么,实施最低工资制就不妨害效率,甚至可能促进效率。**

笔者注意到广东省颁布了《珠江三角洲地区改革发展规划纲要》,该文件提出:

> 以提高产业链配套能力、增加产品附加值为重点,加大研发投入,强化工艺设计,提高技术装备水平,大力发展环保、节能、高附加值产品,推动优势传统产业向品牌效益型转变。……提高产业准入门槛,促进资源型低端产业逐步退出,淘汰落后产业和落后生产能力。

如果《纲要》是经过广东方面审慎考虑的,笔者认为,广东省**确有动力、有能力在不损害本省经济的基础上将最低工资进一步快速抬高,从而将低端产业及其劳动者排挤出局。**

八、论劳动合同法与社会保障

(一)劳动合同法中的社保规定

我国劳动制度与社保制度捆绑在一起。**社保制度本非《劳动**

合同法》所提出,但它首次将合同、工资、社保及社保监察制度联成一体。对于受调企业来说,社保开支是工资之外最重要的人力支出。

《劳动合同法》对社保的规定,主要体现为三点:一是将社保标准与劳动合同法定解除权挂钩,即其第 38 条:

> 用人单位有下列情形之一的,劳动者可以解除劳动合同:……(三)未依法为劳动者缴纳社会保险费的;

二是明确了监督检查的责任单位,即第 74 条:

> 县级以上地方人民政府劳动行政部门依法对下列实施劳动合同制度的情况进行监督检查:……(六)用人单位参加各项社会保险和缴纳社会保险费的情况;

三是提出了社保关系的全国结转原则,即第 49 条:

> 国家采取措施,建立健全劳动者社会保险关系跨地区转移接续制度。

(二)社保制度的运行情况调查

针对工人社保问题,我们在问卷中设计了如下问题:

A-5-1　2007 年,企业是否为您购买社保(养老、医疗、工伤险)?(当时未开始打工的请不填)

A.三险齐全　317
B.没有社保　213
C.没有养老险　154
D.没有医疗险　82

A-5-2　2008 年,企业是否为您购买社保(养老、医疗、工伤险)?

A.三险齐全 510
B.没有社保 221
C.没有养老险 59
D.没有医疗险 23

A-5-3　您对上社保的看法是

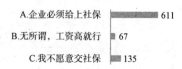

A.企业必须给上社保 611
B.无所谓，工资高就行 67
C.我不愿意交社保 135

A-5-4　如果企业给您上了社保,您会不会将社保退掉？

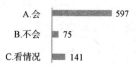

A.会 597
B.不会 75
C.看情况 141

A-5-5　您觉得在广东买养老保险有用吗？

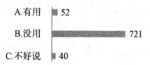

A.有用 52
B.没用 721
C.不好说 40

A-5-6　您觉得在广东买医疗保险有用吗？

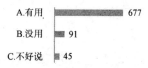

A.有用 677
B.没用 91
C.不好说 45

A-5-7　您愿意购买新型农村社会养老保险吗？（户籍在城镇的请不填）

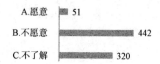

A.愿意 51
B.不愿意 442
C.不了解 320

B-5-1　2008 年《劳动合同法》实施以来,您的企业在员工保险方面的压力是否增加了?

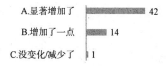

A.显著增加了　42
B.增加了一点　14
C.没变化/减少了　1

我们对部分工人进行了访谈。工人表示,自己倾向退保的原因大概有三个:一是保险账户带不走,退休后又不可能留在广东,"不指望它养老";二是工作流动性强,失业期间的保费无力缴纳;三是认为老板从工资里扣保险费,自己赚得更少了。

广东省在全国最早将农民工社会保险纳入城镇社保统一管理,参保范围、标准均与本省城镇人口相同。此种参保模式,被称为"广东模式",与为农民工另设保险规定的"上海模式"相对。广东模式的两个最显著特点,一是将外来劳务人员直接纳入基本社会保险体系,必须参加养老、医疗和工伤三项基本社会保险,不参加失业保险和生育保险;二是外来劳务工辞工返乡时其个人账户的养老保险金全部转回其户籍所在地的社会保险机构,当地没有社保机构的,可以将个人账户余额退给本人,但只转移或退还个人账户部分。

表1　2008 年 7 月起广州市社保缴纳基数及百分比(下限)

险　种	缴费基数	缴费费率		备　注
		单位	个人	
养老保险	1472 元	12%	8%	上限为 7362 元(省基的 300%),下限为 1472 元(省基的 60%)
失业保险	2009 元	2%	1%	市外户籍人员个人不交费
工伤保险	2009 元	0.5%	—	
住院保险	2009 元	8%	2%	
生育保险	2009 元	0.85%	—	

＊广州市城镇单位职工年平均工资 40187 元,职工月平均工资 3349 元;在岗职工年平均工资 40562 元,在岗职工月平均工资 3380 元。

来源:广州市劳动与社会保障局。

表2　东莞市 2008 年社保费率

险　种	缴费基数	缴费费率		备　注
		单位	个人	
基本养老保险	本人上年度月平均工资	8%	8%	缴费基数不高于全省上年度在岗职工月平均工资的300%，不低于本市最低工资标准。
地方养老保险	同上	3%	—	
失业保险	同上	0.5%	0.5%	市外户籍人员个人不交费
工伤保险	同上	0.5%	—	
综合医疗保险	同上	6.5%	2%	
住院医疗保险	本市上年度职工月平均工资	2%	—	
生育保险	本市上年度职工月平均工资	0.5%	—	

来源：东莞市劳动与社会保障局。

如《广东省社会养老保险条例》第二条：

> 本条例适用于我省行政区域内下列单位和人员（以下统称被保险人）：（一）所有企业、城镇个体经济组织和与之形成劳动关系的劳动者；（二）国家机关、事业单位、社会团体和与之建立劳动合同关系的劳动者。国家机关、财政拨款的事业单位、社会团体工作人员的养老保险基金计征和发放办法由省人民政府另行制定。

（三）社保制度的地域歧视

东莞与广州的社保标准，大致代表广东省一、二类城市的社保情况。制衣业集中的二类城市中，社保占到工资的30%左右，主要是养老保险与医疗保险。其中20%左右由企业承担，10%左右由劳动者个人承担。医疗保险在本地可用，而养老险不随人员流动转移。**外来工人一旦回乡或改变工作城市，只能退出个人养老险账户（8%），即自己缴纳的部分。而企业缴纳的那部分（11%）将沉淀入本地社保基金，使本地人口获益。**外来工人没有得到任何好处，相反增加了企业负担。

农民工要求企业买保险,又动辄退保的一种解释是,**无论"广东模式"还是"上海模式",都实行三险捆绑销售的政策。外来工人如果想购买其需要的医疗保险,就必须同时购买无法获利的养老保险。笔者认为,对这个群体而言,允许其自由选择险种更为合理。至少在目前这一全国统筹无法实现的阶段,不应强制要求农民工购买养老保险**;实际上,三险账户一直分离运行,捆绑式收取也是近年来的"改革"措施。

《劳动合同法》注意到了这种状况,但提出的方案,并非三险分离任选,而是全国统筹。其第 49 条提出"国家采取措施,建立健全劳动者社会保险关系跨地区转移接续制度"。这是一张含混的远期支票。2008 年制定的《社会保险法(草案)》为与《劳动合同法》接续,其第 17 条规定"个人跨地区就业的,其基本养老保险关系随本人转移。个人退休时,基本养老金按照退休时各缴费地的基本养老金标准和缴费年限,由各缴费地分段计算、退休地统一支付"。

笔者也注意到,2009 年 2 月,人力资源和社会保障部发布了一份《农民工参加基本养老保险办法》,其规定:

> ……农民工离开就业地时,原则上不"退保",由当地社会保险经办机构(以下简称社保机构)为其开具参保缴费凭证。农民工跨统筹地区就业并继续参保的,向新就业地社保机构出示参保缴费凭证,由两地社保机构负责为其办理基本养老保险关系转移接续手续,其养老保险权益累计计算;未能继续参保的,由原就业地社保机构保留基本养老保险关系,暂时封存其权益记录和个人账户,封存期间其个人账户继续按国家规定计息。……农民工参加基本养老保险缴费年限累计满 15 年以上(含 15 年),符合待遇领取条件后,由本人向基本养老保险关系所在地社保机构提出领取申请,社保机构按基本养老保险有关规定核定、发放基本养老金,包括基础养老金和个人账户养老金。农民工达到

待遇领取年龄而缴费年限累计不满 15 年,参加了新型农村社会养老保险的,由社保机构将其基本养老保险权益记录和资金转入户籍地新型农村社会养老保险,享受相关待遇;没有参加新型农村社会养老保险的,比照城镇同类人员,一次性支付其个人账户养老金。

按照这些文本,农民工的基本养老保险关系随本人转移,但享受保险却是以持续就业且缴纳保险费为条件,且"原则上"不能退保。众所周知,农民工是就业最不稳定的一类劳动者,能坚持按照城市标准缴费 15 年的农民工,可谓少之又少;**农民工无法取得被社保强制收取的这部分工资现值,这部分工资变成了 60 岁后才能领取的、利率极低的定期储蓄。如果他想要获得回报,就必须参加新型农村社会养老保险。这样一来,新型农村社会养老保险就从自愿参合变成了一种经济强制。**

在问卷 A-5-7 中,我们就农民工对新型农村养老保险的态度做了调查。在访谈中问及农民工不愿购买农村养老保险的原因时,普遍的答复是**农村养老金太低,不值得买。**

新型农村社会养老保险的运行效率如何? 这个保险从 1992 年开始试点,有数据称,到 2007 年底,全国已有 31 个省区市的近 2000 个县(市、区、旗)不同程度地开展了新型农村养老保险试点工作,有 5000 多万农民参保,积累保险基金 300 多亿元,有 300 多万参保农民领取了养老金。(《怎样建立新型农村社会养老保险制度?》新华社,2009 - 2 - 1)事实上,**由于人口政策造成的农村劳动力结构,能够向保险池中注入资金的适龄劳动力将逐年减少,而领取养老金的农民将逐年增加。**

农村社会养老保险的口号是"农民自愿参保,财政补贴,国家政策扶持"。但是**地方财政普遍无力补贴农保,国家政策也未见扶持,目前农民领取的农村养老保险,实际上是自己的参保利息。**较早进行试点的黑龙江双城市,农民养老金过低的状况已经显露出来,"从全市情况看,月领取养老金几元钱至十几元钱的农民占

绝大多数"。(《部分村民月领取养老金3角钱》,杨兴文,《哈尔滨日报》,2006年5月15日)

保险池规模不足,又无财政补贴,已经导致了农民对农村养老保险的不信任。

城镇基本养老保险基金同样处于亏空状态。据劳动和社会保障部2004年透露,当时养老金已出现2.5万亿元亏空;据中国人民大学有关课题组研究报告的测算,截至2005年底,国内个人账户"空账"已达到约8000亿元,并以每年约1000亿元的规模迅速扩大;从1997年到2033年期间需要政府补充的职工养老金费用缺口约为8万亿元。(《划拨国有资产,偿还养老金隐性债务》,中国人民大学公共管理学院社会保障研究所,2005)

我国基本养老保险的财务目标是"以支定收,略有节余,留有部分积累",现在看来,这个目标远未能实现。

据全国社会保障基金理事会发布的年报,2008年,全国社会保障基金资产总额5623.7亿元。该基金8年来平均投资收益率为8.98%,甚至无以填平养老金中个人账户一项的空账。可以预见的是,若干年内逐渐扩大的社保漏洞,都只能由各级财政填补,无法指望全国社会保障基金。

《社会保险法》提出的"由各缴费地分段计算、退休地统一支付"的措施,还面临着现实的障碍。目前在全国的大部分地区,连省级统筹尚无法实现。**社保之所以迟迟未能实现全国统筹,是因为地方经济发展不均衡。同样,也正是由于地方经济发展不均衡,才出现人口的大规模跨地区流动就业;也就是说,只要经济发展不均,人口流动就业就必然伴随着社保条块分割。社保统筹的**真正难题,是平衡转入地与转出地的结算责任。**全国统筹的经济后果,是发达地区的社保保险金流向不发达地区,这必然遇到地方利益的阻力。**

综上所述,笔者对强制农民工参加养老保险,又不允许退保的立法动向提出反对意见。城镇养老保险的利益他们难以享受,农村养老保险体系又远未健全,农民工的保险投入得不到应有回报。

九、工会及劳动争议

(一)《劳动合同法》及《国际法》上关于工会的规定

国际劳工组织于 1998 年发布了《国际劳工组织关于劳动中的基本原则和权利宣言》,提出了核心劳工标准(Core Labor Standards)。虽该宣言未通过我国全国人大常委会批准,但该宣言第 2 条作出声明:

即使尚未批准有关公约,仅从作为国际劳工组织成员国这一事实出发,所有成员国都有义务真诚地并根据《章程》要求,尊重、促进和实现关于作为这些公约之主题的基本权利的各项原则,它们是:

(a) 结社自由和有效承认集体谈判权利;……

此处规定了劳动者的结社自由权与集体谈判权两项权利。落实在我国国内法上,则体现为《劳动法》、《劳动合同法》的有关条款。《劳动法》第 7 条规定:"劳动者有权依法参加和组织工会。工会代表和维护劳动者的合法权益,依法独立自主地开展活动。"第 8 条规定:"劳动者依照法律规定,通过职工大会、职工代表大会或者其他形式,参与民主管理或者就保护劳动者合法权益与用人单位进行平等协商。"

《劳动合同法》的规定主要在集体谈判权与调解方面,将《劳动法》的规定进一步具体化。《劳动法》第 80、81 条规定:"在用人单位内,可以设立劳动争议调解委员会。劳动争议调解委员会由职工代表、用人单位代表和工会代表组成。劳动争议调解委员会主任由工会代表担任。劳动争议经调解达成协议的,当事人应当履行。""劳动争议仲裁委员会由劳动行政部门代表、同级工会代表、用人单位方面的代表组成。劳动争议仲裁委员会主任由劳动行政部门代表担任。"

《劳动法》第 84 条规定:"因签订集体合同发生争议,当事人协商解决不成的,当地人民政府劳动行政部门可以组织有关各方协调处理。因履行集体合同发生争议,当事人协商解决不成的,可以向劳动争议仲裁委员会申请仲裁;对仲裁裁决不服的,可以自收到仲裁裁决书之日起 15 日内向人民法院提起诉讼。"

(二)工会组织情况的调查

针对受调对象的工会组织情况,我们在问卷中提出以下问题:

A-6-1　您工作的工厂中是否有工会?

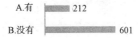

A-6-2　如果您工厂里有工会,工会领导是否选举出来的?

A-6-3　您认为工会能够代表维护工人的权益吗?

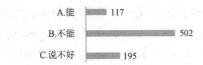

B-6-1　您的工厂中是否有工会?

B-6-2 如果您工厂里有工会,工会领导是否选举出来的?

A.是 ▬▬▬▬ 14
B.不是 ▬ 3

B-6-3 您认为工会能够代表维护工人的权益吗?

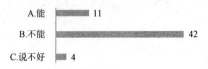

A.能 ▬ 11
B.不能 ▬▬▬▬▬ 42
C.说不好 ▬ 4

B-6-4 您是否支持工会建设?

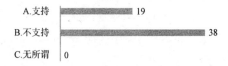

A.支持 ▬▬▬ 19
B.不支持 ▬▬▬▬▬ 38
C.无所谓 0

B-6-5 劳动部门有没有对您企业的工会进行过检查?

A.检查过 ▬ 7
B.没检查过 ▬▬▬▬▬ 50

(三)我国的工会和其他压力集团

经济学上有相当多的对工会作用的探讨,一个流行的说法是,工会通过对劳动力的垄断,排斥非工会成员的就业并损害经济效率。但笔者认为,这种分析工具并不适于中国。与将工会分为产业(industrial)工会和同业(craft)工会的国际惯例不同,我国的工会绝大部分属于企业内部的工会;又有按行政区域划分的地方工会,实行"产业与地方相结合(《中国工会章程》)"的模式。

工会的首要职能是通过集体谈判提高其成员的福利。笔者对问卷 A-6-1 与 A-1-6(工资水平)进行了数据比对,结果表明有工会的工厂中,工人平均月薪较没有工会的工厂高出 17.1 元。考虑到有工会的工厂一般规模稍大,我国工会提高福利的作用几乎可以忽略不计。

而一名企业负责人认为,工人有很多集体谈判和施压的方式,不需要通过工会。

与西方国家相比,我国的工会有两个突出特点:一是工会会员资格并不能增加获得雇佣的机会;二是工会无法通过罢工取得谈判主动权。但是,这并不表明工人丧失了集体谈判权。由于工厂的规模较小,人际关系简单,导致组织成本变小。一旦发生大规模的纠纷,如集体降薪、欠薪等,工人仍能以其他方式集结起来,与雇主进行谈判。这种临时性的组织取代了工会的应有职能,其压力形式包括怠工、罢工及上访。这些行为并未被法律明确禁止。

(四)新法实施引起的劳动争议及解决

《劳动合同法》颁布后,劳动争议产生了急剧上升的态势。表3为江门市 2006、2007、2008 年 3 个年度的劳动争议处理情况统计。**2008 年,劳动争议案件的数量蹿升了数倍之多。**

表3 2006~2008 年江门市劳动争议统计

年　　份	2006 年	2007 年	2008 年
当期案件受理数	1105	1366	5937
集体争议数	43	47	89
用人单位申诉案件	16	25	—
劳动者申诉案件	1094	1294	5888
劳动者当事人数	23431	5942	13595
女性当事人人数	1233	1418	—
集体劳动争议当事人数	1761	2020	7954

来源:江门市劳动与社会保障局。

《劳动法》第 79 条规定:"劳动争议发生后,当事人可以向本单位劳动争议调解委员会申请调解;调解不成,当事人一方要求仲裁的,可以向劳动争议仲裁委员会申请仲裁。当事人一方也可以直接向劳动争议仲裁委员会申请仲裁。对仲裁裁决不服的,可以向人民法院提起诉讼。"1993 年 7 月 6 日国务院发布的《中华人民共和国企业劳动争议处理条例》第 6 条也曾作了类似的规定。"仲裁前置"原则,即劳动争议发生后,当事人应申请劳动争议仲裁机构先行处理。对仲裁裁决不服的,才可以向人民法院起诉。一些地方高级人民法院据此规定,未经劳动争议仲裁委员会裁决的劳动争议案件,法院不予受理。这样,便在事实上确立了仲裁前置原则。

仲裁前置导致劳动纠纷的解决流程冗长。以一工伤为例:劳动者要求用人单位给予赔偿的程序大致是:用人单位申报→60 日内作出工伤认定→劳动者治愈出院→伤残等级评定→与用人单位协商赔偿事宜→(协商不成)申请劳动争议仲裁→60 日内作出裁决→(对裁决不服)15 日内向法院提起诉讼→作出一审判决或裁定→(如不服)上诉于第二审人民法院→终审判决或裁定→(如不履行生效判决或裁定)进入强制执行程序。

对大部分劳动者而言,走完这套程序极其困难,并且造成行政资源与司法资源大量浪费。相当一部分劳动者因为"拖不起"而放弃维权,或者选择信访、围堵政府机关、堵塞交通等方式。

表 4 显示,**2008 年中劳动仲裁案件同样大量增加。此种现象既有《劳动合同法》的实体因素,亦有其配套法规带来的程序因素。**

表 4　2006～2008 年江门市劳动争议解决方式统计

年　　份	2006 年	2007 年	2008 年
仲裁调解	308	365	1109
仲裁裁决	682	640	2834
其他方式	118	152	514
用人单位胜诉	57	61	169
劳动者胜诉	872	345	2193
双方部分胜诉	179	264	1771

来源:江门市劳动与社会保障局。

作为《劳动合同法》的配套法律,2008 年 5 月 1 日起施行的《中华人民共和国劳动争议调解仲裁法》作了两项重要改进:

一是先予执行制度。其第 44 条规定对追索劳动报酬、工伤医疗费、经济补偿或者赔偿金的案件,如当事人之间权利义务关系明确、不先予执行将严重影响申请人的生活的,根据当事人的申请,可以裁决先予执行,移送人民法院执行。

二是向民事仲裁靠拢,实行一裁终局制。其第 47 条规定:追索劳动报酬、工伤医疗费、经济补偿或者赔偿金,不超过当地月最低工资标准 12 个月金额的争议,因执行国家的劳动标准在工作时间、休息休假、社会保险等方面发生的争议,仲裁裁决为终局裁决,裁决书自作出之日起发生法律效力。

这两项新的改进,**其效果尚需在司法实践中评估,但其无疑大大简化了劳动者的维权程序,提高了司法效率。**

十、劳动合同法的经济影响

(一)企业用工成本增加及其效应

中国纺织工业协会副会长孙瑞哲称:

> 2008 年度,纺织行业用工成本上升 18% ~ 20%,不仅仅是劳动工资增长,还有《劳动合同法》的实施,相关的社保费用,诉讼案件上升。(孙瑞哲,突破与发展——挑战之下的中国纺织产业,《纺织导报》2009 年第 1 期)

为了计算用工成本,我们提出下面的公式:

$$用工成本 = 劳动力价格 + 福利 + 用工风险$$

其中,福利包括社会保险及食宿等各类补贴,**用工风险包括可能发生的违约、任意解除合同、工伤等。业内所称的"用工成本上升",主要是指福利及用工风险的上升。**

科斯在《企业的性质》一文中提出:"企业的扩大必须达到这一点,即在企业内部组织一笔额外交易的成本等于在公开市场上完成这笔交易所需的成本,或者等于由另一个企业家来组织这笔交易的成本。"

每雇用一个员工的成本大于在市场上购买其服务的成本时,企业的应对方式就是缩减雇用。由于大多数纺织工厂实行计件工作制,劳动力价格是以产量体现的。在保持产量不变、劳动力价格不变的情况下,雇用的工人人数越少,福利及用工风险支出越少。对雇主而言,降低用工成本最直接的方式就是削减雇员数量。

我们在调查中设计了两个简单的问题:

A-7-1　您感觉 2008 年,工作比以前

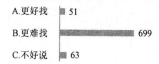

B-7-1　2008 年,您企业的雇员

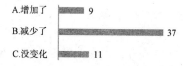

问卷显示,**2008 年,纺织企业的用工量确实出现了大量的压缩。**

(二)企业如何减少用工量

在劳动派遣之外,裁员是通过两种方式完成的:业务外包和

机器替代。

业务外包是指企业基于契约,将一些非核心的、辅助性的功能或业务外包给外部厂商,利用他们的专长和优势来提高企业的整体效率和竞争力。通过实施业务外包,企业不仅可以降低经营成本,集中资源发挥自己的核心优势,更好地满足客户需求,增强市场竞争力,而且可以充分利用外部资源,弥补自身能力的不足,同时,业务外包还能使企业保持管理与业务的灵活性和多样性。

纺织企业就出现了大量裁撤非核心部门及人员,并将非核心服务外包的现象。以东莞大朗镇秀德毛纺公司为例,该厂为一家接单工厂。其于 2007 年底作出结构调整:将设计业务全部外包给厂区内另一家企业,这使得其在生产淡季节省了大笔人力开支;裁撤了后勤部门,与厂区内其他企业共用一家后勤服务中心;其运输业务外包给了厂区内的物流中心。在裁撤了近 20% 的员工之后,该企业只保留了业务部门和生产车间。

由于这一地区的纺织工业具有集群化的特点,一个厂区内存在着大量同质化的企业,使得这一地区的纺织工业存在既分散又联合的现象。由于多属接单业务,多数企业生产并不稳定。**如订货方允许,一家企业可向其他企业分包订单;如订货方审查严格,则从另一企业借调工人。**这样做的好处在于,避免了接到订单时工人大量加班,而没有订单时工人"吃空饷"。

《**劳动合同法**》对该行业带来的另一影响,**是以亲缘关系、地缘关系为组织基础的小企业竞争力增强。**如江门市蓬江区一家名为新×秦纺织工业有限公司的企业,企业主及工人均来自江西上饶某镇,且每年只在家乡招工。工人工资随行就市,大部分工人没有社会保险。由于无人举报,也就无人检查。这样的企业虽然发展空间不大,但在《劳动合同法》实施后因其极低的组织成本,仍然保持着竞争力。这一类企业的数量未能详查,但据新×秦公司的经理称,此类企业在珠三角为数很多,甚至还有一些是工人集资做厂,有内部的分红规则。这一类企业,可以视作工人的自我雇用。

另一个现象是机器对工人的替代,也可视作高级技术工人对普通工人的替代。

以印花工艺为例,传统印花使用人工操作台版,劳动强度很高,一般只能用男工。而一台 15 万元左右的智能台版印花机加一名操作员,可以替代 3 ~ 4 名熟练男工。操作员的年薪以 5 万元计算,不计算机器折旧的情况下,购买一台智能台版印花机可在14 ~ 17 个月内收回投资。

另一数据的印证是,在纺织工业整体低迷的背景下,纺织机械进口额仍有上涨。据海关统计,2008 年上半年,我国累计进口纺织机械及零件(以下简称纺织机械)23.8 亿美元,与 2007 年同期相比增长 4.7%。

(三)恰当评估珠三角纺企困境与新法实施的关系

媒体将 2008 年纺织企业面临困境的原因总结为 5 个因素:人民币升值、原材料价格上涨、信贷紧缩的宏观调控政策、全球经济危机使得出口订单减少、《劳动合同法》的实施。

诚然,这 5 个因素都是纺织业市场低迷的原因,也直接导致了大量裁员。其中,《劳动合同法》实施带来的裁员,或者说《劳动合同法》实施带来的企业成本增加,无法准确计算。但是,这一问题,是《劳动合同法》利弊的首要问题,必须作一评估。

笔者采用的方法是,将长三角与珠三角两个地区纺织企业的整体情况进行同期比对。由于这两个地区面临的人民币因素、原材料因素、信贷紧缩的经济政策因素都是一致的,可以过滤掉这些因素对结论的干扰。

据海关统计:

2008 年上半年,浙江省、广东省纺织机械进口额为 5.5 亿美元,增长 8.5%;广东省纺织机械进口额为 4.2 亿美元,下降15.3%。

2008 年上半年,浙江、广东和江苏 3 省纺织服装出口额均超过 100 亿美元,其中,浙江出口 192.9 亿美元,增长 27.1% ;广东151.4 亿美元,下降 22.7% ;江苏 132.1 亿美元,增长 21.5% ;上述 3 省合计占同期中国纺织服装出口总值的 58.4% 。

有专家认为,珠三角纺织服装产业受国外订单影响较大,而长三角纺企的市场主要在国内,经济危机使海外订单减少,故珠三角纺企"受灾"较严重。**但 2008 年上半年这一时期,海外订单并未回落,甚至增速略有提高:**2008 年上半年,我国纺织服装对欧盟出口 173.9 亿美元,增长 44% ;对美国 108 亿美元,增长 0.3% ;对日本 93.2 亿美元,增长 7% ;对香港 76.3 亿美元,下降 14.5% 。**可见经济危机影响海外订单的说法也不成立。**

由此观之,似乎导致珠三角与长三角纺企发展迥异的惟一不同因素就是政策与用工成本。

据中国海关数据称:

> 中国纺织服装产业向东盟等周边国家(地区)外迁倾向明显。目前中国劳动力价格已显著上升,印度、巴基斯坦和越南等周边国家的用工成本仅相当于中国的 38% 。这部分国家和地区正在以更低廉的劳动力成本优势,在挤占中国纺织品的海外市场份额的同时,也加大了中国纺织服装行业向其大规模迁移的倾向。

珠三角地区纺织服装企业以港资、台资企业为主。《劳动合同法》实施之后带来的用工成本增加,使这些资本快速转移到其他产业或其他国家、地区,对珠三角纺企构成重大打击,呈现出与长三角的不同态势。

据亚洲鞋业协会(AFA)2009 年初发布的报告,珠三角关闭的鞋企中,有约 25% 迁到东南亚的越南、泰国、印度、印度尼西亚、马来西亚等地,有约 50% 迁到江西、湖南、广西等内地省区,另有约25% 目前仍在观望中;

香港工业总会(FHKI)2008 年底针对珠三角港商的调查显

示,珠三角目前约8万家港企中,有37.3%正计划将全部或部分生产能力搬离珠三角,超过63%的企业计划迁出广东。

总体来说,珠三角与长三角纺企的用工成本都因新法实施有所增加,但增加的幅度也存在差异。

用工成本并非仅指工资而言。仅以工资,即纺织工人劳动力价格论,长三角并不低于珠三角,可用低保和最低工资两项指标折算:2008年,广州市城镇居民最低生活保障金为每人每月365元,杭州市为每人每月355元;广州市自2008年4月1日起将职工最低工资标准提高到860元,而自2008年9月1日起,杭州市区的职工月最低工资标准由850元调整到960元。两地的标准大体相当。

在此重提本章前述的公式:用工成本=劳动力价格+福利+用工风险。**两地用工成本的差异不在于劳动力价格,而在于福利与用工风险的差异。更进一步来说,在同一部《劳动合同法》及其配套政策之下,因为两地的实施力度不同,也产生了不同的市场效果。具体到珠三角地区的纺织产业,这一系列劳动政策法规的强执行力,得益于广东省产业升级政策的大背景;反之也确实促进了广东省的产业升级。**

以上是本报告就新法对珠三角纺织企业的影响作出的评价。**自1995年《劳动法》实施以来,各种劳动政策法规一直没有得到很好的执行;而《劳动合同法》出台后,产生了一系列政策法规叠加的效应,而效应的大小,又与所处的产业与地域执行情况相关。**如本报告在前文诸章中的论述,客观而言,《劳动合同法》本身直接增加的用工成本并不多,但其可能引致企业用工风险的大量上升。而对用工风险的评估,必须具体到产业、地域,并结合工资、社保等配套制度进行综合评判。笔者认为,任何关于《劳动合同法》利弊的整体性评价,都是草率和不当的。